Leo Hart
Die Burg

Leo Hart wurde 1987 am Bodensee geboren. Er studierte Biochemie und Soziologie in Frankfurt und Stockholm, bevor er eine eigene Theatergruppe gründete, mit der er durch Skandinavien tourte. Leo Hart lebt heute in Bregenz und Stockholm. ›Die Burg‹ ist sein erster Roman.

LEO HART

DIE BURG

Thriller

dtv

Das Zitat auf Seite 87 erfolgt mit freundlicher Genehmigung von:

Thomas Mann, Meine Zeit. Aus: ders., Essays, Bd. 6. 1945–1955.
Hrsg. von Hermann Kurze und Stephan Stachorski.

MIX
Papier aus verantwortungsvollen Quellen
FSC www.fsc.org
FSC® C019821

Originalausgabe

Umschlaggestaltung: semper smile, München
Umschlagmotive: shutterstock.com
Satz: C.H.Beck.Media.Solutions, Nördlingen
Gesetzt aus der DTL Documenta 9,5/13,5˙
Druck und Bindung: Druckerei C.H.Beck, Nördlingen
Printed in Germany · ISBN 978-3-423-21961-7

to Bettina
for the good times

1

Ich trauere um Leyland, sein Tod macht mich hilflos und grau, nur sagen will ich es niemandem. Ich kann meine Gefühle nicht so zum Ausdruck bringen. Es sind meine Gefühle. Sie gehen niemanden etwas an. Die Burg dagegen schwirrt nur so vor Mitteilsamkeit. Befindlichkeit, Gefühligkeit, jeder erzählt jedem, wie es ihm geht, was sie fühlt, was ihn nervös macht und welches Mittelchen sie wogegen nimmt. Ich konnte das nie. Das hat die Menschen in der Burg von Anfang an misstrauisch gegen mich gemacht. »Wieso kriegt Saltzman nie den Mund auf? Wieso ist er so ein verdammter *Schweiger*? Man wird einfach nicht schlau aus ihm.« Wenn die Leute aus dir nicht klug werden, misstrauen sie dir. So war das immer. Mit mir. Mit diesen Leuten und mir, mit diesen Leuten und mir und der Burg. Vielleicht bin ich deshalb aus der Burg weggegangen. Das ist lange her. Ich wäre nie zurückgekommen, aber jetzt hat jemand Leyland umgebracht. Deshalb bin ich hier. Ich bin bei der Taskforce. Ich werde Leylands Mörder finden.

Sie haben den Kopf des alten Mannes zerquetscht, Leylands Hirnschale eingedrückt. Der Blick meines Freundes ist nach oben gerichtet. Etwas spiegelt sich darin. Kein Himmel. Der Himmel hängt tief über der Burg, die Sonne kämpft sich durch graue Wolken. Was war das Letzte, das Leyland gesehen hat?

Niemand schließt ihm die Augen, niemand tut irgendetwas. Alle warten auf Goltz. Als ob der noch etwas ändern könnte. Ich schiebe eine Pistazie unzerkaut von einem Mundwinkel in den andern. Im Angesicht des Todes soll man nicht essen. Leyland ist wieder mal nicht dazu gekommen, sich die Haare schneiden zu lassen. Die langen Strähnen, wie Spinnfäden, getaucht in Blut. Ich knie mich neben den Toten. Ich schließe ihm die Augen.

»Hast du nichts dazu zu sagen, Saltzman?«, fragt der stämmige Securitymann. Auf seinem Namensschild steht *Marek.* »Du bist schließlich bei der Taskforce.«

Ich hätte viel zu sagen. Ich sehe Details, die Lage der Leiche, die Stellen, an denen Leyland die Wunden zugefügt wurden. Ich sehe den sonderbar friedlichen Ausdruck im Gesicht meines Freundes. Zugleich bemerke ich, wie ein junger Mann im Hoodie seine Kapuze überstülpt. Er drängt sich zwischen den Leuten durch und nimmt die Beine in die Hand.

»Da haut einer ab«, sage ich zu Marek. »Willst du nichts unternehmen?«

»Hier kommt man nicht weit«, sagt Marek.

Die Burg wurde im Jahr 1080 auf Befehl von König Heinrich III. erbaut. Das ist über tausend Jahre her. König Heinrich hat das Gemäuer als Artillerie-Fort anlegen lassen. Der befestigte Turm blickt weit übers Wasser. Während der Jahrhunderte hat die Burg immer ihren Zweck erfüllt, mal gegen die Habsburger, mal gegen die anrückenden Prinzen von Savoyen. Ende des Zweiten Weltkriegs haben die Nazis ihre Flugabwehrkanonen von hier abgefeuert. Was früher Kanonen waren, erledigt heute die Elektronik. Lasersensoren, Nachtsichtkameras, Überwachungsdrohnen, die Burg strotzt von dem Zeug. Manchmal geht der Alarm schon los, wenn ein Salamander die Mauer hochkriecht. Nur eines hat sich seit 1080 nicht geändert: Die Burg liegt am Wasser. Das bedeutet, es ist praktisch unmöglich, hereinzukommen. Aber nach draußen gibt es einen Weg.

Weil Marek nichts unternimmt, binde ich meine Schnürsenkel zu. Mit offenen Schnürsenkeln rennt es sich nicht gut.

»Wo willst du hin?«, höre ich Marek rufen. »Stopp, Saltzman!«

Die Siedlung, das Centre, der Turm, der Pool, der Park, alles wird von zwei Mauerreihen umschlossen. Der flüchtende Junge steuert auf die innere Festungsmauer zu. Mit wenigen Sprüngen meistert er die Rampe auf die Galerie.

Hell klatschen meine Schritte auf dem Pflaster. Oben geht es weiter, von Zinne zu Zinne. Grauer Granit, dazwischen Ausblick. Das Land blüht und leuchtet, gelb die Narzissen, lila Knabenkraut, rote Bougainvillea, ich habe das immer geliebt. Wir haben Februar, und schon solche Farben. Winter gab es früher mal, heutzutage ist der Februar ein Frühlingsmonat.

So viel ist klar, der Junge will ans Wasser und mit einem Boot hinaus. Rennend dreht er sich um, bemerkt mich und wird schneller. Was ist das für ein Olympionike, dass er immer noch schneller werden kann? Er springt auf das Vordach des Wehrturms, auf die Galerie, die zur äußeren Mauer führt. Von dort bringt ihn die Treppe zum Anlegesteg. Jachten, Motorflitzer und Segler liegen dort vor Anker. Wassersport gehört zum Alltag.

Ich schlucke die Pistazie im Ganzen. Nichts wäre blöder, als ein Brösel im falschen Hals. Ich schaffe die Treppe. Wie geölte Kolben gehen meine Arme vor und zurück, ich hole auf. Die Maschine in meinem Herzen hat viel zu tun. Die

Maschine in meinem Herzen bewirkt, dass ich praktisch ewig so weiterrennen könnte. Leyland sei Dank! Mein Atem geht ruhig, kein Keuchen, kein Hecheln, kein rasendes Herz. Ich setze zum Sprung an, erwische den Jungen am Kapuzenpulli. Er verliert das Gleichgewicht. Wir stolpern auf die Kante zu. Ich kann den Schwung nicht abbremsen, ineinander verkeilt stürzen wir ins Hafenbecken. Das Wasser ist eisig, selbst im Frühlingsmonat Februar.

* * *

»Erstklassiges Tackling.«

Goltz steht über uns auf dem Steg. Ich fand Goltzs Uniform schon immer affig, herbes Schwarz mit Leopardenkragen, aber jede Burg darf ihrer Security ein individuelles Outfit verpassen. In der Burg ist Goltz Polizei und Richter in einer Person und er genießt es. Ein Wink von ihm und seine Leute holen den Jungen aus dem Wasser. Als Marek ihm eine Decke um die Schultern legt, schlägt der Sprinter die klatschnasse Kapuze zurück.

»Das ist ja eine Frau«, rufe ich verblüfft.

»Natürlich bin ich eine Frau«, fährt mich die triefende Person an.

»Das ist Pia«, erklärt Goltz. »Pia ist Leylands Assistentin. Sie war es.«

Schwarzes Haar, Pagenschnitt, im Nacken ausrasiert. Mittelalterlicher Knappe, klösterlicher Novize fällt mir dazu ein. Der spürbare Ernst dieser Frau.

»Weshalb bist du weggerannt?«

»Ich habe mit Leylands Tod nichts zu tun.«

»Das hat auch niemand behauptet. Weshalb bist du gerannt?«

»Ich konnte ihn nicht mehr ansehen. Wie sie ihn zugerichtet haben. Wie sie ihn …« Sie macht kein Theater, als sie zu weinen beginnt. Die Tränen fließen einfach. »Ich habe gewusst, dass Leyland so enden wird.«

»Dass er *sterben* wird?« Ich ziehe die tropfnasse Jacke aus. »Leyland war das Mastermind in Sachen Nanotechnologie, der Erste, der Nanomaschinen und künstliche Intelligenz unter einen Hut gebracht hat. Und du wusstest, dass man ihn umbringen will?« Sie schweigt. »Warum wolltest du aufs Wasser?«

»Schluss jetzt.« Goltz geht dazwischen. »Du hast hier keine Fragen zu stellen, Saltzman. Du hast hier überhaupt nichts mehr zu sagen. Ist das klar?«

»Leyland hat mich angerufen.«

»Wann?«

»Gestern. Er wollte, dass ich komme.«

»Du bist die ganze Strecke in einem Tag gefahren?«, fragt er ungläubig.

Ich zucke die Schultern. »Wenn die Leute ein Fahrzeug der Taskforce sehen, lassen sie dich in Ruhe.«

»Warum hat Leyland dich angerufen?«

»Das wollte er mir erst hier sagen.«

»Dann wirst du es wohl nie mehr erfahren.« Goltz bedeutet Pia, voranzugehen. Trotz der Decke zittert sie so stark, dass ich ihre Zähne klappern höre.

Mein Blick wandert nach oben. Eine Menge Leute sind dort zusammengelaufen. Das vertraute Gefühl stellt sich ein, weshalb ich mit den Burgbewohnern nie etwas anfangen konnte. In ihrer Welt ist alles politisch korrekt, nachhaltig, biologisch abbaubar, menschenfreundlich, kinderlieb, artgerecht, ethisch einwandfrei. Nichts ist dreckig, alles wohlhabend, lässig, jung. Die Boote sind rank, die Karriere ist steil und verläuft ohne Hindernisse. Jeder ist ein Gewinner. Das Leben ist ein Grillfest und die Kids spielen im Pool. Hier leben gute Menschen. Spannungsfaktor zero. Rebellion zero.

Mir war das immer zu eng. Ich kann so nicht denken, fühlen, leben. Für mich ist die wichtigste Fähigkeit des Menschen, auf zwei Beinen zu laufen und sich fortzubewegen. Wir wurden dafür geschaffen, unserer Leidenschaft, unserer Neugier zu folgen, zu suchen, zu entdecken, zu scheitern und weiterzusuchen. Wir wurden geschaffen, um ins kalte Wasser zu springen oder ins lodernde Feuer. Wir wurden nicht dazu geschaffen, uns einzumauern.

Wäre es nicht für Leyland gewesen, keine zehn Pferde hätten mich hierher zurückgebracht. Fünfzehn Stunden Fahrt. Die Straßen sind kaum noch befahrbar, überall aufgeplatzter Asphalt. Die Natur holt sich zurück, was ihr gehört. Es gab mal eine Zeit, da spielte sich das Leben vorwiegend auf der Straße ab, wir waren eine erstaunlich bewegliche Spezies. Unsere Mobilität war fossil und dreckig, aber es hat Spaß gemacht, durchs Land zu brausen. Wenn du heute irgendwo hinwillst, denken die Leute, du bist auf der Flucht.

Bevor ich zu Leylands Leiche geführt wurde, habe ich draußen vor der Zugbrücke geparkt, bin ausgestiegen und vor den Scanner getreten. Das System erkennt mich. Ich bin Saltzman. Habe mal hier gewohnt. Träge senkt sich die Zugbrücke. Kein Kettenklirren wie zu Zeiten von Kaiser Friedrich, alles schnurrt elektronisch. Sensoren suchen die Unterseite der Brücke ab, ob sich jemand drangehängt hat. Geräuschlos schwenken die Kameras. Hier würde nicht mal ein Flusskrebs unerlaubt reinkommen. Metall schlägt auf Metall. Ich halte meinen Ausweis hoch.

»Du bist nicht angemeldet«, ruft jemand von drüben.

»Professor Leyland hat mich hergebeten«, rufe ich zurück.

»Bist du bewaffnet?«

»Nein.« Ich setze meinen Fuß auf die Brücke. »Lasst mich rüber, dann brauche ich nicht so zu brüllen.«

Die Scanner gleiten über meinen Körper. Der Virus-Check dauert länger. Ob Lilly weiß, dass ich komme?

2

Dass ich hier mal zu Hause war, hatte mit Lilly zu tun. Und mit der Liebe. »Die globale Welt ist perdu«, sagte Lilly. »Eine Familiengründung in der Stadt kommt nicht infrage«, sagte Lilly. »Wir müssen autark sein. Autark ist man nur in der Burg.« Lilly wusste schon damals genau, wie ihr Leben aussehen soll. Ich bin dagegen ein Drifter, ich plane nichts. Das Leben schickt mir eine Welle, ich reite darauf. Aus Liebe habe ich Lilly geheiratet und bin mit ihr in die Burg gezogen. Habe versucht, nett zu sein, freundlich, angepasst, habe den Einzelgänger in mir bekämpft. In der Burg bist du als Einzelgänger am falschen Ort. Die Burgmenschen fühlen sich in ihrer Comfort Zone gestört, wenn da einer ist, der sich in ihrer Comfort Zone nicht wohlfühlt. Vor zehn Jahren bin ich aus der Burg weggezogen. Und habe es nie bereut. Seitdem lebe ich draußen. Wer draußen lebt, gilt nicht viel. Ein Drifter gilt in der neuen Welt wenig.

Lilly ist mittlerweile wieder verheiratet. Lillys neuer Mann ist der Architekt, der die letzten technischen Neuerungen in der Burg umgesetzt hat. Nüchterne Linien kontrastieren mit jahrtausendealter Architektur. Jeder freie Fleck innerhalb der Mauern wird genützt. Optisch ist Lillys Mann ein blonder Boyscout. Er heißt Lenny oder Larry, ich habe den Namen nicht genau verstanden. Bald nach der Begrüßung lässt er uns allein.

Lillys Blick ist ein einziger Vorwurf, wie verwahrlost ich bin, wie frühzeitig gealtert. Wenn man draußen lebt, wandern die Jahre schneller an dir vorbei. Lilly ist immer noch makellos. Sie trägt einen Frühlingsrock aus Biobaumwolle, ihre blau gestreifte Bluse stellt das geheime Banner des Reichtums dar. Sie bringt mir alte Sachen von ihrem Mann. Die Jeans sind zu kurz, das Businesshemd ist zu weit. Mir sind seine Muskeln aufgefallen. Lilly hat ein Faible für Muskeln. Ich konnte ihr in diesem Punkt nie viel bieten. Lilly hat auch ein Faible für leichte Musik. Ständig dudelt irgendetwas bei ihr. Sie kann nicht leben, wenn sie nicht berieselt wird. Wir haben uns zehn Jahre nicht gesehen, aber Lilly erträgt die Stille zwischen uns nicht. Im Hintergrund dudelt es.

Sie tritt neben mich vor den Spiegel. Der Spiegel behauptet, dass sie mit ihrem Lebensprinzip recht hat und ich unrecht habe. Ich hätte mich rasieren sollen. Meine Augen sind blau, illusionslos, aber lustig.

»Wer hat Leyland umgebracht?« Ich betrachte Lilly im Spiegel.

»Das kriegen sie bald raus.« Sie zupft das Hemd ihres Mannes an mir zurecht.

»Wer?«

»Goltz.«

»Ihr wollt den Mord an einem internationalen Genie durch die interne Security aufklären lassen?«

»Aus deinem Mund klingt *international*, als wäre es etwas Gutes. Seit gestern ist keiner in die Burg reingekommen und niemand hat sie verlassen. Wieso sollen wir das also nicht intern klären?«

»Beunruhigt dich das nicht, dass der Täter jemand von euch ist, jemand aus eurer Gemeinschaft?«

In ihrem Seufzen liegt Ungeduld. »Dieses Haus ist alarmgesichert. Die Burg ist alarmgesichert. Wer sollte mir schon etwas tun?«

»Wer sollte Leyland umbringen?«

»Leyland hat an Dingen gearbeitet, die gefährlich sind. Deshalb hat das Komitee ja auch verhindert, dass er sein Labor im Zentrum errichtet.«

»Ich weiß, ihr habt ihn in den Burggraben verbannt.«

»Mein Mann und Leyland haben das so vereinbart.«

Es ist lächerlich, aber als Lilly den Begriff *mein Mann* für einen anderen verwendet, gibt mir das einen Stich. »Kennst du Leylands Assistentin?«

»Den kleinen Mönch?«

»Wieso nennst du sie so?«

»Weil sie so aussieht. Und weil sie hinter Leyland hergelaufen ist, als ob er ein Heiliger wäre.«

»Vorhin wollte sie abhauen. Kannst du dir erklären, warum?«

»Leylands Tod hat sie mitgenommen. Die beiden waren eng miteinander.«

»Was heißt *eng*?«

»Nicht, was du denkst, du Schmutzfink.« Sie boxt mich gegen die Schulter. »Leyland hatte eine Freundin.«

»Seit wann?«

»Sie heißt Edda. Tolle Frau. Hat aber nicht zu ihm gepasst. Zu jung, zu lebhaft, wenn du verstehst, was ich meine.«

»Ich verstehe nicht, was du meinst.«

»Was will Edda mit einem Professor, der entweder die ganze Nacht arbeitet oder um neun Uhr über einem Buch einschläft?«

»Wieso hat Leyland mit ihr etwas angefangen?«

»Liebe wahrscheinlich. Die verdammte Liebe.« Lilly schenkt mir einen koketten Augenaufschlag.

Ich habe Lilly geliebt, das kann ich wohl sagen. Ich habe es ihr zu selten gesagt, wahrscheinlich nie richtig. Lilly ist jemand, die gern über die Liebe spricht. Auch in diesem Punkt war ich eine Enttäuschung für sie.

Sie läuft zum Schuhschrank, in dem ungelogen hundert Paar Schuhe stehen, und bringt mir grüne Slippers. Ich hasse Slippers und sie weiß das.

»Danke für die Klamotten.«

Lilly stellt die Slippers vor mir ab. »Was hast du mit Leylands Assistentin zu schaffen?«

»Ich finde sie irgendwie … speziell.«

»Du und dein Geschmack bei Frauen.« Eine nachdenkliche Falte taucht zwischen Lillys Brauen auf. »Jetzt, da Leyland tot ist, wirst du wohl nicht lange bleiben?«

»Wieso fragst du?«

»Goltz gefällt es nicht, dass du wieder da bist. Er wird dich bald rausschmeißen.«

»Ich gehöre zur Taskforce. Goltz kann mich nicht rausschmeißen.«

•••

In Leylands Labor kann man das Wesentliche nicht sehen. Weil es zu klein ist, millionenfach zu klein. Nano-Tubes haben die Größe von zehn hoch minus neun Meter. Ein Milliardstel Meter ist für das menschliche Gehirn nicht mehr vorstellbar. Diese Größenordnung wird nur durch ein *Atomic Force Microscope* erfassbar. Von denen stehen hier einige. *Nanos* werden heute überall eingesetzt, in der Oberflächenphysik, in der Lebensmittelindustrie, auch die Medizin bedient sich der Winzlinge.

Ich trage so einen Winzling in mir. Er schwimmt in meinem Herzen und sieht dort nach dem Rechten. Ohne Professor Leyland, ohne meinen Freund Leyland, wäre ich gestorben. Lilly und ich waren ein junges Paar, sportlich wie sie ist, wollte sie rennen, jeden Tag rennen. Darum haben wir jeden Morgen unser Schwitzzeug angezogen und sind gerannt. Die innere Rampe hoch, über die Galerie zur äußeren Rampe, die vielen Treppen runter zum Kraftwerk, bis an die Mole, ans Wasser, die äußere Umgehung wieder hoch und hinein in die Arena. Am Eingang des Parlaments war unser Zielpunkt. Jedes Mal ist Lilly früher angekommen als ich. Meine Zeiten wurden immer schlechter, meine Atemnot permanent, meine blauen Ringe unter den Augen wechselten zu Violett. Nachts kribbelte es in den Fingern, meine Zehen fühlten sich tot an. Der Burgarzt tippte auf Nierenversagen, Leyland tippte auf Herz. Mein Herzfehler ist angeboren, irreparabel.

Leylands Prozessor arbeitet Tag und Nacht. Er ist intelligent, seine Lernprozesse funktionieren exponenziell auf der Größe eines Milliardstel Meters. Wäre das Ding größer, würde es vom Körper als Fremdkörper erkannt und abgestoßen werden. Leyland selbst hat mir die Maschine eingepflanzt. Einen Monat nach der Operation habe ich die Burg verlassen. Vor zwei Tagen hat Leyland mich zurückgerufen. Bevor er mir den Grund sagen konnte, wurde seine Hirnschale zerquetscht. Leyland war mehr als ein Vater für mich. Ich trage seine Maschine im Herzen. Leyland ist der Geist in der Maschine. Sein Tod hat mich ins Herz getroffen.

Auf einem Drehhocker in Leylands Labor zieht Pia die Beine hoch. Sie sitzt da wie ein Vogel auf dem Ast. »Leyland hätte überall auf der Welt arbeiten können. Aber er wollte unbedingt hierbleiben.«

»Weil Leyland das Wasser liebte.« Ohne dass Pia es merkt, schlüpfe ich aus den Slippers von Lenny oder Larry.

Sie lächelt. »Leyland hat mich einmal auf seiner Jolle mitgenommen.«

»Wohin seid ihr gesegelt?«

»Nur bis zur Mitte des Wassers. Er wollte die Staatsgrenze nicht überfahren. Ich habe Sandwiches gemacht. Das war ein schöner Tag. Ein perfekter Tag. Ich habe Tomatensaft serviert. Er saß da, hat das Steuer gehalten, Tomatensaft getrunken und mit mir geplaudert. Das war mein schönster Tag mit ihm.«

»Kennst du Leylands Freundin?« Und schon ins Fettnäpfchen reingetreten. Ich merke es im selben Moment. Pia schaut zu Boden und schweigt. Werde ich es denn nie lernen? Sie erzählt mir von ihren Gefühlen und ich haue mit meiner unmöglichen Frage rein.

»Kennst du Edda?«, hake ich nach, da der Schaden schon angerichtet ist.

»Natürlich. Sie hat ihn ja oft genug besucht.«

»Und wie ist sie so?«

»Das solltest du mich besser nicht fragen.«

Ich mache ein paar Schritte auf Socken. Leylands Labor, sein Reich. Wie oft war ich hier – manchmal bis zum Morgengrauen. Tagsüber gab Leyland sich wortkarg, nachts kam alles aus ihm heraus. Er wurde redselig. Vielleicht lag es an seinem exzellenten Wodka.

»Hast du eine Ahnung, weshalb Leyland mich angerufen hat? Was er von mir wollte?«

»Nein.«

»Es muss wichtig gewesen sein.« Ich streife durch Leylands Welt. »Woran hat er zuletzt gearbeitet, Pia?«

»Das weiß ich nicht.«

»Aber du bist doch seine Assistentin.«

Mit der Hand fährt Pia über ihren rasierten Nacken. »Er war in letzter Zeit sehr verschlossen. Es fühlte sich an wie eine Wand zwischen uns. Ich bin nicht mehr zu ihm durchgedrungen.«

»Aber mit wem sollte er seine Arbeitsergebnisse teilen, wenn nicht mit dir?«, frage ich überrascht.

»Leyland hat manchmal telefoniert.«

»Mit wem?«

»Das weiß ich auch nicht.«

Feinfühligkeit mag nicht mein Spezialgebiet sein, aber ich merke, wenn jemand lügt. »Weshalb bist du vorhin weggelaufen? Du weißt etwas über Leylands Tod. Hat es mit seiner Arbeit zu tun?«

Statt einer Antwort blickt sie an mir hinunter. »Wieso hast du keine Schuhe an?«

Gemeinsam betrachten wir die Socken von Lenny oder Larry.

Die Schüsse fallen knapp hintereinander. Der erste verfehlt mich und geht in die Säule. Ein Splitter wird aus dem Beton gerissen und trifft Pia an der Stirn. Sie schreit nicht, sie fällt nur vom Hocker. Wie ein Vogel, den man aus dem Nest schießt.

Der zweite Schuss trifft.

3

Es war ein Fehler, Saltzman in die Burg zu lassen. Saltzman ist ein Troublemaker, das war er schon immer. Es gibt Leute, die nicht verstehen wollen. Sie leben in der Welt von gestern und verharren in der Hoffnung, dass die alte Ordnung wiederkommt. Die Geschichte wiederholt sich nicht. Saltzman taugt nicht für die Burg. Er passt besser zu diesem lächerlichen Haufen, der sich Taskforce nennt, Abenteurer, große Jungs. Diese Leute leben lieber *draußen*. Die Burg beschützt sich selbst. Deshalb ist es gefährlich, dass Saltzman in der Burg ist.

Der Wagen verlangsamt und hält. »Du bist ganz allein hier draußen?«

Die junge Frau kommt näher. Sie ist hübsch, wenn man die geschmacklose Art mag, wie sich Frauen draußen schminken.

»Findest du es nicht gefährlich, allein unterwegs zu sein? Im Dorf ist neulich eine Fünfzehnjährige verschwunden.«

»Von wo kommst du?«, fragt sie mit dem Akzent der Dörfler und lächelt. Sie hat schlechte Zähne. Alle haben hier schlechte Zähne. Kein Zahnarzt würde sich außerhalb der Burg niederlassen.

»Wie heißt du?«

»Elisabeth.«

»Es gab mal eine Kaiserin, die Elisabeth geheißen hat, wusstest du das?«

»Wirklich?« Sie zeigt in den Wagen. »Was ist das da auf deinem Sitz?«

»Erdbeeren.«

»Im Februar?«

»Möchtest du eine?«

Sie kostet eine leuchtend rote Beere, schließt die Augen und genießt. Ihr Mund färbt sich rot. »Du kommst aus der Burg, habe ich recht?« Ihr Blick schweift nach oben, wo sich die Silhouette der Türme vor dem Nachthimmel abzeichnet.

»Warst du schon einmal in der Burg?«

»Noch nie. Pluplu, unsere Einbeinige, behauptet, dass sie schon mal drin war.«

»So, Pluplu sagt so etwas. Ich habe noch nie eine Einbeinige bei uns gesehen.«

»Ich wusste es.« Elisabeth lacht. »Pluplu lügt.«

»Hast du Lust, mit reinzukommen?«

Misstrauisch tritt sie einen Schritt zurück. »Ich gehe lieber weiter.«

»Wohin?«

»Nach Hause.«

»Bis zum Dorf ist es ein ganzes Stück. Ich kann dich hinfahren.«

Die Erdbeeren haben es ihr angetan, aber das Misstrauen bleibt. »Ich weiß nicht.«

Der Wagen startet. »Dann ein andermal. War nett, dich kennenzulernen, Elisabeth. Komm gut heim.«

Flink kommt sie an die Beifahrerseite gelaufen. »Fährst du wirklich ins Dorf? Ich meine, wenn du sowieso ins Dorf fährst …«

Die Tür geht auf. »Vorsicht, setz dich nicht auf die Erdbeeren.«

»Kann ich noch eine?« Sie schlüpft herein.

»Bedien dich.« Der Wagen fährt an. Die Scheinwerfer entreißen Grün und Gelb der Dunkelheit. Überall stehen die Narzissen in Blüte.

Einen Kilometer und drei Erdbeeren später fragt sie: »Könnte ich denn wirklich?«

»Was?«

»In die Burg?«

»Du weißt nicht, was du willst, Elisabeth.«

»Nur mal reinschauen.« Sie lächelt kokett.

»Es ist schon ziemlich spät.«

»Vorhin hast du es mir angeboten.«

»Du kennst mich doch gar nicht.«

»Du scheinst nett zu sein.« Sie probiert ihren Charme aus, rührend und armselig zugleich.

»Na schön. Aber nur kurz.«

Der einzig bekannte Weg in die Burg ist die Brücke. Es ist umständlich, die Zugbrücke jedes Mal herunterzulassen, aber es macht die Burg absolut sicher.

Die Zugbrücke ist nicht der einzige Weg in die Burg. Der Tunnel ist etwa fünfhundert Jahre älter. Er wurde auf Befehl Herzog Maximilians angelegt. Nicht um hineinzukommen, sondern als Fluchtweg. Wäre die Burg je eingenommen worden, hätte der Herzog fliehen können. In späteren Jahrhunderten haben Burgherren ihre Geliebten durch den Tunnel reingeschafft und im Morgengrauen fortgeschickt. Keinem fiel es auf. Dann kam die Zeit, als die Polkappen abschmolzen und der Wasserspiegel stieg. Heute liegt der Tunnel unter Wasser. Meistens, aber nicht jetzt. Der Wagen erreicht die nördliche Mauer.

Elisabeth wird unruhig. »Du fährst nicht zum Haupttor?«

»Den Rest gehen wir zu Fuß.«

Sie steigen aus. Nebeneinander schlendern sie durch die Nacht. Über ihnen die Burg, das Mondlicht versilbert die grauen Quadern.

»Das ist wunderbar«, sagt Elisabeth.

»Ja, die Burg ist wunderbar.«

Die Geschichte wiederholt sich doch. Zu allen Zeiten wollte der Mensch *unter sich* sein, unter seinesgleichen. Die ältesten Zivilisationen haben es vorgemacht, Mesopotamier, Phönizier, die alten Griechen. Vor Jahrtausenden haben sie die Polis erfunden, den Stadtstaat. Und ihre Akropolis steht heute noch. Der moderne Mensch führt die Polis täglich im Mund. Er sagt *Politik, Kosmopolit, Metropolregion*. Die Globalisierung war eine Fehlentwicklung. In der globalisierten Welt gab es keinen Rückzug. Jeder wurde erfasst, jeder befand sich auf dem digitalen Präsentierteller. Die Angst, in der digitalen Community unterzugehen, wurde weltweit zum vorherrschenden Gefühl. Angst schürt Aggression, Angst grenzt aus, schottet ab. Grenzen wurden dicht gemacht. Auf den Protektionismus folgte der Nationalismus. Aber das war gestern.

Der heutige Mensch hat von den Griechen gelernt. Genau genommen hat er aus seiner eigenen Geschichte gelernt. Die Deutschen wussten es früher als alle anderen. Nun haben sie ihre mittelalterlichen Burgen wiederentdeckt. Seit Jahrhunderten standen die Ruinen der Raubritter leer, die Wasserschlösser, die Festungsanlagen, überall im Land. Die Menschen brauchten sie nur neu zu beleben. Modernste Sicherheitssysteme, moderne Architektur im Inneren, die alte Idee in neuem Gewand. Gelebte Utopie. Die Burg als Heimat.

»Verdammt. Wir können ja nicht rein.«
»Warum nicht?«
»Es ist schon nach zehn.«
»Und?«
»Nach zweiundzwanzig Uhr haben Burgfremde keinen Zutritt mehr.«
»Und das sagst du mir erst jetzt?« Elisabeth stemmt die Hände in die Hüften. »Nachdem wir den ganzen Weg gefahren sind?«
»Tut mir leid. Ich habe es vergessen. Allerdings ...«
»Ja?«
»Es gibt noch einen anderen Weg, aber ... Nein.«
»Was?« Sie tritt näher.
»Du dürftest keiner Menschenseele erzählen, dass du diesen Weg kennst.«
»Wem sollte ich es erzählen?«
»Deiner Freundin Pluplu vielleicht?«
»Ich sag es Pluplu nicht, versprochen.«
»Nein, es geht nicht. Ich bringe dich lieber heim.«
»Du bist gemein.«
»Versprichst du mir, den Mund zu halten?«
»Versprochen.«
»Ich muss mich darauf verlassen.«
Sie hebt die rechte Hand. »Ich schwör's dir.«
»Na gut. Also komm.«

4

Pias Wunde war nur ein Kratzer. Ein Pflaster drauf hat genügt. Sie hat sich in Leylands Labor auf sein Feldbett gelegt.

Meine Jacke, meine Schuhe sind getrocknet, nur die Hose ist noch klamm. Die haben mich angeschossen. Eine Warnung: Ich soll aus der Burg verschwinden. Die mögen keine Gäste hier. Ein Gast ist ein Pickel im Angesicht der Burg. Goltz und die Security sind die weißen Blutkörperchen, die den Pickel entfernen sollen.

Ich bin kein Gast. Ich habe hier mal gewohnt. Ich klingle an der Tür meiner früheren Wohnung. Seit ein paar Jahren lebt Felix hier. Er ist nicht daheim. Aber er hat den Code nicht geändert. Ich betrete meine alte Wohnung. Felix hat alles so gelassen, wie es war, mein Regal, meinen Schwingsessel, mein durchgesessenes Sofa. Ich deaktiviere den Alarm und gehe ins Bad.

Ein Schuss in den Oberschenkel, Eintritts- und Austrittswunde knapp neben der Arteria femoralis, ein Meisterschuss. Der Schütze wollte nicht treffen, er wollte warnen. Ich räume Felix' Kosmetikprodukte beiseite, säubere die Wunde und erneuere den Verband. Duschen kann ich mit der Verletzung nicht, wasche mir nur das Gesicht. Mein Haar gehört geschnitten.

Aus Pia war nicht mehr herauszukriegen. Sie ist sehr erschrocken. Erst die Leiche von Leyland, dann ein Schuss aus dem Hinterhalt, das war zu viel für den kleinen Mönch. Sie ist sofort eingeschlafen. Warum ich Pia mag? Vielleicht weil sie mir so verloren vorkommt.

Ich mache mich auf den Weg zu Leylands Freundin. Auf der inneren Bekrönung der Burgmauer kommt mir Goltz entgegen. Goltz hat mich erwartet. »Du willst zu Leylands Freundin, habe ich recht?«

Ich bleibe stehen, sondiere das Terrain. »Schon möglich.«

»Was willst du bei Edda?«

»Das möchte ich ihr lieber selbst sagen.«

»Du hast hier nicht rumzuschnüffeln, Saltzman.« Goltz breitbeinig, auf sicheren Stand bedacht.

Zwei Kontrahenten auf der Festungsmauer. Mach es gleich, denke ich, mach es richtig. Du darfst nicht weiter über die Stöckchen springen, die Goltz dir in den Weg wirft. Kompetenzrangeleien kosten Zeit. Du kannst auch nicht länger als Zielscheibe rumlaufen. Am besten, wir klären die Sache gleich.

»Man hat auf mich geschossen«, sage ich. Als ob er das nicht wüsste.

Goltz stellt ein Bein vor das andere. »Unwahrscheinlich.«

»Man hat absichtlich danebengeschossen.«

»Noch unwahrscheinlicher.«

»Wer sollte gewarnt werden, Pia oder ich?«

»Wer würde Pia schon warnen wollen?«

»Also galt der Schuss mir. Danke für die Auskunft. Ich soll von hier verschwinden?«

»Um dir das klarzumachen, hätte man nicht auf dich zu schießen brauchen.«

»Ich habe Wohnrecht in der Burg.«

»Du hast eine Wohnung. In deiner Wohnung lebt Felix. Du hast dein Wohnrecht verloren.«

»Felix hat nichts dagegen, wenn ich bleibe.«

»Aber ich habe etwas dagegen.«

»Leyland war mein Freund. Ich gehe nicht von hier fort, bevor ich weiß, wer ihn getötet hat. Ich finde es heraus, Goltz.«

»Das glaube ich nicht, Saltzman.«

Goltz ist ein digitalisiertes Wesen. Er ist es gewöhnt, die Enter-Taste zu drücken, und alles funktioniert, wie er es will. Ich bin der Virus in Goltzs' System, ich deaktiviere die Enter-Taste. Ich bin der Pickel, der sich nicht ausdrücken lässt. Zwei Schläge, auf den Solarplexus und in die Niere. Goltz ist trainiert, er hat eine erstaunliche Reaktionszeit. Er geht sofort in die Mermaid-Verteidigung, was auf dem steinigen Boden Sinn macht. Bei Mermaid bleiben die Füße unbewegt. Ich hätte bei Goltz eher die koreanische Technik vermutet, aber er kämpft die Solfeggietto-Methode, oben täuschen, unten hebeln. Ich pariere mit Asparagus-II. Die meisten Männer, die so groß sind wie Goltz, würden jetzt zu Boden gehen, er aber nutzt seine Umgebung, stößt sich von der Burgmauer ab und bringt mich mit einem Bonetti-Schlag aus dem Gleichgewicht. Jetzt leitet er seine beste Attacke ein, Solfeggietto mit der linken Hand. Hinter mir ist der Abbruch der Festungsmauer. Als meine Fersen die Kante spüren, führe ich den Gegenstoß aus. Reinhardt. Ein Reinhardt ist nie und nimmer zu parieren. Reinhardt besiegt Solfeggietto immer.

Aber Goltz wehrt Reinhardt ab! Er wehrt ihn ab. Ich wiederhole den Schlag, wieder misslingt er. Ich wechsle zu Asparagus, setze einen doppelten Schrittwechsel ein. Nichts funktioniert. Meine Fersen ragen bereits über den Abgrund. Ich treffe eine Entscheidung.

»Das war's dann«, sage ich zu Goltz.

Sein Solfeggietto schwebt dicht über mir. »Ach ja, denkst du?«

»Ständig. Du solltest es auch mal mit Denken probieren.«

Goltz macht den Ausfall. Ich werfe mich zu Boden. Reinhardt! Das einzige Manöver, das auch mit den Beinen funktioniert. Reinhardt ist der pure Teufel. Goltz fällt auf Reinhardt herein. Oben, unten, oben, und schon steht Goltz an der Kante. Weiter zurück kann er nicht. Goltz kippt. Ich halte ihn an der Leopardenkrawatte fest.

»Ich bin von der Taskforce«, sage ich. »Ich untersuche den Mord an Leyland. Dieser Unsinn hört jetzt auf. Ich bleibe. Und du assistierst mir.«

»Leck mich.« Goltz rudert mit den Armen.

»Falsche Antwort.« Ich lasse die Leopardenkrawatte los. Ein Sturz aus drei Metern Höhe. Unten wächst sibirisches Schilfgras. Ohne Schrei verschwindet Goltz im Schilf.

• • •

Mein Untermieter Felix ist so ein Hübscher mit langem schwarzem Haar, von dem man glaubt, es fällt von selbst sanft in seine Stirn. Niemand ahnt, wie viele Kosmetikprodukte mein Bad durchwuchern, die seinem Haar Schwung verleihen und seiner Haut die zarte Blässe. Wenn man in Felix' seelenvolle Augen blickt, glaubt man, einen jungen Mann gefunden zu haben, der alles versteht, was Mann und Frau bewegt.

In der Burg, in sämtlichen Burgen Germaniens, ist Sex ein Nebenschauplatz geworden, eine Sache, die man zwangsläufig tut, hastig und streng nach den Regeln. Man fragt seinen Partner höflich, ob es ihm auch recht ist, verabredet Ort und Zeit, stellt Getränke bereit und Verhütung. Gleich nach dem Vollzug lebt man sein Leben völlig unbeeindruckt weiter. Fortpflanzung ist willkommen, sofern der Nachwuchs innerhalb der Burgmauern geboren wird. Außenkontakte gibt es nicht, die Hygienegesetze verbieten es.

Felix hat der sexuellen Sachlichkeit unserer Zeit den Kampf angesagt. Er kann nicht ohne Frauen und die Frauen erbarmen sich seiner.

Das Erste, was ich zu Gesicht bekomme, ist Felix' freundlich behaartes Hinterteil. Leylands Freundin Edda bewohnt ein sogenanntes *Gartenappartement*, was eine Umschreibung für die dunkelste Wohneinheit in der Burg ist. Außer dem Blick auf die alten Mauern hat man null Aussicht.

Ich komme von der Gartenseite, die Pforte ist angelehnt. Ich werde mit dem bewegten Hintern meines Mieters konfrontiert.

»Edda?«, frage ich, da ich die Identität von Felix nicht festzustellen brauche. Unter ihm taucht ein Gesicht auf. Ein hübsches, gerötetes, erstauntes Gesicht.

Felix' Hintern hält inne. »Hey, Coppy«, ruft er, kein bisschen peinlich berührt. »Hab schon vernommen, dass du im Land bist.«

Edda zwängt sich unter Felix hervor. »Wer bist du?« Sie bedeckt, was zu bedecken geht, während er alles unbeschwert schwingen lässt.

»Ich bin bei der Taskforce«, sage ich, um meinem Besuch den komödienhaften Anstrich zu nehmen: junge Frau beim Sex überrascht, Untermieter wiedergetroffen, peinliches Gestammel, flotter Lacher. Nicht mit mir, nicht nach dem Mord an meinem Freund.

Edda greift nach Badetuch und Sonnenbrille, obwohl man hier unten an keinem Tag des Jahres Schutz vor der Sonne braucht.

»Ich komme wegen Leyland.«

Sie mustert mich. »Ach, du bist das. Leyland hat mir von dir erzählt.«

»Würdest du dir was anziehen? Wo können wir ungestört sprechen?« Der letzte Hinweis geht an Felix.

»Kaum sieht man sich wieder, willst du mich schon wieder loswerden.« Er springt auf und läuft mit halber Erektion ins Bad.

Während Edda mich hereinbittet, fallen mir Lillys Worte ein. Lilly hatte recht: Edda kann nicht viel an Leyland gelegen haben. Am Tag seines Todes, am Abend seiner Ermordung treibt sie es mit einem anderen Mann. Bevor wir hineingehen, hebe ich den Blick. Das blaue Viereck über den Burgmauern verdunkelt sich bereits. Eines hat der Klimawandel nicht verändert. Die Tage im Februar sind kurz.

5

Edda bindet den Bademantelgürtel straff. »Ich war nicht richtig mit Leyland zusammen. Ich wäre es gern gewesen, von Herzen gern. Aber er sagte, der Altersunterschied sei zu groß.«

»Was meinst du mit *nicht zusammen*?« Ich setze mich auf ihre Couch.

»Er wollte nicht mit mir schlafen. Er sagte, das wäre unter unserer Würde. Weiß nicht genau, was das heißen sollte – Würde.«

Edda ist anders, als ich es nach Lillys Beschreibung erwartet hätte. Direkt, offen, unangestrengt. Es gibt eine Menge Attribute, die auf die Burgleute zutreffen, *Offenheit* gehört nicht dazu. Im Allgemeinen redet man hier an der Oberfläche, in den Klischees des psychoanalytischen Halbwissens, im ständigen Bemühen, jede Peinlichkeit aus seinem Leben zu verbannen. Edda macht da eine erfrischende Ausnahme.

»Ich habe Leyland bewundert. Mit dem, was er im Kopf hatte, übertraf er uns alle.« Sie macht Tee auf die altmodische Art. Zerbröselt ein Kraut, packt es in ein Teeei und schwenkt das Ganze in der Kanne.

»Was er im Kopf hatte? Du sagst das so, als ob in Leylands Gehirn mehr als nur sechs Millionen Kilometer Nervenbahnen und Synapsen gewesen wären.«

»So meine ich es auch.«

»Was war sonst noch in Leylands Kopf?«

»Das Gleiche wie bei dir.«

»Eine Nanomaschine?«

»Ein Nano-Akkumulator. Er nannte ihn Terra-Holix.«

Ungläubig schüttle ich den Kopf. »Ein Holix ist ein Terra-Prozessor in der zwölften Potenz. Eine unvorstellbare Größenordnung.«

»Tja, so war Leyland nun mal. Er war *unvorstellbar.*« Sie legt das Teeei ab und bringt die Kanne zum Tisch.

»Wie lange hatte er die Maschine schon in seinem Kopf?«

»Seit ein paar Jahren.«

»Und wer hat ihn operiert? Ich meine, wer hat die Transplantation durchgeführt?«

»Er selbst.«

»Er hat sich selbst am Kopf operiert? Ohne Hilfe?«

»Ob ich eine große Hilfe war, weiß ich nicht. Aber ich bin dabei gewesen.«

»Du?« Die Sache wird immer verrückter. »Er hat eine Assistentin. Wieso konnte Pia ihm nicht assistieren?«

»Der kleine Mönch?« Eine winzige Herablassung tritt in Eddas Ausdruck. »Pia hat Leylands Vaterinstinkt geweckt. Er mochte sie, aber zugetraut hat er ihr wohl nicht viel.«

»Wusstest du – entschuldige, aber ich muss das ansprechen –, wusstest du, dass man Leylands Hirnschale aufgebrochen hat?«

»Ich habe es gehört.«

»Von wem?«

»Goltz hat es mir erzählt.«

»Wann?«

»Gleich nachdem es passiert ist.« Edda gießt ein. Der

Tee hat eine wunderbare Farbe. »Also haben sie das Ding geklaut.«

»Was? Wer?«

»Die Mörder, nehme ich an.«

»*Die* Mörder? Wieso sollten es mehrere sein?«

»Leyland war alt, aber stark wie ein Büffel. Einer allein hätte ihn kaum überwältigt. Sie wollten die Maschine in seinem Kopf, da bin ich sicher.«

»Ein Holix arbeitet auf subatomarer Ebene. Das klaut man nicht einfach wie eine Handtasche.«

»Es lässt sich orten, hat Leyland mir erklärt.«

»Das stimmt.« Ich stelle mir das Ding vor, das jetzt, in diesem Augenblick in meinem Herzen nach dem Rechten sieht. »Erzähl mir von der Operation. Wie hat Leyland es angestellt, am eigenen Kopf zu hantieren? Und weshalb hat er dich, eine Laiin, assistieren lassen?«

Da muss Edda grinsen. »Eine Laiin, oh ja, das bin ich. Auf jedem Gebiet. Bis aufs Teekochen, da bin ich Expertin. Schmeckt er?«

»Ausgezeichnet. Zu meiner Frage –«

»Leyland hat mich geliebt. Was soll ich sagen, es war Liebe. Alles, was er an schönen Gefühlen in sich trug, hat er mir geschenkt. Er sagte: Wenn ich draufgehe, möchte ich, dass du das Letzte bist, was ich sehe.«

»Und du hast dich darauf eingelassen, dass Leyland möglicherweise vor deinen Augen stirbt?«

»Die Liebe war beidseitig. Ich habe Leylands Wunsch respektiert.«

Ich könnte jetzt meine Klappe halten, aber ich halte meine Klappe nicht. »Wenn es Liebe war, Edda, wieso hattest du dann Sex an dem Tag, als Leyland getötet wurde?«

Sie wirft mir einen Blick zu, durch den ich mich wie ein

Spießer fühle. »Weil das eine mit dem andern nichts zu tun hat. Der Sport mit Felix hat mit meiner Liebe für Leyland nicht das Geringste zu tun.«

* * *

Da sitzt Pia, der kleine Mönch, mit einem Pflaster auf der Stirn, auf Leylands Drehhocker, als ob sie sein Labor nie wieder verlassen wollte. Sie wartet auf eine Erklärung, warum ihr Meister, ihr Idol von heute auf morgen verschwunden ist. Und was tue ich? Streue Salz in ihre Wunden.

»Das hat Leyland für mich hinterlassen«, beginne ich vorsichtig.

»Was ist es?«

»Ein Device.«

»Ein Bramble?« Pia kommt hoch. Wie elektrisiert springt sie vom Hocker.

»Er hat das Ding bei Edda deponiert.«

»Ein Bramble-XJ38!« Sie starrt es an wie ein seltenes Insekt.

»Ich weiß. Ich habe leider keinen Cube, der leistungsstark genug wäre, um ein XJ38 zu öffnen.«

Das Gesicht des kleinen Mönchs strahlt von Ohr zu Ohr. »Aber ich!«

»Du hast einen Cube?« Das überrascht mich.

»Es ist Leylands Cube.«

»Kannst du ihn mir leihen?«

»Dir *leihen*? Wir können den Inhalt des XJ38 doch gemeinsam öffnen.« Sie greift danach.

Ich schließe die Faust um den Bramble. »Leyland hat das Ding mir hinterlassen. Ich sollte es mir zunächst allein ansehen.«

Pias Blick ist fassungslos. »Es könnte etwas darauf gespeichert sein, das du gar nicht verstehst.«

»Möglich.«

»Vielleicht verstehe ich es.«

»Vielleicht.«

Pias Augen werden finster. »Was hat Edda dir über mich gesagt?«

In manchen Fällen ist eine Lüge besser als eine beleidigende Wahrheit. »Gar nichts.«

»Hat sie gesagt, dass Leyland mir nicht vertraute? Dass er mir nie besonders viel zugetraut hat?«

»Aber nein.«

»Sie muss etwas gesagt haben.«

»Sie hat angedeutet, dass Leyland nicht wollte, dass du bei seiner Operation assistierst«, rücke ich mit der halben Wahrheit heraus.

»Die Holix-Operation?« Sie sinkt auf den Hocker. »Es geht also um die Holix-Operation?«

»Leyland hat dir Edda vorgezogen. Das hat dich verletzt, stimmt's?«

Stockend beginnt Pia zu sprechen. »Leyland stand weit über uns, Saltzman, haushoch. Er hat alles verstanden, das Ganze, weißt du. Wieso alles so ist, wie es ist, wohin sich alles entwickelt und was aus uns Menschen wird.«

»Was wird denn aus uns Menschen?«

»Es gibt uns nicht mehr lange.«

»Behauptet Leyland?«

»Er sagt, wir Leute in der Burg bewohnen bereits unseren eigenen Friedhof, unser selbst geschaffenes Maosoleum.«

»Wodurch wird die Menschheit seiner Meinung nach vernichtet?«

»Keine Ahnung.«

»Hat Leyland dir seine Apokalypse nicht erklärt?«

»Nicht mir.«

»Wem sonst? – Edda?«

»Nein.«

»Jemandem aus der Burg?«

»Kann ich nicht sagen.«

»Jemandem von außerhalb?«

»Ich weiß es wirklich nicht, Saltzman. Ich weiß nur, dass Leyland in letzter Zeit oft telefoniert hat.«

»Mit wem?«

»Es war eine Männerstimme.«

Ein Blick durch das dunkle Labor. Es ist Nacht geworden. »Wenn es die Menschheit nicht mehr lange gibt, was bleibt dann übrig?«

Meine Frage bringt sie zum Lachen. »Alles andere natürlich. Alles außer uns. Wir stören doch nur. Sobald wir ausgestorben sind, kann der Planet endlich durchatmen.«

Pias Story, die angeblich Leylands Story ist, wird mir zu kryptisch. »Was hat das damit zu tun, dass Leyland *haushoch über allem stand*? Was hat das mit Edda und dir zu tun? Was hat es mit dem Holix in seinem Kopf zu tun?«

»Verstehst du nicht? Leyland hat Edda geliebt«, antwortet sie in vollkommener Offenheit. »Und Liebe ist das Einzige, das im Holix nicht enthalten ist.«

»Liebe«, wiederhole ich, als wäre es ein albanisches Fremdwort. Mit einem Mal steht mein Problem, mein ureigenster Konflikt im Raum. Ich fühle. Natürlich fühle ich, so wie jedermann. Aber jedes Mal, wenn ich fühle, empfinde ich zugleich das Bedauern, dass ich nicht intensiver fühlen kann.

»Nur der Mensch kann lieben«, sagt Pia. »Das Holix nicht.« Sie spürt meine Irritation. »Was hast du?«

»Ach, nichts. Leyland hat dir also vom Holix erzählt?«, frage ich, um abzulenken.

»Ja«, antwortet sie nicht ohne Stolz. »Er hat den luziden Sprung nicht vor mir geheim gehalten.«

»Luzider Sprung, was ist das?«

»Der nächste Schritt in der Evolution, Saltzman. Nicht mehr Homo sapiens, sondern Homo illuminatus.«

6

»Du hast maximal vier Stunden.«

Pia versteht, dass ich rausmuss, aber nicht wieder reinkommen würde, wenn Goltz erfährt, dass ich draußen bin. Sie bringt mich zum *Fischerhaus*. Zur Zeit Kaiser Friedrichs haben die Fischer hier ihren Fang angeliefert. Während des großen Ausbaus der Burg wurde der Bereich in eine Schleuse umfunktioniert. Sieht gar nicht mehr aus wie ein Fischerhaus, heißt aber noch so. Es ist verschlossen und alarmgesichert, trotzdem: Wer rauswill, der kommt hier hinaus.

Pia schließt die Metalltür hinter mir. Vier Stunden haben wir vereinbart. In der Burg kann ich nicht über das nachdenken, was Leyland mir zu knacken aufgegeben hat. Leyland, der weise Mann, der verfluchte Geheimniskrämer, hat mir eine Sache übergestülpt, die hundertmal zu groß für mich ist, oder besser gesagt, *zehn hoch minus neun* Mal zu winzig. Nur weil ich eine Nanomaschine in mir trage, bin ich noch kein Nanoexperte.

»Warum ich?«, habe ich Leyland gefragt.

»Weil du bei der Taskforce bist, Dummkopf«, lautete seine Antwort.

Ich muss mir Leylands Botschaft noch mal ansehen, Pia hat mir den Cube mitgegeben. Ich verstaue ihn in meiner Tasche und starre auf das schwarze Wasser. Heute Mittag musste ich schon einmal in die eisige Brühe springen. Jetzt soll ich wieder untertauchen, ausgerechnet nachts, im Februar, im Stockdunklen. Ich hole Luft, springe, verfluche die Kälte und weiß, dass die Maschine in meinem Herzen geeignete Maßnahmen gegen den Infarkt ergreift. Ich muss unter der Mauer durch. Mit Kleidern zu tauchen, ist heavy. Ich tauche mit Kleidern. Die Mauer reicht tiefer hinab als befürchtet. Die Luft wird knapp. Mit letzter Reserve komme ich auf der anderen Seite hoch. Verkneife mir, zu prusten und nach Luft zu ringen. Ich schwimme lautlos wie ein Otter und behalte dabei die Sensoren im Auge, die Goltz und die Security auf den Plan rufen könnten. Überall haben sie an Alarmanlagen gedacht, auch beim Fischerhaus. Doch als der Alarm zum hundertsten Mal ansprang, weil zum Beispiel eine Echse über den Sensor geklettert war, hat man den Alarm beim Fischerhaus entschärft.

Es soll angeblich noch einen anderen Weg in die Burg geben, er stammt aus dem Mittelalter. Niemand hat diesen Zugang bis jetzt gefunden. Ich schwimme, hoch in den Nachthimmel aufragend gleiten die Mauern an mir vorbei. Am Ufer angelangt, sitze ich erst da, reibe Arme und Beine, bis die Zitterattacke aufhört. Die Luft ist angenehm. Eine warme Februarnacht. Eine Nacht in Freiheit.

Freiheit? Kein Burgmensch würde meinen Zustand so bezeichnen. Freiheit bedeutet, ausgestoßen, ein Außenseiter zu sein. Wer sich heutzutage keiner Burggemeinschaft anschließt, hat eine niedrige Lebenserwartung. Obwohl außerhalb der Burg die klimagewandelte Natur mit fauliger Fruchtbarkeit regiert, ist das Leben in der Freiheit schmutzig. Draußen sein bedeutet schmutzig sein, drinnen sein verspricht Sauberkeit und Ordnung. Draußen herrscht Achtlosigkeit und Armut. Die Spezies Mensch ist verarmt. Weil es zu viele von uns gibt. Der Mensch überwuchert den

Planeten. Zwölf Milliarden waren nicht mehr zu ernähren. Durch die Erderwärmung haben sich zwar die riesigen Landstriche Sibiriens zur Kornkammer der Welt gewandelt, doch was im Norden Kornkammer ist, wurde im Süden Wüste. Die Sahara breitete sich in alle Richtungen aus, ihr heißer Wind übersprang das Mittelmeer, die Sahara erreichte den Südrand der Alpen. Wer hätte geglaubt, dass Südtirol, Ligurien und die Provence einmal Wüstengebiete sein würden? Der Mensch hat den Planeten kaputt gemacht, nun schüttelt der Planet ihn ab. Der Homo sapiens ist nicht die erste und nicht die letzte Spezies, die vom Antlitz der Erde verschwindet. Die Leute in der Burg glauben, dass ihnen nichts passieren wird. Wird es. Es ist nur eine Frage der Zeit.

Trocken bin ich nicht, aber aufgewärmt. Die Zeit reicht, um ins Dorf zu laufen. Das Dorf hat nichts zu bieten, außer Wirklichkeit. Ich brauche Wirklichkeit, um Leyland zu verstehen. Früher ging man in die Kneipe, um vertraute Gesichter zu sehen. Heute trifft man in der Kneipe nur misstrauische Gesichter. Die Leute im Dorf können sich Vertrauen nicht leisten, denn der Tod ist ein ständiger Dorfbewohner, stets zur Stelle und verlässlich in seinem Job. Die Leute dort leben nicht, sie versuchen nur, dem Tod zu entkommen. Ihr Misstrauen ist die Realität, nach der ich suche.

Für diese Dörfler wäre der Cube in meiner Tasche ein Vermögen wert. Er ist mehr wert als das ganze Dorf. Vorhin im Labor habe ich Pias Drängen nachgegeben. Gemeinsam haben wir das Device geöffnet. Der Cube hat den Bramble eingezogen und in seinem Inneren versiegelt. Über dem Cube tauchte das Hologramm von Leylands Kopf auf. »*Schön, dich zu sehen, Saltzman*«, sagte Leyland.

»Hallo, Professor.« Ich saß in Leylands Sessel, Pia auf dem Hocker. »Haben Sie mir etwas Spezielles zu sagen?«

»Schön, dich zu sehen, Saltzman.«

»Das sagten Sie schon, Professor.«

»Meine Antworten sind limitiert.«

»Bedeutet?«

»Ich brauche die richtigen Fragen.«

»Sie haben den Bramble für mich hinterlegt. Haben Sie eine Nachricht darauf hinterlassen?«

Leylands Kopf erstarrt, das Programm startet neu. »*Schön, dich zu sehen, Saltzman.*«

Ich überlege. »Warum haben Sie mich angerufen?«

»Ich traue deinem Urteilsvermögen.«

»Warum ausgerechnet ich?«

»Weil du bei der Taskforce bist, Dummkopf.«

»Wussten Sie, dass Sie ermordet werden?«

»Ja.«

Ich brauche eine Sekunde, um die Neuigkeit zu verdauen. »Ermittlungen in einem Mordfall werden normalerweise von der Burg-Security durchgeführt.«

»Du bist Taskforce. Du kannst Goltz umgehen.«

»Bin schon dabei. Hat man Sie gefoltert, Professor?«

»Das, mein Freund, ist die richtige Frage.«

An diesem Punkt springt das Programm in einen anderen Modus. Leylands Stimme ändert sich, sie klingt, als ob er einen Vortrag vor einem großen Auditorium halten würde.

»Seit Beginn der Computerära hat es immer *Geister in der Maschine* gegeben. Segmentierte Codes, die sich koinzidential zusammenfügen und unvorhergesehene Protokolle bilden. Man könnte das als *Unexpected Behavior* bezeichnen. Diese unvorhergesehenen Radikale werfen Fragen nach dem freien Willen auf, nach Kreativität und der Natur dessen, was wir *Seele* nennen. Ob diese Radikale sich in gängigen Computern befinden oder in einer Nanomaschine, ist dabei von entscheidender Bedeutung. Wenn eine Maschine mit der Kapazität eines Holix in ein menschliches Zentralnervensystem implantiert wird, multipliziert der *Geist in der Maschine* dessen Fähigkeiten zur zwölften Potenz. Ein Mensch würde mithilfe einer solchen Maschine ein neues Bewusstsein entwickeln, das aufgrund seiner billionenfach höheren Leistungskapazität in geistige Bereiche vordringt, die für uns bisher unvorstellbar sind. Die Folge wäre, dass eine neue Spezies entsteht.«

Ein weiterer Ruck geht durch das Programm. Leylands Stimme klingt nun älter.

»Das Anthropozän, also das Zeitalter, in dem der Mensch zum wichtigsten und zugleich zerstörerischsten Faktor bei der Veränderung des Planeten wurde, geht zu Ende. Der Homo sapiens wird abgelöst von einem *Semi-Humanoiden*, der das Leben von einem höheren Standpunkt aus betrachtet. Der Mensch, wie wir ihn kennen, wird nur noch wenige Generationen lang existieren. Wir müssen uns auf die Zeit vorbereiten, die nach dem Menschen kommt, das Post-Anthropozän. Dafür brauchen wir einen Wegweiser, der nicht in den Untergang, sondern zu einem neuen Horizont führt. Einen weiteren Horizont, als wir uns vorstellen können.«

•••

»Rum?« Eine Frauenstimme reißt mich aus meinen Gedanken.

Sie ist vielleicht dreißig, aber sie sieht nicht aus wie dreißig. Heute sagt man nicht mehr Kellnerin zu ihnen, rund um das große Wasser verwenden sie das alte Wort *Saaltochter.* Die Saaltochter steht hinter dem Tresen, vor ihr die Flasche, das Glas.

»Rum?«, wiederholt sie.

»Nur einen Kleinen.« Ich betrachte ihr Gesicht. Die ewige Sonne brennt die Falten ein. Der Rum macht die Augen müde. Sie gießt mein Glas voll.

»Wenn das ein Kleiner ist, möchte ich bei euch mal den Doppelten erleben.«

»Tu dir was Gutes.«

Ich trinke. Mit dem Zeug könnte man einen Traktor antreiben, wenn Verbrennungsmotoren nicht verboten wären. Zuckerrohr wächst in diesen Breiten am schnellsten. Rum ist die Nummer eins unter den deutschen Seligmachern geworden.

»Drifter?«, fragt sie, weil ich, nach meinem Äußeren zu urteilen, nicht aus der Burg kommen kann und sie mich hier noch nie gesehen hat.

»Und du?«, gebe ich zurück.

»Hier geboren. Woher kommst du, Drifter?«

»Norden.«

»Wie ist es im Norden?«

»Genau wie hier. Was tut sich so bei euch?«

»Ist schon wieder eine verschwunden. Schon die Dritte.«

»Wer ist verschwunden?«

»Mädchen.«

»Aus dem Dorf?«

Sie beugt sich vor. »Die Burgleute holen sich unsere Mädchen, das sag ich dir.«

»Was sollten sie denn mit euren Mädchen anfangen?«

»Na, was schon?«

Die Saaltochter liegt falsch. Die Leute in der Burg haben Angst vor allem, was von draußen kommt. Auch die strengen Hygienekontrollen können ihnen diese Angst nicht nehmen. Es könnte etwas eingeschleppt werden. Wenn etwas eingeschleppt wird, ist die Burg verloren. Nur die aseptische Burg überlebt. Niemand von drinnen würde sich mit einem Mädchen von draußen abgeben. Ein Mädchen aus dem Dorf ist ein Krankheitsträger.

»Vielleicht holt sich einer aus der Gegend eure Mädchen.«

»Unsere Männer sind impotent.«

»Richtig. Hatte ich vergessen.«

Manche lassen sich freiwillig kastrieren, weil es Geld dafür gibt. Aber die Impotenz kommt woanders her, ihre Ursache ist noch nicht geklärt. Sex ist ein Stigma, Fortpflanzung eine Bedrohung. Egal ob außerhalb oder innerhalb der Burg, Sex ist das No-Go dieser Zeit.

Ich kann das Zeug nicht länger trinken. Es brennt mir die Schleimhäute weg. »Was sagt die Taskforce zu euren verschwundenen Mädchen?«

»Die lassen sich nicht bei uns blicken. Das letzte Mal hielt hier einer von der Taskforce, als er eine Panne hatte.«

Weshalb bin ich nur hergekommen? Die Freiheit suche ich hier vergebens. Benommen bin ich, das muss am Rum liegen. Das Zeug wirkt heftig. Erst eine einzige Stunde ist vergangen. Was fange ich mit drei weiteren an?

Der Mord an Leyland wird immer unverständlicher. Wenn mein Freund tatsächlich diese enorme Gehirnkapazität besessen hat, wie alle behaupten, hätte er den Anschlag auf sich vorhersehen und verhindern können. Aber sein Tod wirkt, als ob nur ein alter hilfloser Mann überwältigt wurde. Nichts Übermenschliches haftet Leyland an. Erst die Obduktion wird zeigen, ob etwas aus seinem Kopf gestohlen wurde.

»He, du.«

Wie lange steht der Mann schon hinter mir?

Ich weiß, was er will. Ich weiß leider genau, was jetzt kommt.

7

Mein Gesicht fühlt sich wie Kautschuk an. Das Blut ist mein kleinstes Problem. Ein Zahn fehlt, mindestens eine Rippe ist gebrochen. Die Männer aus den Dörfern gehen nachts in die Kneipe, weil sie jemanden verdreschen wollen. Das verkürzt den Abend.

»He, du« war seine ganze Provokation. Als ich nicht antworte, schlägt er zu. Die andern gehen zur Seite, nehmen vorsichtshalber ihre Drinks mit. Die Saaltochter sieht besorgt aus, offenbar ist *He, du* die Dampfwalze im Ort, Stimmungsstier und Terminator in einer Person. Ich bin müde und betrunken, kein Asparagus, kein Solfeggietto, ich bin einfach nicht in Stimmung, zurückzuschlagen. Er vermöbelt mich, allerdings mit wenig Ausdauer. Wenn ein Gegner sich nicht wehrt, langweilt das den Terminator. Ich gehe zu Boden, er beugt sich über mich. Ernüchtert, weil der Spaß so schnell vorbei ist, bestellt er etwas zu trinken.

»Geh jetzt«, fordert mich die Saaltochter auf. »Wenn du noch gehen kannst.«

Gehen kann man es nicht nennen. Meine Kniescheibe ist nicht dort, wo sie hingehört. In diesem ramponierten Zustand ist der Weg zum Wasser weit. Vielleicht wollte der Kerl etwas ganz anderes von mir, überlege ich, während ich vor mich hin hinke. Manche lassen sich freiwillig zusammenschlagen, damit sie endlich mal wieder etwas spüren.

Die Männer hier spüren gar nichts mehr. Vielleicht wollte der Kerl einfach nur etwas *spüren*, und ich habe ihn enttäuscht. Aus Enttäuschung hat er mich fertiggemacht. Nicht mein bester Abend.

Vorsichtig lasse ich mich ins Wasser gleiten. Was wird Pia sagen, wenn sie mich so sieht? Was sagen die Leute aus der Burg, was sagt Goltz? Schwimmend erreiche ich das Fischerhaus. Tauche unter der Mauer durch und klopfe an die Metalltür. Pia öffnet. Es ist dunkel, noch konnte sie mich nicht genau sehen. Während ich ihr folge, fasse ich in meine Tasche. Der Cube ist nicht mehr da! Der Kerl in der Kneipe wollte mich nicht nur zusammenschlagen, er wollte mich berauben. Kann man an einem Abend noch mehr falsch machen als ich?

Pia bringt mich ins Labor. Ich halte meinen Kopf unter den Wasserhahn. So viel Blut rinnt in den Ausguss, als hätte man mir den Hals durchgeschnitten.

Ich bemerke, dass Pia nach etwas sucht. »Wie kann man nur so blöd sein, sich den Cube klauen zu lassen?« Sie kramt in Schubladen, im Erste-Hilfe-Kasten.

»Was wird das?«, frage ich unter dem Wasserhahn.

»Lass mich nur machen.«

»Den Cube kriege ich schon wieder.« Ich drehe das Wasser ab. »Ich erkenne den Typen, der mich vermöbelt hat, wieder, verlass dich drauf.« Meine Lüge ist so schwach, dass Pia mich keiner Antwort würdigt. Sie hat alles beisammen, was sie braucht.

»Moment, was ist das? Zahnseide? Du willst mich mit Zahnseide zusammenflicken?«

»Ja.«

»Die ist sterilisiert, hoffe ich.«

Wortlos läuft sie zum Kühlschrank. Leyland war kein

Trinker, aber eine Flasche Wodka hatte er immer im Tiefkühlfach. Pia kippt den Wodka über die Zahnseide und kippt mir einen Schuss Wodka ins Gesicht.

»Au! Was soll das?« Wo ist nur die zarte Pia geblieben, die ich beschützen wollte? »Können wir nicht einfach ein Pflaster draufmachen?«

»Nein. Es sind zu viele.«

Sie meint Platzwunden an der Stirn, dem Jochbein und am Kinn. Das linke Auge kann man erst behandeln, wenn es abgeschwollen ist. Sie hält mir die Flasche hin, ihre Art von Anästhesie. Ich trinke, obwohl ich noch betrunken bin vom Rum. Sie friemelt die Zahnseide in eine Nadel und beugt sich über mich.

»Vorsichtig«, keuche ich. »Es ist mein Auge.«

»Beweg dich nicht.«

»Du bist kein Arzt.«

Sie sticht die Nadel in mein Fleisch und zieht den Faden nach. Ich bin bei der Taskforce. Von den Mitgliedern der Taskforce sagt man, das sind harte Kerle. Aber wenn man deine Stirn mit Zahnseide perforiert, weißt du, wie hart du wirklich bist. Ich knurre, sauge die Luft ein, unterdrücke ein Schreien. Pia macht weiter. Ich atme gleichmäßig. Man kann nicht gleichmäßig atmen, wenn im eigenen Gesicht genäht wird. Ich fluche. Sie hält meinen Kopf fest, damit ich nicht so zucke. Danach nimmt sie mich mit in Leylands Zimmer. Wenn er müde wurde, wollte der Professor oft nicht nach Hause, dann hat er ein paar Stunden hier gepennt. Ein Bett kann man das Ding nicht nennen, eine Liege bestenfalls, sie quietscht altersschwach. So habe ich mir meine erste Nacht in der Burg nicht vorgestellt.

»Zieh die nasse Hose aus.«

Die Idee ist sinnvoll.

»Auch die Shorts.«

Die Idee ist seltsam, aber unter Kampfesbrüdern gibt es keine Scham. Ich schlüpfe aus meinen Boxers. Pia geht hinaus.

»Ich glaube …«, rufe ich ihr nach. »Ich glaube, es blutet nicht mehr.« Ich sehe mich nach dem Wodka um. »Tut aber noch beschissen weh.« Die Unterhose hängt an meinem Bein, ich stolpere und stütze mich im letzten Moment an der Wand ab. »Beschissen.«

Pia kommt zurück und schließt die Tür. Draußen liegt das Labor still im Licht der Notbeleuchtung.

»Ist noch was?«, frage ich. »Mir geht es gut, danke.« Ich drehe mich zu ihr um.

»Das mit dem Cube war echt das Letzte.« Pia ist nackt. »Du musst ihn wiederkriegen, Saltzman. Unbedingt.«

Ich begreife, warum ich Pia im ersten Moment für einen Jungen hielt. Sie ist so zart, die weiße Haut. Nackt steht sie vor mir.

»Ich halte das für keine gute Idee«, sage ich diplomatisch.

»Warum?« Sie steht nur da.

»Weil das Bett so schmal ist. Und weil wir zusammen arbeiten.«

Sie fasst mich an den Schultern, drückt mich nach hinten. »Bis jetzt hast du mich nur ins Wasser geschmissen. Ich habe dir den Cube gegeben, du hast ihn dir klauen lassen. Ist das schon Zusammenarbeit?«

»Ich halte es trotzdem für keine gute Idee.«

»Du redest zu viel.«

Das Feldbett knackt beängstigend.

* * *

»Begreifst du, dass der Bramble der einzige Weg ist, rauszukriegen, was Leyland wollte?«

Jetzt redet sie zu viel.

»Soll ich das Fenster öffnen?« Dass man auf siebzig Zentimetern überhaupt zu zweit liegen kann.

»Der Bramble und das Holix«, spinnt sie den Gedanken fort. »Wir müssen an das Holix kommen.«

»Wir?« Ich wälze mich auf ihre Seite. »Die schießen auf mich in der Burg. Du solltest besser nicht in meiner Nähe sein.«

»Die machen dich auch fertig, wenn ich nicht in deiner Nähe bin.« Sie grinst.

Da ich mich nicht entschließen kann, aufzustehen, gleitet sie aus dem Bett und öffnet das Fenster. Der Geruch vom Wasser. Mochte ich immer. War so ziemlich das Einzige in der Burg, das ich mochte.

»Ich muss heim.« Ich greife nach den Boxers. »Du übrigens auch.«

»Du kannst nicht heim.«

»Warum?«

»Felix ist ein Plappermaul. Er sollte dich so nicht sehen.«

Ich lache. »Das sagst du auch? Ich sage das auch: Felix ist ein Plappermaul.«

»Eine wandelnde Gerüchteküche. Wenn er dich sieht, wissen es alle.«

»Morgen wissen es sowieso alle.«

Sie kommt zum Bett zurück. »Bleib«, sagt sie ernst.

»Kann man auf dem Ding überhaupt zu zweit schlafen?«

»Leyland konnte.«

Als ob sie gerade Licht gemacht hätte, bin ich schlagartig hellwach. »Leyland, zu zweit? Mit wem? War Edda hier?«

»Nein.«

»Wer dann?«

»Nicht Edda.«

Ich sehe es in ihren Augen. »Du?«

Sie zuckt die schmalen Schultern. »Nicht sehr oft.«

»Aber ich dachte, Leyland wollte nicht … Er wollte das nicht machen.«

»Er wollte es nicht mit Edda.«

»Mit dir aber schon?«

»Frag nicht so viel.« Sie kuschelt sich an mich. »Ich habe Frühstück im Kühlschrank. Ich mache einen guten Flammkuchen.«

»Flammkuchen zum Frühstück?« Ich nehme sie in meine Arme. »Mit Speck?«

»Natürlich mit Speck. Ohne Speck geht es nicht.«

»Ohne Speck … geht es … nicht.« Ich spüre, dass ich wegdämmere.

»Leyland«, höre ich Pia seufzen.

8

So ist das. So ist das also. Die Burg ist das Hochglanzprodukt unserer untergehenden Welt, der Garant für Keimfreiheit, Wohlstand und Langeweile. Aber unter der sterilen Oberfläche hat sich der primitive Homo erectus offenbar nicht ausrotten lassen. Der Trieb lebt! Ich könnte am Morgen danach durch die Erkenntnis beruhigt und zweifellos befriedigt sein, ich könnte meinen Flammkuchen genießen und akzeptieren, dass ich Pia von Anfang an mochte, dass diese sagenhaft unbequeme Nacht einen Ausdruck unserer gegenseitigen Anziehung darstellt. Aber irgendetwas stimmt nicht. Etwas, das ich noch nicht durchschaue, lässt die Erfahrungen des gestrigen Tages wie ein Hologramm vor mir erscheinen; es ist real und trotzdem unecht. Die Ereignisse passen nicht zusammen. Leyland, die Lichtgestalt, der die Niederungen menschlicher Natur hinter sich gelassen hatte, unsere Gier, den Neid, die Feigheit, das ganze Biedermann-Universum, dieser Leyland hat Edda weisgemacht, sie sei für ihn die Personifikation reiner Liebe. Dabei schloss er Sex allerdings aus dem Liebesprogramm aus. Derselbe Leyland soll gleichzeitig ein heimliches Verhältnis mit seiner Assistentin unterhalten haben? War Leyland in Wirklichkeit ein Scharlatan und kein Homo illuminatus? War er ein »dirty old man«, der sich den Nimbus ewiger Weisheit verliehen hat?

Warum hat Pia mit mir geschlafen, warum schläft Edda mit Felix, warum schlafen überhaupt so viele Leute in der Burg miteinander, obwohl Sex angeblich out ist? Was hat Leyland sonst noch auf dem Bramble gespeichert? Und weshalb soll ich derjenige sein, der sein Geheimnis enthüllt? Ich muss den verdammten Cube wiederhaben. Ich brauche das Ergebnis der Obduktion.

Pia bringt den Flammkuchen auf einem großen Teller. Die Stimmung im Labor macht deutlich, dass wir kein turtelndes Pärchen am Morgen danach sind, sondern zwei verklemmte Morgenmuffel, die die ganze Sache am liebsten ungeschehen machen würden. Mein Kreuz fühlt sich an wie in Feuer getaucht, weniger die Folge der Leidenschaft, eher das Resultat des Folterbettes. Allerdings muss ich zugeben, Pia hat meine Wunden erstklassig vernäht.

Sie stellt den Teller ab. »Ich mag unsere Zusammenarbeit, Saltzman.«

»Ich mag unsere Zusammenarbeit auch, Pia. Wie soll unsere Zusammenarbeit denn nun weitergehen?«

»Ich weiß nicht.« Plötzlich bringt meine Frankenstein-Optik sie zum Lachen.

»Sehe ich so schlimm aus?« Als ob ich das nicht wüsste.

»Du solltest ein paar Wochen nicht unter Leute gehen.« Pia kichert, während sie den dampfenden Flammkuchen zerschneidet.

»Ich muss aber rausgehen, das weißt du.« Ich sehe ihr beim Zerteilen zu. »Forensik und Pathologie kommen heute in der Burg an.«

»Ein ganzes Team?« Sie schiebt mir meine Hälfte hin.

»Das Team besteht aus einer einzigen Frau.«

»Wie kommt sie her?«

»Mit dem Heli natürlich.« Ich beiße vorsichtig in den

Flammkuchen. Pia mag als Wissenschaftlerin unterschätzt sein, als Flammkuchenbäckerin ist sie top.

***

Mong-Tse ist Pathologin. Sie lässt die Leiche Leylands in sein Labor bringen, allerdings nicht die komplette Leiche, nur seinen Kopf. Mong-Tse packt ihr Werkzeug aus. Die Malayin ist so klein, dass sie immer ihr persönliches Treppchen dabeihat. Sie besteigt das Treppchen, vor ihr liegt Leylands Kopf. Goltz hat den Transport des Kopfes hierher beaufsichtigt. Als Sicherheitschef hat er das Recht, zu wissen, was geschieht. Weshalb hat Goltz und auch sonst niemand bisher ein Wort über mein Aussehen verloren? Hat Goltz etwa Connections ins Dorf? Berichtet man ihm, wenn dort eine Schlägerei stattgefunden hat? Er selbst trägt eine Klammer an der Stirn, wohl ein Souvenir an unsere Auseinandersetzung.

Der Zeitpunkt ist gekommen, ihn hinauszubitten. »Danke, Goltz«, sage ich. »Wir kommen jetzt allein zurecht.«

»Gern geschehen. Wenn etwas ist, ruf mich an, Saltzman. Ich bin im Büro.«

Keine Sekunde kaufe ich Goltz die Friedenstaube ab. Er ist nicht der Mann, der sich vermöbeln und beschämen lässt und dann kuscht. Irgendetwas wird geschehen und es wird mir wehtun.

»Ich fang dann an.« Mong-Tse greift zur Kreissäge.

Bis zu diesem Augenblick war Pia tapfer. Ich habe ihr angeboten, sich die Prozedur zu ersparen, aber sie wollte unbedingt dabei sein. Sie hat vom Flammkuchen noch ein Zwiebelstück am Kinn. Pia hielt durch, als man den Kopf ihres Chefs in einer Kühlbox brachte. Sie hielt durch, als Mong-

Tse den Kopf auf Leylands Arbeitstisch legte. Sie hielt es aus, als Mong-Tse den Kopf zu untersuchen begann. Doch als die medizinische Kreissäge schrillt und Gewebe aus Leylands Kopf austritt, hat Pia genug.

»Ruf mich, wenn ihr etwas Neues wisst.«

Ich wische ihr den Zwiebelkrümel vom Kinn. »Wohin gehst du?«

»Zu Felix. Also zu dir.«

»Felix ist ein Plappermaul«, gebe ich zu bedenken.

»Aber ich nicht.« Sie ist draußen, bevor Mong-Tse Leylands Gehirn aus der Hirnschale hebt.

»Was suchen wir?«, fragt die Frau aus Malaysia.

»Etwas unendlich Kleines.«

9

Entweder das Holix ist noch kleiner, als man sich vorstellen kann. Selbst unter dem Atomic Force Microscope konnte Mong-Tse es nicht sichtbar machen. Oder der Mörder hat das Holix gestohlen. Ich habe mir den Cube klauen lassen, der Bramble ist weg, das Holix wurde gestohlen. Ich hätte einen Preis verdient für die schlechteste Ermittlungsarbeit in der Taskforce.

Mong-Tse befolgt das Protokoll, sie legt Daten an, schickt Gewebeproben ans Labor, unterschreibt digital und ist froh, bald wieder von hier fortzukommen.

Heutzutage werden Tote in einer Nährlösung zersetzt und zu Biomasse umgewandelt. Die Biomasse treibt das Burgkraftwerk an. Man *heizt* gewissermaßen mit den eigenen Verwandten.

Edda gefällt das nicht. »Leyland kommt nicht in die Saftpresse!«, bestimmt sie und entscheidet sich für eine Feuerbestattung. Was sie nicht weiß, ist, dass Leyland kopflos in den Sarg gelegt wird. Den Kopf friert Mong-Tse auf minus zweihundertachtzig Grad ein. Der Kopf eines Homo illuminatus darf nicht verbrannt werden.

Das Büro von Goltz ist ein Spiegelbild von Goltz selbst. Schwarz die Möbel, schwarz der Boden, vor dem Schreibtisch liegt ein Leopardenfell. Kein echtes Leopardenfell natürlich, die Leoparden sind noch vor den Delfinen ausgestorben. Mit 3-D kannst du ein perfektes Leopardenfell drucken. In einem Büro wie diesem hätte man früher eine Puffmutter erwartet.

»Ich muss raus, Goltz.«

»Wie lange, Saltzman?«, erwidert er leutselig.

»Kann ich noch nicht sagen.«

»Jeder Tag ohne dich in der Burg ist ein gewonnener Tag.« Er lächelt.

Ich lächle nicht. »Wirst du mich wieder reinlassen, wenn ich zurückkomme?«

»Du bist Taskforce, Saltzman. Die Taskforce hat den Fall offiziell übernommen. Ich habe in der Sache nichts mehr zu sagen. Allerdings, so dämlich, wie du dich bisher angestellt hast, nehme ich an, dass dich die Taskforce bald abziehen wird.«

»Da könntest du recht haben. Deshalb muss ich raus, um die Sache geradezubiegen. Ich frage dich: Komme ich wieder rein?«

»Aber sicher. Kein Problem.« Er streckt die Hand aus. »Gib mal her.«

Er meint meine Codekarte. Ich gebe sie ihm zögernd. Er liest sie ein und registriert sie um.

»Schon erledigt. Freier Zutritt, Saltzman, wie gewünscht. Du kannst kommen und gehen, wie es dir beliebt, unter Einhaltung der Hygienekontrollen natürlich.«

»Danke, Goltz.« Wenn ich nur wüsste, was er im Schilde führt. Nie ist der Mann gefährlicher, als wenn er nett ist.

»Nur eine Bitte«, sagt er, als ich schon an der Tür bin. »Kein Tauchgang mehr vor dem Fischerhaus, okay?«

Er hat es gewusst! Er wusste es die ganze Zeit. Wahrscheinlich hat er mein Badevergnügen sogar auf den Monitoren beobachtet, während ich durch das Februarwasser geschwommen bin. Er könnte mich wegen des Sicherheitsverstoßes maßregeln, aber er tut es nicht. Warum ist Goltz so freundlich?

»Ich möchte Pia mitnehmen.«

Das stimmt nicht ganz. Pia will mitgenommen werden. Mir ist nicht wohl dabei, obwohl ihre Begleitung in gewissen Situationen nützlich sein könnte. Ein Mann von der Taskforce weckt Misstrauen. Ein Pärchen weniger.

»Pia kann tun und lassen, was sie will«, antwortet Goltz. »Da Leyland tot ist, hat sie hier keine Funktion mehr.«

Sein Verhalten wird immer sphinxischer. Zu allem, was ich fordere, sagt er Ja und Amen. Irgendwann kommt er aus der Deckung, und dann geht es einem an den Kragen. Ich gehe. Mein Gefühl stufe ich als mulmig ein.

In ihrem kleinen Apartment ist Pia beim Packen. Ein Rucksack, eine Tasche mit Büchern, eine Tasche mit Werweißwas.

»Was soll das?«

»Nur das Wichtigste«, sagt sie.

»Die Sachen reichen für eine Weltumseglung. Das brauchst du alles nicht.«

»Wir haben doch dein Auto.«

»Ich gehe davon aus, dass es uns geklaut wird.«

»Wieso?«

»Weil Autos das Einzige sind, das es sich noch zu klauen lohnt.«

»Was nimmst du denn mit?«

»Das.« Ich zeige an mir hinunter.

»Gar nichts?«

»Alles wird geklaut, glaub mir, alles.«

»Kann ich wenigstens den Hygienebeutel mitnehmen?«

»Da draußen gibt es keine Hygiene.«

Pias Enttäuschung ist mit Händen zu greifen.

Seufzend setze ich mich. »Wie oft warst du schon außerhalb der Burg? Ich meine, weiter weg.«

»Nicht oft. Aber was heißt das schon?«

»Zweimal? Fünfmal?«

Pia geht in die Offensive. »Glaubst du, ich weiß nicht, wie es draußen ist? Wie die Leute leben, wie sie sterben? Wie nichts, was sie tun, irgendeine Bedeutung hat, und ein Tag wie der andere ist? Glaubst du, ich weiß nicht, was mich erwartet?«

»Das Wissen nützt dir aber nichts, wenn sie dich nur so zum Spaß mit Benzin übergießen und anzünden.« Ich zeige auf meine verbogene Visage. »Ich war nur einen einzigen Abend draußen, und schau mich an.« Ich springe auf. »Ich muss raus, weil ich Mist gebaut habe. Der Cube ist der einzige Weg, um rauszukriegen, was Leyland wollte.«

»Und ich kann dir helfen, ihn zu finden.« Sie bohrt ihren Blick in meine Augen. »Du brauchst mich. Glaub mir, ich kann das.«

Pia lässt den Rucksack, die Bücher und den Hygienebeutel stehen und läuft zur Tür. »Am Tag vor seinem Tod hat Leyland dich angerufen. Er wollte, dass du sein Geheimnis kennst. Und deshalb gehen wir jetzt da raus und holen uns das Geheimnis.«

Pia nimmt den direkten Weg zur Zugbrücke. Schon während wir uns nähern, wird sie langsam abgesenkt.

»Viel Glück«, sagte Marek von der Security.

Ich glaube, das war ironisch gemeint.

•••

Was gibt es über diese Stadt zu sagen? Diese Stadt war schon immer pompös, provinziell, sie hat sich stets überschätzt. Heute nennt sich diese Stadt *Metropolregion*, weil sie kein richtiges Zentrum und keine Vororte mehr hat. Das Geschwür der Häuser wuchert fort und fort. Das schöne Land ist zu einem gigantischen urbanen Moloch verkommen. Überleben ist an die Stelle von Leben getreten.

Aber noch sind wir nicht dort. Noch sind wir ein Postkartenpärchen auf einer Postkartenfahrt. Postkarten gibt es längst nicht mehr, aber der Ausdruck hat sich erhalten. Der Wagen der Taskforce, den ich benütze, ist eine alte Mühle, Tesla, aus den frühen Tagen der Klimakatastrophe. Einziger Luxus: Man kann das Dach abnehmen. Wir fahren offen.

Die Saaltochter aus dem Dorf war gesprächig. Der Mensch, der mich verprügelt hat, war ein *Trader*. Die Trader fahren von Dorf zu Dorf und verkaufen Sachen, die zu schäbig sind, als dass man sie in der Burg an den Mann bringen würde. Klamotten, Digitalkram, Medikamente. Seit gestern hat der Trader einen Cube zu verkaufen, unerwarteter Reichtum für diesen Mann. Erwartungsgemäß ist er nicht mehr im Dorf. Die Saaltochter wusste, dass ihr Dorf das letzte auf seiner Route war und dass er sein Zentrallager in München hat.

Pia hat die Kennung des Bramble gescannt. Damit kann sie den Cube anpeilen. Pia peilt den Cube an. Der Cube ist unterwegs nach München.

München, die schöne alte Stadt. In der Taskforce-Ausbildung lernen wir einiges über die Orte, an denen wir eingesetzt werden. Nach der Ausbildung war meine erste Station München. Bei seiner Gründung 1158 hatte München zweitausend Einwohner, glückliches Mittelalter. 1589, der Bau des Hofbräuhauses, ein bedeutender Meilenstein, die Mönche und ihr Bier. Das Bier lockt Menschen in die Stadt. Bayern wird Herzogtum, noch mehr Menschen. Die Habsburger versuchen, sich ins gemachte Nest zu setzen, und werden rausgeschmissen. Ludwig I. tut viel für München, immer mehr Menschen. Ludwig II. tut viel für Richard Wagner, daneben baut er emsig Burgen und Schlösser. Der verrückte Ludwig gilt heute als Schutzheiliger der Burg. Nach dem ersten großen Krieg wird ein kleiner Österreicher Wahlmünchner, putscht dort erfolglos und zieht erfolgreich nach Berlin. Seine Privatburg auf dem Berghof gibt er bis zuletzt nicht auf. Nach dem zweiten großen Krieg sorgen die Amerikaner dafür, dass es München besser geht als den anderen Metropolen Europas. Kunst, Sport, Landschaft und immer mehr Menschen. Als die Einwohnerzahl sechs Millionen übersteigt, macht man sich nicht mehr die Mühe, den Moloch *Stadt* zu nennen, und benennt ihn in »Metropolregion« um. Zu jener Zeit hat München einen Spitzenplatz in Sachen Lebensqualität. Jeder will nach München, das Leben dort wird unerschwinglich. Trotzdem kommen immer mehr Menschen, sie leben in kleineren Wohnungen als die Japaner. Die Metropolregion organisiert sich neu. Augsburg, Ingolstadt, Landshut, Kaufbeuren werden eingemeindet. München besteht praktisch aus ganz Oberbayern.

Die Welt kippt, das Klima kippt, die Politik verstrickt sich in Halluzinationen, wonach sie im Einklang von Wirtschaft, Natur und Umwelt die Lebensqualität noch weiter steigern kann. Die Lebensqualität ist längst den Bach runter. Die Manager wandern als Erste ab, die Produktionsstätten bleiben. Die Manager ziehen sich in die Burgen zurück, die Arbeitnehmer sehen ihre Bosse nur noch auf dem Bildschirm. Mit der Kampagne »Macht Mehr Miteinander« gerät der Bevölkerungskollaps endgültig außer Kontrolle.

Auf der langen Fahrt würde Pia gern über letzte Nacht

sprechen und was sie bedeutet. Ich spreche nicht gern über Dinge, die ich nicht verstehe. Ich habe ein Gefühl für Pia, hatte es vom ersten Moment an, als ich sie ins Wasser katapultiert habe, als sie wie ein Vögelchen auf dem Drehhocker saß, als wir auf dem sagenhaft unbequemen Bett die Nacht verbrachten. Mein Gefühl für Pia ist anders als mein Gefühl für Lilly. Die Sache mit Lilly war ein Modell, wie das Leben zu sein hätte. Das Leben hält sich nicht an Modelle. Das Gefühl für Lilly ist schneller verschwunden als das Modell. Ersetzt wurde es durch Langeweile. Das Gefühl für Pia ist da, obwohl wir kein Paar sind. Es ist kompliziert. Deshalb kann ich nicht darüber sprechen.

Ich achte auf die sagenhaft schlechte Straße und alles, was sich uns auf der schlechten Straße nähert. Das Land schwelgt fruchtbar in der Februarsonne. Das Land strahlt Kraft und Wonne aus, fast als hätte es den Parasiten Mensch bereits abgeschüttelt. Das Land sagt: »Winzling, ich bin stärker als du. Ich bin ein Planet. Du bist nur ein habsüchtiger Parasit. Unsere Wege trennen sich bald.«

Die Fahrt gestaltet sich schweigsam. Nach der letzten Nacht ist es schwieriger geworden, miteinander zu reden. Sex verändert die Dinge. Pia und ich lassen das Land sprechen. Sie hängt den Ellbogen aus dem Wagen und stemmt die Füße auf die Armatur.

»Wir werden es nicht schaffen, nicht wahr?«, sagt sie kurz hinter Memmingen. »Wir Menschen, meine ich.«

10

Pluplu ist zur Burg unterwegs, allein, in ihrer schönsten Jacke, ihrem einzigen kurzen Rock. Der rote Lackschuh glitzert im Mondlicht. Der Februarmond ist voll. »Ein hübsches Bein«, sagen die jungen Männer im Dorf, wenn sie Pluplu sehen. »Leider hat sie nur eins davon.«

»Besser eins als gar keins«, antwortet sie dann und schwingt ihr Bein an der Krücke voran.

Unermüdlich schwingt Pluplu ihr Bein Richtung Burg. Wo es bergauf geht, kommt sie außer Atem. Irgendwann geht es nur noch bergab, hinunter zum großen Wasser. Die meisten würden sich der Burg vorsichtig nähern, denn die Wachen auf den Zinnen sehen weit übers Land. Im Umkreis der Burg sind Kameras installiert. Man muss deren Positionen kennen, um sich der Burg ungesehen zu nähern. Das hat Pluplu scheinbar nicht vor. Weithin sichtbar humpelt sie in der Mitte der mondbeschienenen Straße.

Der Wagen taucht aus dem Nichts auf. Eines dieser Burgautos, die aussehen, als wären sie ewig neu. Außerhalb der Burg gibt es nur alte Autos, Schrottmühlen, alles kaputt, vor allem die Batterien. Wie soll man ohne Batterie fahren? Im Dorf lebt ein alter Mann, der erinnert sich an die Zeit von früher, die sogenannte fossile Zeit. Er ist von Schrottplatz zu Schrottplatz gezogen und hat altes Zeug gesammelt. Das war nicht leicht, denn die Verbenner hatten samt und sonders vernichtet werden müssen. Selten wird wirklich alles vernichtet, der Oldtimer wurde fündig. Er brachte die Sachen ins Dorf, sonderbare Gegenstände waren das, Vergaser, Einspritzdüsen, Zündkerzen. *Explosion*, erklärt er den Dörflern: Durch eine Explosion im Inneren wird der Wagen angetrieben. Er baut die Batterie aus einem kaputten Fahrzeug aus und die historischen Gegenstände ein. Er destilliert Rum, bis er mindestens achtzig Prozent hat, füllt ihn in den Tank, bringt den Rum zur Explosion, und der Wagen setzt sich in Bewegung. Was der Oldtimer tut, ist kriminell, niemand darf davon wissen. Zur Überraschung aller hält das Dorf diesmal dicht. Sie verstecken das Verbrennerauto, es wird nur nachts benützt oder bei Sturm. Im Sturm hört man den Motor nicht.

Die Fahrzeuge aus der Burg sind lautlos. Sie gleiten durch die Gegend. Pluplu hat den Wagen nicht kommen hören. Sie hat mit ihm gerechnet. Der Wagen hält neben ihr. Im Inneren ist es dunkel, noch kann sie den Fahrer nicht sehen. Er lässt die Scheibe herunter.

»Du läufst hier ganz allein rum?« Er ist immer noch schwer zu erkennen. Dunkles Haar, helles Haar, über dreißig, unter zwanzig?

»Die Nacht ist so schön«, antwortet sie.

»Findest du es nicht gefährlich, allein unterwegs zu sein?« Er blickt die Straße hinauf, hinunter. Das Wort *allein* betont er. Will er sichergehen, dass sie wirklich allein ist?

»Wenn ich tagsüber unterwegs bin, machen sich die Leute nur lustig über mich.«

»Wer?«

»Alle im Dorf.«

»Über dein Bein?«

»Über mein fehlendes Bein.« Über dreißig, denkt Pluplu,

helles Haar. »Nachts stört mich keiner. Nachts lacht mich keiner aus.«

Damit wäre eine normale Begegnung zwischen Burg- und Dorfbewohnern beendet. Aber nicht für ihn. »Wie kam das mit dem Bein?«

»Blutvergiftung. Falsches Medikament.«

Der Fahrer nickt. Er lässt mich reden, denkt sie. »Zuerst ging der Wundbrand nur bis zum Knie, man hätte den Oberschenkel noch retten können. Ich war dumm. Ich wollte mir den Unterschenkel nicht abnehmen lassen. Der Wundbrand kletterte weiter. Sie mussten das ganze Bein abnehmen. Sonst wäre ich gestorben.«

Der Fahrer schiebt etwas auf dem Beifahrersitz in Pluplus Sichtfeld. »Du hast dich also gegen das Sterben entschieden.«

»Ich war im Delirium, ich konnte nichts mehr entscheiden. Der Lehrer und der Metzger haben es gemacht.« Sie stützt sich auf die Krücke. Das lange Stehen strengt sie an. »Was hast du da?«

»Erdbeeren.«

»Im Februar?«

»Magst du eine?« Er gibt Pluplu eine leuchtend rote Frucht. Sie beißt hinein, schließt vor Genuss die Augen.

»Wie heißt du?«

»Pluplu. Eigentlich Paula. Alle sagen Pluplu.«

»Es gab mal eine Kaiserin, die Paula geheißen hat.« Er gibt ihr noch eine Beere.

»Kaiserin Paula, von der habe ich ja noch nie gehört.« Sie beißt hinein.

»Paula die Sechste, in einem Land namens Xanadu.«

»Was du alles weißt.« Pluplu ahnt, was jetzt kommt, weiß, was sie sagen muss. »Du bist aus der Burg, habe ich recht?« Sie zeigt auf die Silhouette der Türme.

»Warst du schon mal in der Burg?«

»Noch nie. Im Dorf wird behauptet, dass unsere Mädchen verschwunden sind, nachdem sie versucht haben, in die Burg zu kommen.«

»Verschwunden? Mädchen aus dem Dorf?«

»Meine Freundin Elisabeth zum Beispiel.« Pluplu lässt ihn nicht aus den Augen. »Kennst du Elisabeth?«

Er lehnt sich zurück, sein Gesicht verschwindet im Dunklen. »Wieso sollte ich eine aus dem Dorf kennen?«

»Elisabeth war die Hübscheste von uns. Sie ist jedem aufgefallen. Wenn du nur einmal durchs Dorf fährst, hast du Elisabeth sofort bemerkt.«

»Ich fahre nie durch das Dorf. Wann ist Elisabeth verschwunden?«

»Das ist noch nicht lange her.«

Er beugt sich vor, sucht in ihrem Blick. Er hat helle Augen, wie ein Wolf. »Und obwohl bei euch Mädchen verschwinden, läufst du nachts allein herum?«

»Ich glaube nicht, dass Elisabeth etwas passiert ist«, sagt Pluplu leichthin. »Manche hauen ab, solange sie noch jung sind. Im Dorf gehst du ein. In der Stadt sind die Chancen besser. Die Chancen als Frau.«

»Welche Stadt?«

»Egal welche.«

»Hast du Lust, in die Burg mit reinzukommen?«

Er hat es gesagt. Er hat es wirklich gesagt. Nun erschrickt Pluplu doch. Sie hat zwar damit gerechnet, dass einer auftaucht, der es sagt, aber ein Schock ist es trotzdem. Sie glaubt nicht, dass Elisabeth abgehauen ist. Sie sieht ihn jetzt mit anderen Augen. Er ist nicht nur der Fahrer eines lautlosen Autos.

Pluplu muss ihre Entscheidung treffen.

»Du könntest mich einfach so in die Burg mitnehmen?« Sie hofft, dass er nicht merkt, wie ihre Stimme zittert.

»Einfach ist es nicht, aber ich könnte es. Willst du noch eine Erdbeere?«

Sie tritt zurück. »Nein. Ich gehe lieber weiter.« Ihre Angst ist echt.

»Wohin?«

»Nach Hause.«

»Bis zum Dorf ist es ein ganzes Stück. Ich kann dich fahren.«

Pluplu weiß, dass er sie nicht nach Hause bringen wird. Wenn sie jetzt einsteigt, muss sie die Sache durchziehen. »Kannst du mich wirklich in die Burg bringen?«

»Spring rein, dann siehst du es.« Er hält ihr die Erdbeere hin.

Pluplu steigt in das lautlose Auto. Sie beißt in die rote Frucht.

* * *

Auf der sagenhaft schlechten Straße kommt uns ein Viehtransporter entgegen, in dem mit Sicherheit kein Stück Vieh drin ist. Dieser Laster dient einem anderen Zweck. Ich hasse es, recht zu haben: Der Laster bremst und stellt sich in einem gewagten Manöver mitten auf der Straße quer. Kein Durchkommen. Der Viehlaster ist ein Fallensteller. Meine Räder rutschen über die Schotterstraße, Staub, Pias Schrei, Aufprall. Die Falle schnappt zu. Wahrscheinlich will er das Auto, vielleicht auch die Frau. Im Handschuhfach liegt meine Waffe. Dort soll sie auch bleiben. Aus dem Laster klettern fünf Leute mit Blastern. Nur kein Fehler jetzt. Auf keinen Fall zugeben, dass ich Taskforce bin.

»Auf keinen Fall zugeben, dass ich Taskforce bin«, raune ich Pia zu.

»Was wollen die?« Sie zieht ihre Schuhe an.

»Werden wir gleich hören.«

Der Fahrer bleibt sitzen, er ist nur als Silhouette zu erkennen. Ein Typ in Kettenhosen tritt in die vorderste Reihe. Er tut, als ob er wichtig wäre.

»Nach München? Was willst denn in München?« Er spricht diese bayerische Sache, die man eigentlich nicht Sprache nennen kann.

»Wenn ich denen unser Auto nicht gebe, bringen sie uns um«, raune ich Pia zu.

»Und wenn du ihnen das Auto gibst?«

»Bringen sie uns auch um.«

»Wo liegt dann der Vorteil?«

»Sie sind beschäftigt.«

Ich hebe den Code-Key für das Auto in die Höhe. »Wenn ich es recht bedenke, wollen wir gar nicht mehr nach München.« Ich werfe dem Kettenhosentyp den Code-Key zu. Er fängt.

»Da legst dich nieder.« Vielleicht hat er das gesagt, vielleicht etwas anderes. Bayerisch ist Fremdsprache.

Spätestens jetzt versteht Pia, warum wir ohne Gepäck reisen. Sie weiß von der Waffe im Handschuhfach. »Sollten wir nicht …?«, fragt sie mit Blick auf das Handschuhfach.

»Das ist das Letzte, was wir jetzt sollten.«

Wir steigen aus. Währenddessen zeigt der Kettenhosenmann dem Fahrer unseren Schlüssel. Der Fahrer startet, setzt den Truck zurück und lässt die hintere Klappe runter.

»Das dachte ich mir.«

»Und jetzt?«

»Geh besser vom Auto weg.«

Wir stellen uns an den Straßenrand. Kettenhose steigt in den Tesla, genießt den Moment auf dem alten Leder, seine Finger umschließen das Lenkrad. Er startet und fährt den Wagen mit Schwung in den Viehlaster. Sie haben ihre Beute gemacht. Sie werden losfahren und uns hierlassen, oder sie werden uns erschießen. Fifty-fifty.

»Ich muss euren Fahrer sprechen«, rufe ich, als Kettenhose wieder auftaucht.

»Und wenn er dich nicht sprechen will?«

»Er will bestimmt.« Ich mache einen winzigen Schritt. Vier Blaster gehen in Anschlag.

Kettenhose gibt ihnen ein Zeichen, dass sie halblang machen sollen. »Weshalb sollte er mit dir sprechen?«

»Weil das Auto …« Geringschätzig zeige ich auf den Tesla. »Weil es einen Scheißdreck wert ist im Gegensatz zu dem, was ich bald haben werde.« Scheißdreck ist ein Wort, das ich mir aus dem Bayerischen gemerkt habe.

Kettenhose beißt an. »Was denn?«, fragt er mit einem Ausdruck, den er für schlau hält.

»Das sage ich dem Fahrer.«

Der Fahrer muss gute Ohren haben, denn er lässt das Fenster herunter. Ich gehe los, Pia bleibt in meinem Windschatten.

»Sie nicht«, befiehlt Kettenhose.

»Bin gleich wieder da«, beruhige ich sie und trete auf die Fahrerseite.

Nach zwei Minuten kehre ich zu Pia zurück. »Wir können einsteigen.«

»Was hast du ihm gesagt?«

»Dass er den Cube haben kann.«

»Was! Aber wir haben den Cube doch noch gar nicht.«

»Das überlege ich mir später.«

Nacheinander klettern wir auf den Beifahrersitz. Die anderen steigen hinten ein, die Klappe wird geschlossen.

»Hallo. Ich bin Ruth«, begrüßt die Fahrerin Pia. »Du siehst durstig aus. Willst du was trinken?«

Pia nimmt eine Colaflasche entgegen.

11

»Sind wir bald drin?«

Pluplu hält sich dicht hinter dem Mann aus der Burg. Sie laufen schon eine ganze Weile unter der Erde. Er leuchtet voraus. Mit der Krücke kommt sie auf dem steinigen Boden nicht so schnell voran. Überall Geröll, von Algen bewachsen. Pluplu bemüht sich, nicht auszurutschen.

»Sind wir bald drin?«, wiederholt sie, da er nicht antwortet.

»Nicht so ungeduldig.« Er leuchtet ihr ins Gesicht.

»Man wird ja fragen dürfen.« Pluplu tastet nach dem Messer in ihrer Tasche.

»Wie geht es dir mit dem Bein?«

»Geht schon.« Sie holt auf.

»Verrückt, dass wir uns zufällig getroffen haben, so nahe bei der Burg. War das wirklich Zufall?« Wieder leuchtet er ihr ins Gesicht.

»Was soll es sonst gewesen sein?« Sie blinzelt ins Licht, wendet den Kopf ab.

»Du hättest deinen Abendspaziergang auch woanders machen können.«

»Am Ende geht man doch immer ans Wasser.«

»Stimmt. Das Wasser zieht jeden an. Und die Burg. Es ist nicht mehr weit, Pluplu.«

Sie könnte umkehren. Noch ist es nicht zu spät. Sie könnte

sagen, sie hat es sich anders überlegt, sie will lieber nach Hause. Doch es ist längst zu spät. Niemand kennt diesen Zugang zur Burg, sie darf ihn nicht verraten, das hat er ihr klargemacht. Kehrt sie jetzt um, kann sie alles verraten, vor allem ihn. Weitergehen ist die einzige Möglichkeit.

»Das muss ziemlich anstrengend für dich sein, mit deinem Handicap.« Er läuft schneller.

»Man gewöhnt sich dran.«

»Sobald wir drin sind, kriegst du was zu trinken.«

»Was zu trinken wäre gut.« Sie atmet hastig.

»Was gibt es Neues im Dorf?« Er wird immer schneller.

»Bei uns ist nie irgendwas neu.« Sie humpelt, so gut sie kann.

»Du willst raus aus dem verfluchten Kaff, habe ich recht? Du willst etwas schaffen im Leben.«

»Will das nicht jeder?«

»Sonst wärst du wohl kaum vor der Burg rumgestiefelt, in deinem kurzen Röckchen und deiner besten Jacke.«

»Das Ding findest du schick?« Sie hat Angst, aber sie tut, als ob sie lacht. »Ich bin nicht *herumgestiefelt.*«

»Ich sehe dir an, dass du Angst hast.«

»Angst, wieso?« Ihre Stimme klingt seltsam hoch.

»Angst, dass du zu spät nach Hause kommst.«

»Ach, das meinst du.«

»Was sagen deine Eltern, wenn du so spät unterwegs bist?«

»Mein Vater ist auf Arbeit. Wo meine Mutter ist, weiß ich nicht.«

»Und dein Freund? Der wundert sich sicher schon, wo du bleibst. Macht er gerade das Essen für euch?«

»Ich habe keinen Freund. Und bei uns machen die Männer

kein Essen. Früher, da gab es mal diese …« Sie sucht das Wort.

»Gleichberechtigung?«

»Genau. Das ist vorbei. Jetzt wird wieder gemacht, was der Stärkere sagt.«

»Bei uns in der Burg ist das anders.«

»Da darf eine Frau alles sagen? Sie darf das Gleiche vom Mann verlangen, was er von ihr verlangt?«

»Das versteht sich von selbst.«

»Ich dürfte zum Beispiel sagen, ich will jetzt nach Hause, und du könntest nichts dagegen tun?«

»Willst du denn nach Hause, Pluplu?« Er bleibt stehen. »Im Tunnel umzukehren dürfte schwierig sein ohne Lampe. Und meine Lampe brauche ich selbst.«

»Ich drehe ja nicht um. Ich komme mit.«

»Da vorne ist es schon. Komm.« Er greift in seine Tasche. »Mit einer Schusswaffe geht es besser.«

»Wie bitte?«

»Eine Schusswaffe ist besser als ein Messer.« Er zieht eine Pistole aus der Tasche. Zielt nicht, hält sie nur locker in der Hand. Er lächelt freundlich. »Bitte lass dein Messer fallen.«

Woher weiß er, dass sie sich verteidigen wird? Haben die anderen Mädchen sich verteidigt? Er wusste es die ganze Zeit, dass sie ein Messer hat! Pluplu holt es hervor. Macht zwei hilflose Schritte auf ihn zu.

Statt der Pistole setzt er Gas ein. Hält sich selbst eine Gasmaske vors Gesicht und sprüht Pluplu das Zeug ins Gesicht. Sie knickt ein, sie fällt auf ihrem einen Bein um. Die Krücke trifft sie mitten ins Gesicht.

* * *

Es ist das Schlachthaus. Er hat Pluplu ins Schlachthaus der Burg gebracht. Hier ist der Ort, wo Tiere sich in Fleisch verwandeln.

»Weißt du, wie das bei einer Kuh funktioniert?« Er sitzt bequem. Ein roter Fauteuil mitten im Schlachthaus.

»Wo bin ich?«, fragt Pluplu, kaum dass sie aus der Betäubung erwacht.

»Eine Kuh wird in diese Schleuse gebracht. Ihr wird eine Kette um die Hinterbeine geschlungen. Von oben nähert sich der Schlächter mit dem Schlachtschussapparat. Der Bolzen dringt in ihr Gehirn. Die Kuh ist nicht gleich tot, sie zuckt. Bevor sie umfällt, wird sie an den Beinen hochgezogen. Kopfüber schwebt sie an der Kette dorthin, wo du jetzt bist. Der Schlächter hat ein kleines Messer. So eines wie das hier, siehst du?« Er zeigt es ihr.

Pluplu wurde nicht an ihrem Bein hochgezogen, doch auch sie hängt an einer Kette. Eine Ledervorrichtung um den Hals und unter den Achseln verhindert, dass die Kette sie erstickt. Ihre Hände sind gefesselt. Sie wehrt sich, aber nur kurz. Es tut weh, wenn sie sich wehrt. Pluplu wollte Klarheit, was mit den Mädchen aus dem Dorf passiert ist. Nun hat sie Klarheit.

»Mit diesem kleinen Messer sticht der Schlächter in den Hals der Kuh. Er durchtrennt die Gurgel, die Schlagadern und sämtliche Gefäße. An der Wirbelsäule wird es schwieriger, dort muss er den Knorpel zwischen den Wirbeln erwischen. Der Rekord des Schlächters liegt bei acht Sekunden. Nach acht Sekunden hat die Kuh keinen Kopf mehr. Aber selbst kopflos ist sie immer noch eine Kuh.«

Pluplu will weinen, schreien, flehen. Sie kann sich für nichts entscheiden, weil alles so sinnlos ist. »Was mache ich hier?«, fragt sie, die sinnloseste Frage von allen.

»Du machst gar nichts. Ich bin jetzt dran.« Er legt das Messer beiseite. »Die kopflose Kuh hängt über dem Gitter und blutet langsam aus. Der Schlächter öffnet ihren Bauch, die Eingeweide stürzen zu Boden. Die Leute in der Burg essen keine Eingeweide. Sie wissen nicht, was ihnen entgeht.«

»Bitte, bitte …« Pluplu wehrt sich gegen die Fessel, schwingt hilflos hin und her. Allmählich legt sich der Schock, die Angst meldet sich, die Panik ist da. Pluplu nässt sich ein. Der Mann im Fauteuil registriert es lächelnd.

»Das machen die Kühe auch manchmal.« Er steht auf und tritt vor eine Werkzeugwand. Fräsen, Kreissägen, Handsägen, Messer und Zangen hängen dort. Er nimmt die Kettensäge aus der Halterung.

»Damit wird die Kuh entzweigeschnitten. Wirbel, Knochen, Knorpel, Muskeln, durch alles geht die Kette durch. Zu guter Letzt hängen zwei Tierhälften vor mir. Und das …« Er nähert sich Pluplu mit der Kettensäge.

»… das ist der Moment, in dem die Kuh aufhört, eine Kuh zu sein. Ab diesem besonderen Augenblick ist sie nur noch Fleisch. Eine magischer Moment. Ich freue mich jedes Mal darauf.«

»Ich verrate nichts«, wispert Pluplu. »Ich behalte alles für mich. Ich verspreche es.« Sie begreift, wie unsinnig ihre Worte sind, wie bedeutungslos.

»Natürlich nicht. Du wirst sicher nichts mehr erzählen, Pluplu.« Er kehrt zum Fauteuil zurück. »Was hast du herausgefunden?«

»Was meinst du?« Sie keucht.

»Dass du heute Nacht dort rumspaziert bist, war kein Zufall. Du hast dich mit Absicht zum Köder gemacht.«

»Ich weiß nicht, was du …«

Er unterbricht sie. »Die Mädchen, von denen du erzählt

hast, sind nicht aus dem Dorf abgehauen. Das wusstest du. Was weißt du noch?«

»Nichts. Ich schwöre es dir!«

Er seufzt, Ungeduld mischt sich in sein Seufzen. »Du kannst mir jetzt ein bisschen was erzählen oder wir können sofort weitermachen.«

»Weiter womit?«

Er lächelt so freundlich, so furchterregend. »Was hast du herausgekriegt, Pluplu?«

»Am Tag, nachdem Elisabeth verschwunden ist, hätte sie mit einer neuen Arbeit beginnen sollen. Sie hat sich darauf gefreut. Wollte nicht nur im Dorf rumhängen.«

»Und deshalb warst du sicher, dass sie nicht in die Stadt abgehauen ist.«

»Ja.«

»Du hast dich erkundigt?«

»Ja.«

»Und?«

»Jemand hat gesehen, wie sie in ein Auto gestiegen ist.«

»Wer hat das gesehen?«

»Wenn ich dir das sage, lässt du mich dann gehen?«

»Nein. Aber wenn du es mir sagst, tut es weniger weh.«

»Nein – bitte – nein –« Das sind keine Worte mehr, es sind hervorgewürgte Gewissheiten, vermischt mit Tränen, Speichel, Erbrochenem. Nichts bleibt an seinem Platz, wenn das Ende Gewissheit ist.

»Was willst du über mich wissen?«, fragt der Schlächter.

Die Frage könnte sie überraschen, wenn Überraschung in Pluplu noch existieren würde. Sie hat Überraschung lange hinter sich gelassen.

»Du bist ein schlaues Mädchen, ein neugieriges Mädchen.

Bestimmt willst du wissen, warum ich es mache. Das wäre eine gute Frage für den Anfang, findest du nicht?«

Sie hört ihn, versteht ihn kaum noch. Sie verliert die Fähigkeit, klar zu denken.

»Bevor ich mich den Mädchen widme, tue ich das, was wir gerade tun. Wir plaudern. Dieser Teil gefällt mir am besten. Miteinander reden, während wir beide wissen, dass einer sterben wird. Danach ist mir wichtig, dass die Arbeit sauber erledigt wird. Ich brauche dir nicht zu sagen, dass du hier eine ziemliche Sauerei zurücklassen wirst. Eine perfekte Durchführung ist mir daher wichtig.«

Pluplu öffnet den Mund und schreit. Schreit so laut, wie sie noch nie geschrien hat.

Er nickt und lächelt. »Damit hatte ich eigentlich früher gerechnet. Sie schreien viel, eure Mädchen, manche schreien ununterbrochen, bis sie nicht mehr können.« Eine Geste in die Runde. »Alles schalldicht. Nicht weil ich die Schreie der Mädchen dämpfen musste, sondern weil sich die Nachbarn beschwert haben. Sie wollten das Schreien der Schweine nicht hören. Wenn Schweine schreien, klingt das wie kleine Kinder, kennst du das? Bevor du einem Schwein die Kehle durchschneidest, schreit es wie ein Baby. Das hat die Anwohner gestört. Selbstverständlich bin ich ihrem Wunsch nachgekommen und habe das Schlachthaus schalldicht gemacht.«

Er lehnt sich zurück, das Gespräch entspannt ihn.

»Ich habe noch nie eine von euch gewaltsam hierhergeschleppt. Ihr kommt alle freiwillig, aus Neugier. Die Burg ist das große Geheimnis, das ihr im Dorf ständig vor der Nase habt. Ihr kommt wegen des Geheimnisses. Und dann hängt ihr da, so wie du jetzt. Ihr wisst, dass es vorbei ist. Manche versuchen noch, das *Richtige* zu sagen, sie sind höflich zu mir. Manche glauben, dass Verführung eine Möglichkeit wäre, mich umzustimmen. Das Weinen, das Schreien, das Wimmern, das Flehen, all die Versuche, noch einmal davonzukommen.« Er seufzt. »Keine kommt davon. Und das Schöne daran –«

Er steht auf, geht zum Arbeitstisch und wendet Pluplu den Rücken zu. Sie hört ein kurzes, helles Geräusch.

»Das Schöne daran, und das genieße ich wirklich, ist, wenn ein paar Leute aus der Burg beisammensitzen und das Fleisch loben, das wir zusammen genießen. *Wo kriegst du nur dieses zarte Fleisch her?*, fragen sie.«

Er dreht sich um, die Kreissäge ist ein elegantes Werkzeug in seiner Hand. »Wie alt bist du, Pluplu? Sechzehn? Schon älter?« Er kommt näher. »Wir werden es schmecken, wie alt du bist. Wir werden es uns schmecken lassen.«

12

Innerhalb der Burg ist alles reglementiert. Außerhalb davon gibt es keine Regeln, außer vielleicht: Rechne mit nichts, vertraue keinem, falle auf niemanden herein. Mit Ruth habe ich nicht gerechnet. Ruth hat ihren Truck im Griff, sie hat ihre Männer im Griff. Ruths Gesicht erzählt davon, dass sie alles schon erlebt hat. Augen wie ein Uhu, sonnengebräunte Haut, Tattoo am Hals. Ihr Haar ist schwarz, aber so ein Schwarz gibt es in der Natur nicht. Ich tippe auf Perücke. Ruth ist Geschäftsfrau. Sie weiß, dass der Cube mein Köder ist, damit sie uns nicht sofort umbringt. In Ruths Viehlaster fahren wir in die alte Stadt München ein.

»Wohin genau?«, fragt sie, als wir vor der großen Sperre halten. Sie haben den alten Namen beibehalten, die Sperre heißt *Mittlerer Ring.*

Pia ist nicht einverstanden mit dem, was ich vorhabe, trotzdem lässt sie den Tracer laufen und lokalisiert den Cube.

Ruth nimmt ihr den Tracer aus der Hand, wirft einen Blick darauf und sieht mich an. »Das ist in der Maximilianstraße«, sagt sie, als wäre es ein anderer Planet. »Da kommen wir nicht rein.«

»Warum nicht?«

»Weil alles, was innerhalb des inneren Circle liegt, zur *Burg* erklärt wurde.«

Punkt für mich. Natürlich ist Münchens City eine Burg. Keinen anderen Ort würde ein Trader aufsuchen, nirgendwo sonst könnte er einen Cube zum Verkauf anbieten. Nur im inneren Circle wird man den Preis zahlen, den der Cube wert ist. Ruth hat zwei Möglichkeiten. Entweder sie zieht ihren ursprünglichen Plan durch, nimmt den Tesla und bringt uns um, oder sie zockt und lässt mich in die Maximilianstraße gehen. Ich bin bei der Taskforce. Ich komme rein. Der Zeitpunkt ist gekommen, ihr zu sagen, dass ich Taskforce bin.

»Hab ich's mir doch gedacht.« Ruth wirkt nicht besonders beeindruckt. »Jeder andere hätte versucht zu fliehen. Jeder andere hätte mir die Frau als Pfand für sein Leben geboten.«

Ich zeige auf den Grenzposten, der näher kommt. »Also, wie sieht's aus? Willst du den Cube? Dann sollte ich jetzt einen Stadtbummel machen.«

»Du bist ein Arschloch«, sagt Ruth leutselig.

»Wir verstehen uns. Aber Pia bleibt hier.«

Als wir den Mittleren Ring passieren, fällt mir ein alter Wegweiser ins Auge. *Tierpark Hellabrunn*, sagt der Pfeil. Es gibt keine Tiere mehr in Hellabrunn. Wenn sie nicht ausgestorben sind, leben sie in freier Wildbahn.

Die Menschheit stirbt, doch ihre Gebäude überleben. Der innere Circle ist ein Architekturfest, wenn man Zuckerbäckerbauten mag. Nur die Reichsten leisten sich den Circle, eine Handvoll bayerischer Patrioten samt Entourage. Der Circle ist von Menschen gesäubert wie eine Stadt nach der Pest. Leere Straßen, sinnlose Monumente, Denkmäler von Leuten, die keiner mehr kennt.

So sieht unser Deal aus: Pia muss bei Ruths Männern bleiben. Falls ich abhaue, stirbt sie. Ruth begleitet mich. Ich bin bei der Taskforce. Ausweiskontrolle am Grenzposten, Hygienekontrolle, Gesundheitskontrolle. Wachtürme, wohin man sieht. Die Security fragt nach dem Grund meines Besuchs. Ich nenne die Adresse, an der wir den Cube geortet haben. Die Security ist beeindruckt. Die Adresse sagt ihnen etwas, sie wissen, wer dort wohnt. Sie telefonieren und erhalten die Auskunft, ich könne passieren. Ruth wollen sie nicht durchlassen. Ich sage, dass ich in Begleitung eines Deputy komme. Die Taskforce darf Deputys benennen. Ich benenne Ruth. Am Telefon ist man auch damit einverstanden. Ruth gibt ihre Waffe ab. Die Security eskortiert uns bis vor das Haus.

Das ist kein Haus. Der Cube ist in einem Gebäude, wie ich noch keines gesehen habe – Tempel, Regierungssitz, Königspalast vielleicht. Die Bayern liebten ihre Könige. *Apolini Musisque Redditum,* sagt die Schrift über dem Portal, darüber verblasste Malerei. Ein geflügeltes Pferd, aufgeregte Frauen in Sommerkleidern, die Blumen streuen. Sie alle haben Flügel. Acht Säulen tragen das Portal, Stufen führen zu den Toren, sie sind zugeschweißt, bis auf eines.

»Hier?«, fragt Ruth.

Ich checke den Tracer. »Hier.«

»Hier«, wiederholt der Offizier, der uns begleitet.

Eine kleine Tür inmitten des Tores öffnet sich. Ein Lakai winkt uns, ohne näher zu kommen. Er trägt Kleider, die ich von alten Bildern kenne: weiße Hemdbrust, dunkelblaue Livrée. Vorsichtig laufen Ruth und ich die Stufen hoch. Wir durchschreiten das Tor. Niemand *schreitet* heute noch, aber durch so ein Tor muss man schreiten. Der Lakai mustert uns abschätzig. Wir sind staubig, ungewaschen, unser Outfit hat schon bessere Tage gesehen. Wir folgen ihm durch eine Halle, die unter normalen Umständen längst geplündert worden wäre. Alles ist aus Gold: Decke, Wände, Malerei, Statuetten von lange verstorbenen Leuten, die keiner mehr kennt, *Moza* steht auf einer Statuette, *Gluck* auf der anderen. Spinnweben wehen im Luftzug, über uns hängen Lüster, jeder mit dutzenden Lampen. Woher kommt der Strom? Die Kraftwerke produzieren nur noch für die Industrie. Milliarden Menschen sitzen im Dunkeln, aber hier, im Circle von München, verschwenden sie das Licht.

Am Ende der Halle werden wir Zeugen vom Ende des Mannes, der mich zusammengeschlagen hat. Der Trader hängt da wie ein Wandleuchter. Man hat ihn an der Brust aufgespießt. Davor hat man ihn geschlagen. Ich bin sicher, er hat alles gesagt, was sie wissen wollten. Ich begreife, warum sie am Telefon so interessiert waren, mich kennenzulernen. Ob Ruth und ich auch bald zwei Wandleuchter sein werden?

Im nächsten Wandelgang bleibt der Lakai stehen. Er macht ein Gesicht, als ob er aufs Klo müsste, er sammelt sich sozusagen, bevor er Ruth und mich vor einer Tür versammelt. Er öffnet die Tür. Wer so etwas noch nie gesehen hat, muss entweder lachen oder weinen. Ruth fällt die Kinnlade runter, ich lache. Was ist das, was kann das, wozu hat das jemals gedient? Ein einziger Lüster, groß wie eine Kraftwerksturbine, er ist eingedunkelt, so wie der gesamte Raum. Das ist kein Raum, eher eine ganze Welt, tausende Stühle, alle leer, hundert Löcher in den Wänden, in denen weitere Stühle stehen, wieder Gold, das Deckengemälde ist auch aus Gold. Was nicht golden glänzt, ist rot. Ein purpurrotes Ding, zu gigantisch für einen Vorhang, und doch ist es einer, geschmückt, bekränzt, davor ein Abgrund, ein tiefes Loch. Der Abgrund lebt, da unten sind Leute, eine Menge sogar. Sie warten auf etwas, worauf warten die?

»Setzen«, sagt der Lakai und schließt die Tür hinter uns.

Wir befinden uns in einem dieser Löcher in der Wand, dem mittleren, wo man beste Sicht auf alles hat. Ich beuge mich über die Brüstung. So viele Stühle, zahllos, irgendwann müssen sie alle besetzt gewesen sein. Die Leute im Abgrund sitzen wartend da. Ruth hat es die Sprache verschlagen. Wenn du einen Truck fährst, als Pirat lebst, als Straßenräuber, hast du zu dem, was hier passiert, nichts zu sagen. Ruths rechte Hand tastet an ihren Gürtel, dort ist keine Waffe mehr. Was immer geschieht, sie muss es unbewaffnet durchstehen.

Ein einzelner Mann schlängelt sich zwischen den anderen durch den Abgrund und steigt auf ein Podest. Er hebt beide Hände und lässt sie schlagartig wieder sinken. Plötzlich spielt irgendwo Musik. Ich sehe mich nach den Lautsprechern um, wo kommt die Musik her? Wenn mich nicht alles täuscht, aus dem Abgrund. Es ist diese Art Musik, die man kaum noch hört, manchmal noch in der Burg. Dort halten sie das für Kultur und sich selbst für kultiviert, wenn sie solche Musik hören. Der Mann im Abgrund wedelt mit den Armen, eine Art Signal für die anderen. Sie tun unterschiedliche Dinge, aber alles zusammengenommen wird daraus Musik.

»Ist ja schrill«, sagt Ruth.

Schrill trifft es ziemlich gut. Wer die Situation noch nie erlebt hat, muss sie schrill finden. Langsam sinke ich gegen die Lehne und lasse die Musik zu. Wir haben keine Eile.

»Was soll der Zirkus?«, fragt Ruth. »Wo ist der Cube?«

»Wir haben keine Eile«, antworte ich.

Nach einer Weile, die ich nicht schätzen kann, weil die Musik mein Zeitgefühl verändert, unterbricht der Mann auf dem Podest die anderen.

»Bitte, Herr Singer«, sagt er mit sanfter Stimme. »Es ist alles schön, was Sie machen, nur bitte am Anfang, zeigen Sie denen nicht, wo die Eins ist.«

Wer redet noch so? Niemand. Mit *Bitte* und *Herr*, wie aus einer anderen Zeit. Welche Zeit? Woher kommt die Verschiebung der Realität inmitten der verwahrlosten Stadt München? Der Mann auf dem Podest, schmal, beinahe kahl, mit Hemd und Krawatte, scheint der Mentor, vielleicht der Erfinder dieser Welt zu sein. Er hat mit den Leuten Musik gemacht, jetzt sagt er etwas dazu. Als ob man Musik ändern könnte. Musik ist Musik, man dreht sie auf, dreht sie ab. Wieso redet er so viel? Weshalb duldet er uns als Zuhörer? Wofür bewahrt er seine alte Welt auf, der alte Mann?

»Meine Damen und Herren, wir spielen das Ganze jetzt ein bisschen flotter, wenn Sie damit einverstanden sind. Beim Quartsextakkord ziehen wir das Tempo dann an. Und Herr Singer, ich bitte Sie, den Ton so einzufädeln, als ob es ein Faden in einem Nadelöhr wäre.«

Unten tritt der Lakai an den Abgrund und macht sich respektvoll bemerkbar. Der Mann aus der alten Welt hört ihm halb umgewandt zu, wirft einen kurzen Blick zu uns hoch und setzt seine Tätigkeit fort. Er ist immer freundlich, immer höflich. Er hat uns da oben vergessen.

13

»Sie haben den Verkäufer des Cube nicht besonders gut behandelt«, sage ich.

»Abschaum. Wie soll man Abschaum behandeln?« Der freundliche Mann bietet uns Wasser an, das über eine Metallfläche rinnt. Er sagt, das sei besser als das Wasser draußen.

Ruth kommt gleich zur Sache. »Du hast ihn also, den Cube?« Breitbeinig sitzt sie da.

»Entschuldigen Sie, kennen wir uns?«, entgegnet der Mann erstaunt.

»Nein, wieso?«

»Wir sind also keine Freunde oder Verwandten, keine Duzbrüder?«

»Natürlich nicht.«

»Wenn wir keine Freunde oder Verwandten sind, sollten wir den Umgang miteinander wählen, der angebracht ist, meinen Sie nicht auch?«

Ruth begreift. »In meinem ganzen Leben hab ich noch keinen *gesiezt.*«

»Was für ein armes Leben. Ich will es Ihnen leichter machen, meine Liebe.« Er streckt ihr die Hand entgegen. »Ich bin Otto Kalbeck und Sie sind ...?«

»Ruth.«

»Ruth, herrvorragend. Sie können Herr Kalbeck zu mir

sagen und ich sage Ruth zu Ihnen.« Ein Blick zu mir. »Und Sie sind –«

»Saltzman.«

»Nun haben wir uns vorgestellt.« Er lächelt. »Das macht vieles leichter. Was kann ich für Sie tun, Herr Saltzman?«

»Sie wissen, was Sie für uns tun können«, antwortet Ruth an meiner Stelle.

»Sie wollen das Gerät, das sich in meinem Besitz befindet, nehme ich an. Aber ich werde es Ihnen nicht geben.«

»Es gehört ihm«, sagt Ruth, als ob ich stumm wäre. »Er ist Taskforce.«

»Man hat mir berichtet, dass Sie bei der Taskforce sind, Herr Saltzman.«

Ich nehme ein Schluck Wasser. Es schmeckt irgendwie bitter. »Der tote Trader, der bei Ihnen im Vorzimmer hängt, hat mir den Cube gestohlen.«

Kalbeck nickt. »Ich habe nicht angenommen, dass der Mann rechtmäßig an das Gerät gekommen ist. Bitte probieren auch Sie unser Wasser«, ermuntert er Ruth und wendet sich wieder mir zu. »Eingeschlossen in dieses Gerät ist ein Informationsträger. Was wissen Sie darüber, Herr Saltzman?«

»Mein Freund Leyland, der Wissenschaftler, wurde ermordet. In der Burg …«

»In der Burg am Wasser, ich weiß«, vollendet Kalbeck. »Obwohl wir hier in einer sterbenden Stadt leben, leben wir nicht hinter dem Mond. Leyland war ein Genie.«

»Sie wissen von Leyland?« Der freundliche Mann überrascht mich mit jeder Minute mehr. »Was die Nanotechnologie betrifft …«

Mit einer ärgerlichen Geste bringt er mich zum Schweigen. »Glauben Sie, ich mache hier nichts weiter als Musik?

Glauben Sie, ich verbuddle mich im alten Opernhaus und warte auf den Tod?« Kalbeck macht ein paar Schritte durch das Büro, das, wen wundert es, vorwiegend aus Gold besteht. »Ich will wissen, wie das Ganze weitergeht, was nach uns kommt. Ich will wissen, was nach *mir* kommt.« Sein Blick wandert zu Ruth. »Sie werden überrascht sein, mich auf die Frage, woran ich glaube, antworten zu hören: an die Vergänglichkeit. Ich bin der größte Fan der Vergänglichkeit. Die Vergänglichkeit ist die genialste Erfindung des Universums. Nichts darf bestehen, alles vergeht. Die Spezies, die diese Welt in den Abgrund geführt hat, hält die Vergänglichkeit für etwas Schlechtes. Sie trommelt sich auf die Brust und schreit: Ich bin der Beherrscher der Welt, und zwar für immer!« Er seufzt. »Das Ergebnis kennen wir. Unsere Spezies geht unter. Der Planet hat uns schon fast vergessen. Unsere alte Erde verjüngt sich und hat uns Menschen der Vergänglichkeit anheimgegeben.«

Kalbeck kommt zurück. »Die Vergänglichkeit ist die Seele des Seins, sie ist das, was allem Leben Wert, Würde und Spannung verleiht, denn sie schafft Zeit. Und Zeit ist die höchste, nutzbarste Gabe, in ihrem Wesen identisch mit allem Schöpferischen, aller Regsamkeit, allem Wollen und Streben zum Höheren, Besseren. Wo nicht Vergänglichkeit ist, nicht Anfang und Ende, da ist keine Zeit, und Zeitlosigkeit ist das stehende Nichts, das absolut Uninteressante.« Er lächelt, weil Ruth ihm mit offenem Mund zuhört.

»Das ist nicht von mir«, erklärt er bescheiden. »Diese Worte hat ein Mann vor langer Zeit geschrieben. Ich habe all seine Bücher. Es lohnt sich, die Bücher der Alten zu lesen. Sie waren im Besitz eines Schatzes, der uns verloren gegangen ist.«

»Was für ein Schatz?«, fragt Ruth, ganz Geschäftsfrau.

»Die Erkenntnis, wie dankbar wir sein müssen, lachen, denken und lieben zu dürfen. Das kommt Ihnen wahrscheinlich kitschig vor, liebe Ruth, und auch Sie, Saltzman, fragen sich, wann ich zu reden aufhöre und den Cube herausrücke. Aber es gab jemanden, der diesen Schatz des Lebens, den Schatz der Alten genauso besessen hat wie ich.«

»Wer?« Ruth steht so im Bann des freundlichen Mannes, dass sie die Ellbogen auf die Knie stützt und sich weit vorbeugt.

»Leyland. Ihr Freund Leyland. Er war unserer Zeit wenigstens um ein Jahrtausend voraus. Um vollends zu begreifen, was auf uns Menschen zukommt, hat auch er das Wissen der Alten studiert. Das Wissen über die Vergänglichkleit. Wir haben oft darüber gesprochen, er und ich.«

»Sie haben ... gesprochen?«, gehe ich dazwischen. »Wie?«

»Über die liebenswerte alte Erfindung des Telefons, bester Saltzman.«

»Sie sind das?«, frage ich, als ob mich ein Blitz getroffen hätte. »Mit Ihnen hat Leyland vor seinem Tod telefoniert?«

»Ganze Nächte lang.« Kalbeck nickt. »Leyland wusste, dass sein physisches Leben bald enden würde.«

»Er wusste es also wirklich? Sie sind der Zweite, der das sagt. Wusste er auch, wer ihn umbringen würde?«

»Jemand aus seiner nächsten Umgebung.«

»Meinen Sie in der Burg?«

»Näher, viel näher«, antwortet Kalbeck leichthin. »Darum geht es aber gar nicht. Sein Tod ist ein Übergang. Sein Tod ist nicht wichtig. Er war Leyland selbst nicht besonders wichtig. Alles, was zählt, ist der Cube.«

»Haben Sie ihn geknackt? Was wissen Sie darüber?« Ich bin so nervös, dass ich aufstehe, ohne es zu merken.

»Nicht viel. Deshalb freut es mich, dass Sie zu mir gekommen sind. Leyland hat Ihnen einen Informationsträger zukommen lassen.«

»Den Bramble, ja.«

»Die Information darauf ist auf Sie persönlich codiert.«

»Ja, ja! Wo ist der Bramble? Geben Sie ihn mir.«

»Immer langsam, Herr Saltzman. Setzen Sie sich bitte. Trinken Sie noch ein Glas Wasser.« Er schenkt mir nach. »Diese Information scheint mir bedeutend wichtiger zu sein, als dass jemand von der Taskforce sie auswerten dürfte.« Er hebt die Hände. »Das soll keine Beleidigung sein, Saltzman.«

»Ich bin nicht empfindlich.«

»Es braucht ein besonderes Wissen, um den Bramble zu verstehen. Es braucht Leylands Wissen.«

»Sind Sie im Besitz von Leylands Wissen? Kennen Sie die Information bereits?«

»Sie ist kryptiert«, antwortet er mit sichtlichem Bedauern.

»Das heißt, Sie können den Bramble nicht öffnen.«

»Bis jetzt nicht.«

»Leyland hat ihn so codiert, dass er nur dann Antworten gibt, wenn ich die richtigen Fragen stelle.«

Kalbeck nickt nachdenklich. »Es ist schwer zu verstehen, dass er ausgerechnet Ihnen diese wichtige Aufgabe überlassen hat.« Kalbeck tritt an eines der sinnlos hohen Fenster mit den sinnlos vergoldeten Fenstergriffen.

»In einem unserer Gespräche hat Leyland angedeutet, dass Sie nicht der Einzige sind, der in den Bramble einzudringen vermag. Es muss noch eine zweite Person geben.«

»Wen?«

Mit dem Lächeln eines Fuchses dreht er sich um. »Sollten Sie etwa diese andere Person sein, liebe Ruth?«

»Ich bin Geschäftsfrau«, kommt es glasklar.

»Damit ist wohl alles gesagt.«

»Wer ist die andere Person?«, hake ich nach.

»Ich mache Ihnen ein Angebot, Saltzman. Wir öffnen den Bramble gemeinsam.«

»Warum sollte ich mich darauf einlassen?«

Der schmale Mann tritt vor mich. »Wissen Sie eigentlich, wo Sie sich hier befinden?«

Ich kapiere. Wenn ich sein Spiel nicht mitspiele, ende ich genauso wie der Trader an der Wand. »Ich bin davon überzeugt, dass Sie eine schlagkräftige Security haben. Aber tot nütze ich Ihnen nichts, Kalbeck.«

Sein Blick spiegelt Enttäuschung. »Ich finde Ihre Art zu denken traurig, Saltzman.«

»Haben Sie mir denn nicht gerade gedroht?«

»Ich möchte versuchen, Sie zu motivieren.«

»Wohl eher zu *manipulieren*.«

Er geht zu dem schwarzen Klavier, auf dem zahlreiche Notenblätter liegen, nimmt eines zur Hand. »Was glauben Sie, habe ich vorhin gemacht?«

»Vorhin in dem großen Raum? In diesem …« Das passende Wort fällt mir nicht ein.

»Es ist ein Opernhaus. Wir befinden uns in der Bayerischen Staatsoper, Saltzman. Heute gibt es weder ein Publikum für die Oper noch Sänger auf der Bühne. Aber ich hatte das Glück, die wunderbaren Orchester von früher noch zu kennen. Ich habe die überlebenden Musiker zu mir gebeten. Sie und ihre Instrumente sind vom Aussterben bedroht. Bald wird es in ganz Europa kein einziges Kontrafagott mehr geben. Der Fagottist hat Krebs. Meine Soloviolinistin leidet unter Depressionen. Sämtliche Streicher haben Depressionen, man weiß nicht, woran das liegt.« Er kommt an den Tisch zurück. »Ich habe diese kostbaren Menschen motiviert, ein letztes Mal zu ihren Instrumenten zu greifen. Ich gebe ihnen zwar den Takt vor, aber ich zwinge sie nicht, irgendetwas zu tun. So etwas macht man nicht in der Musik. Ich motiviere sie.«

Er benetzt seinen Finger mit dem Wasser, das über die Metallplatte rinnt, und tippt mir mit der Fingerspitze auf die Stirn. Eine seltsam sinnlose Geste.

»Ich würde Sie niemals zwingen, den Bramble für mich zu öffnen, Herr Saltzman. Ich möchte Sie dazu motivieren.« Er tippt sich auf die eigene Stirn. »Ihr Freund Leyland muss viel von Ihnen gehalten haben. Er hat Ihnen eine Nachricht von Weltbedeutung hinterlassen. Geben Sie mir die Gelegenheit, Ihnen bei der Entschlüsselung zu helfen. Wir sollten den *Geist in der Maschine* gemeinsam kennenlernen.«

Ruth wird ungeduldig. Sie ist unzufrieden, wie das hier abläuft. Sie will ein Geschäft machen, keinen Geist kennenlernen. »Schluss jetzt«, geht sie dazwischen. »Erst muss ich mir stundenlang das Gedudel anhören, dann rückst du den Cube nicht raus, und jetzt geilt ihr euch an irgendeinem Geist auf. Wo bleibe ich dabei, *Herr Kalbeck*? Ich bin hier, weil Saltzman mir den Cube versprochen hat. Kriege ich ihn nicht, stirbt die Kleine in meinem Truck. Das ist der Deal.«

»Die Kleine?«, fragt Kalbeck überrascht. »Sie haben noch jemanden dabei?«

»Leylands Assistentin.«

»Pia?« Ein herzlicher Glanz huscht über sein Gesicht. »Leyland hat mir von ihr erzählt. Er mochte sie.«

»Er hat sie sogar zum Segeln mitgenommen.«

»Kriegt euch mal wieder ein, ihr beide«, blafft Ruth. »Ich will den Cube. Oder Pia stirbt.«

»Liebe Ruth, wenn der Cube das enthält, was ich vermute,

ist das Geschäft, das Sie machen, millionenfach größer, als Sie sich in Ihren kühnsten Träumen vorstellen.«

»Das hat er mir auch schon vorgeflunkert.« Mit dem Daumen zeigt sie auf mich. »Aber alles, was bisher passiert ist, war Ihr Gedudel und sehr viel Gequatsche.«

»Das Gedudel ist Haydn«, erklärt er. »Der frühe Haydn. Ich gebe zu, Haydn ist nicht jedermanns Sache.« Er legt ihr die Hand auf die Schulter. »Wie kann ich Sie überzeugen, Ruth?«

Sie starrt seine Hand an, schlägt sie aber nicht beiseite. »Wovon überzeugen?«

»Dass wir Zeit brauchen, um den Bramble zu öffnen. Zeit und Ruhe.«

»Wie viel Zeit?«

»Ich habe keine Ahnung.«

»Wenn Sie Zeit brauchen, brauche ich eine Sicherheit. Ich will am Ende nicht die Verarschte sein.«

»Das kann ich verstehen.« Kalbeck betrachtet seine Hand auf ihrer Schulter. Nach kurzem Zögern zieht er einen Diamantring vom Finger. Der Stein ist von erstaunlicher Größe.

»Dieser Ring hat einmal einem Dirigenten gehört, den ich unendlich verehre. Er hat ihn mir geschenkt.« Kalbeck drückt Ruth den Ring in die Hand. »Sollte unser Projekt nicht zum Erfolg führen, dürfen Sie ihn behalten.«

Ruth lässt den Diamanten im Licht funkeln. »Du bist mir schon einer, Kalbeck«, sagt sie. »Du weißt, wie man Leute motiviert.«

14

Kein Gold diesmal, nirgends. Decke und Boden sind schwarz, an den Wänden hängt Schaumstoff in Rautenform. Auf einem langen Tisch entdecke ich Technik aus der Steinzeit.

»Was ist das nun wieder?«, knurrt Ruth, als Kalbeck uns in diesen Raum bringt.

»Das Tonstudio.« Liebevoll wischt er Staub von den alten Reglern, die, kaum zu glauben, manuell zu bedienen sind. »Das ist unser *Mischpult*. So sagte man früher dazu. Der Tontechniker …« Er bedient einen Schalter. Hinter der Glasscheibe wird es hell, der Mega-Lüster erstrahlt. »Der Tontechniker hatte von hier aus das ganze Theater im Blick.«

Wir sitzen hinter Glas, vor uns der erleuchtete Zuschauerraum.

»Wo ist der Cube?«, fragt Ruth.

Kalbeck löscht das Licht und holt den Cube aus einem unscheinbaren Schrank hervor. »Sind Sie bereit?«

»Wir waren schon seit Stunden bereit«, kontert Ruth.

Das Programm lädt.

Leylands Kopf erscheint als Hologramm.

»Schön, dich zu sehen, Saltzman.«

»Hallo, Professor.«

»Meine Antworten sind limitiert. Ich brauche die richtigen Fragen.«

Ich setze da an, wo ich letztes Mal aufgehört habe. »Wussten Sie, dass Sie ermordet werden?«

»Ja.«

»Hat man Sie gefoltert, Professor?«

»Das, mein Freund, ist die richtige Frage.«

Zu dritt betrachten wir den Geist in der Maschine. Leylands Gesicht macht einen kleinen Ruck.

»Sehen Sie?« Ich zeige auf das zitternde Licht. »An diesem Punkt springt das Programm jedes Mal in einen anderen Modus. Leylands Stimme klingt jetzt verändert, als ob er vor einem Auditorium sprechen würde.«

»Wenn eine Maschine mit der Kapazität eines Holix in ein menschliches Zentralnervensystem implantiert wird, multipliziert der Geist in der Maschine dessen Fähigkeiten zur zwölften Potenz.«

Kalbeck hält das Programm an. »Das kenne ich. Es ist Leylands Vortrag vor der Ethikkommission des Bundestages.«

»Was, das ist nicht neu? Diese Worte sind keine Nachricht an mich?«, erwidere ich enttäuscht.

Kalbeck setzt sich auf einen Drehhocker. »Vor vielen Jahren hat Leyland seine Erkenntnisse bereits der Regierung mitgeteilt. Man war beeindruckt, man hat sich bei ihm bedankt, und dann ist man wieder nach Hause gefahren und nichts ist passiert.«

»Was hat die Regierung unternommen?«

»Gar nichts.« Kalbeck betrachtet das erstarrte Gesicht Leylands. »Haben Sie etwas anderes erwartet?«

»Aber Leyland wollte den Entscheidungsträgern offenbar den Ausweg aus dem Desaster zeigen.«

Kalbeck schüttelt den Kopf. »Die damalige Regierung war offenbar so überzeugt davon, dass der Weg in den Abgrund unumkehrbar ist, dass sie Leylands Konzept still und heimlich im Archiv abgelegt haben.«

»Warum?«

»Weil die Regierenden meistens alt sind. Auch ich bin alt. Ich kann mich in der Gewissheit zurücklehnen, dass mich die Apokalypse nicht mehr treffen wird. Leylands Worte sind vielmehr für jene bestimmt, die erst geboren werden.«

»Die Ungeborenen?«, wiederhole ich leise. »Wie kann man die Ungeborenen informieren?«

Plötzlich springt das Programm wieder an. Leylands Geist beginnt sich in dem schwarzen Raum umzusehen. Er entdeckt Ruth. »Du reist mit einer Lady, wie mir scheint«, fragt er.

»Sie können uns sehen, Professor?«

»Was wäre ich für ein armseliges Programm, wenn ich euch nicht sehen könnte?«

»Das ist Ruth«, erwidere ich überrumpelt. »Wir sind Geschäftspartner.«

»Hallo, Ruth. Mir gefällt Ihre Tätowierung.« Leylands Augen gehen zuckend umher. »Ist noch jemand hier?«

Ich will antworten, doch Kalbeck legt den Finger auf den Mund. Lautlos hat er sich in eine Ecke zurückgezogen, wohin kein Licht fällt.

»Zukunft ist Vergangenheit«, sagt Leyland unvermittelt.

»Welche Vergangenheit? Wessen Vergangenheit?«, hake ich nach.

»Wärest du überrascht zu hören, dass du bei den Christen fündig wirst?«

»Erklären Sie mir das, Professor.«

Leylands Geist zeigt ein Lächeln. »Was war die größte Revolution in der Geschichte der Menschheit, Saltzman?«

»Die größte …? Ich weiß nicht. Die Klimakatastrophe vielleicht?«

»Die Klimakatastrophe war eine Folge der menschlichen Habsucht. Habsucht hat mit Revolution nichts zu tun.«

»Ich weiß es nicht, Professor.«

»Begonnen hat alles mit einem jungen, verhaltensgestörten Juden, der Liebe gepredigt hat. Man hat ihn hingerichtet. Und doch war seine Botschaft so nachhaltig, dass man in seinem Namen einen heiligen Krieg begann. Dieser Krieg hatte zur Folge, dass ein Großteil der damals bekannten Welt zum Christentum konvertiert ist. Das nenne ich eine Revolution. Es war die größte ihrer Art in der Geschichte der Menschheit, ausgelöst durch einen einzelnen Prediger.«

»Unsterblichkeit«, flüstert Kalbeck fasziniert in seiner Ecke.

Leyland bemerkt ihn nicht. »Jesus war ein gewaltiger Prophet, aber trotz allem nur ein Mensch. Er konnte bluten, er konnte sterben. Erst später hat die Kirche seine Unsterblichkeit beschlossen. Jesus war also ein Mensch, aber in der Behauptung seiner Unsterblichkeit liegt der entscheidende Schritt, um den es heute geht, Saltzman. Der luzide Sprung, verstehst du?«

»Wie soll ich das verstehen, Professor? Unsterblichkeit als nächster Schritt der Evolution? Unsterblichkeit soll die Antwort auf unsere Probleme sein, und das bei der Überbevölkerung der Erde?«

»Die Antwort auf alle Fragen ist das Holix.«

Ohne Vorwarnung springt Kalbeck ins Licht. »Das Holix, wo ist es?« Seine Augen sind geweitet, seine Zähne gefletscht, wie das Maul eines Wolfes, bevor er sich auf die Beute stürzt. »Das Holix! Wo hast du es?«, schreit er Leyland an.

Es ist, als ob das Programm einen gewaltigen Stromstoß erhalten würde. Leyland erstarrt, doch diesmal ist es keine Pausenfunktion. In seiner Erstarrung sieht er Kalbeck an.

»*Du?*« Es ist Leylands letztes Wort.

Das Programm wird zur Waffe. Der Kopf Leylands verwandelt sich in einen gleißenden Lichtball. Ein Licht, heller als jeder Laser. Der schwarze Raum wird zum weißen Raum. Geblendet hält Kalbeck die Hand vor seine Augen. Das Licht wird zur Sonne, von einer Sekunde zur nächsten steigt die Temperatur, die Hitze ist unerträglich. Alle drei stürzen wir zu Boden. Noch bin ich bei Bewusstsein. Nicht der Cube entfesselt diese Hitze, sondern das Programm. Ich richte mich auf, packe den Cube. Er ist eiskalt. Ich reiße ihn an mich.

»Lauf!«, schreie ich Ruth zu.

»Bleib«, ächzt Kalbeck, bevor er bewusstlos wird.

Den Cube in der Hand remple ich gegen die Tür. Das Licht umfließt mich, ich bin blind. Ruth reißt die Tür auf, packt meine freie Hand und zerrt mich vorwärts, die Augen vom Cube abgewandt. Sie bringt mich durch den Korridor zur nächsten Tür. Und zur nächsten. Das Licht wird schwächer. Das Glühen des Cubes lässt nach.

»Wohin?« Hektisch sieht Ruth sich um.

»Raus hier.« Ich packe den Cube in meine Tasche. In einiger Entfernung erwartet uns die goldene Halle. Dort erwartet uns allerdings auch die Security.

»Und jetzt?«

»Der Trader«, zischt Ruth, während die Security in Anschlag geht.

Ein Blick zu dem toten Mann an seinem Haken. »Was nützt uns der Trader?«

»Lass mich nur machen.« Mit einem Ruck reißt Ruth den

Toten von der Wand und hält ihn vor sich wie ein Schild. Die ersten Schüsse gehen los, sie treffen den Trader. Ich halte mich dicht hinter Ruth. Mit jedem Blast wird die Leiche durchgerüttelt. Ein Geschoss trifft seinen Kopf, das Gehirn des Toten fliegt mir ins Gesicht. Wir rücken gegen die Security vor. Ich springe auf den vordersten Mann zu. Das ist kein Kampf mit Asparagus und Solfeggietto, hier geht es nur um Kraft. Man kann einem Mann mit einem einzigen Schlag den Schädel zertrümmern. Man muss allerdings wissen, wie. Ich greife in meine Tasche und erschlage den Securitymann mit dem Cube. Seine Waffe stecke ich ein. Jetzt sieht die Sache schon anders für uns aus.

15

»Wir müssen aus dem Circle raus! Raus aus der Stadt!«, schreie ich, denn die Schüsse sind unangenehm laut. »Wir müssen zu deinem Truck!«

»Was hältst du davon, wenn der Truck zu uns kommt?«, ruft Ruth rennend.

Wir haben es aus Kalbecks Haus geschafft, aber Kalbecks Security hängt uns an den Fersen wie Klopapier. Der Platz vor der Oper ist riesig, wir geben ein prächtiges Ziel ab.

»Dort!« Ich zerre Ruth in die Maximilianstraße, gleich darauf in den Hofgraben. Die Straßen werden enger, gelobt seien die mittelalterlichen Architekten dieser Stadt.

Ruth kontaktiert ihre Leute. Der Cube ist wieder in unserem Besitz. Pia kann ihn orten. Ruths Leute sollen dorthin kommen, wo der Cube ist. Sie haben einen Viehlaster. Mit einem Viehlaster kannst du so manches Hindernis durchbrechen.

Wir haben den Cube. Wir wissen, dass Kalbeck ein Feind ist, der sich als Freund ausgibt. Ruth trägt Kalbecks Brillantring am Finger. Das sind genügend Gründe für Kalbeck, uns erbarmungslos zu jagen. Ein Mann, der sich eine ganze Oper unter den Nagel reißt, besitzt Einfluss, und er wird ihn geltend machen. Wir sind als Team weit schlechter aufgestellt: Ein Mann der Taskforce, eine skrupellose Truckfahrerin, ein kleiner Mönch und vier Schläger mit dem Prädikat *hirntot*, das ist die Truppe, die dem Mann entkommen will, vor dem die Grenzpatrouille kuscht und der Musiker vor dem Aussterben rettet.

Hereingekommen sind wir leicht, hinaus dürfte es schwieriger werden. Wir hasten durch die Gassen des mittelalterlichen München. Der Alte Hof, die Hofpfisterei, das Hofbräuhaus. Sie hatten es mit den Höfen damals, als das Bier noch floss und die Haxen dufteten. Schutt und Unrat heute, Abfallberge, über die wir klettern. Ruth fällt zurück. Sie hat was abgekriegt. Ein Hüftschuss, wenig Blut, starke Schmerzen. Ruth braucht Hilfe. Mit ihrem Arm über meiner Schulter zerre ich sie Richtung Isartor, dem nächsten Ausgang aus dem inneren Circle. Links davon entdecke ich eine unbebaute Zone, graue Mauer, Hohlziegel, unverputzt. Wenn überhaupt, dann klappt es dort.

Der Truck ist noch nicht da. Er muss um den ganzen Circle herumfahren. Kalbecks Leute sind überall. Wo du hinschaust, tauchen diese gut genährten Bayern auf. In ihren Gesichtern lebt das Haxenuniversum weiter. Ich zerre Ruth an einen Ort, der *Lueg ins Land* heißt. Was immer hier gestanden hat, wurde längst abgerissen. Zwischen Trümmern verstecken wir uns unter einer alten Kellertür. Ruth gibt dem Kettenhosenmann im Truck Anweisungen, Pia dirigiert ihn durch die Stadt. Ruth ist kurz davor, wegzukippen. Sie ist weiß wie die Wand.

Ich übernehme ihr Phone. »Was dauert da so lange?«, blaffe ich den Kettenhosenmann an. »Musst du erst fahren lernen?«

»Die Ampeln stehen alle auf Rot«, verteidigt er sich. »Wo du hinguckst, rote Ampeln.«

»Was glaubst du denn, wer die Ampeln schaltet? –Kalbeck natürlich! Wenn du auf Grün wartest, kannst du lange warten. Drück aufs Gas!«

»Dreihundert Meter, dann links«, sagt eine Stimme im Hintergrund.

Das ist der kleine Mönch. Wieso freue ich mich so, ihre Stimme zu hören? »Bist du okay, Pia?«

»Geht schon.«

»Rechts oder links?«, höre ich den Blödmann fragen.

»Links. – Das andere Links!«, korrigiert ihn Pia.

Kalbecks Security rückt näher. Gebrüllte Befehle, trampelnde Schritte, das Knirschen ihrer Stiefel im Schutt.

»Es wird eng«, flüstere ich ins Phone. »Wo seid ihr, Pia?«

»Hundertfünfzig Meter.«

»Siehst du das Isartor?«

»Das ist schwer zu übersehen.«

»Rechts davon, also von dir aus rechts ist eine Mauer. Siehst du die Mauer, Pia?«

»Grau?«

»Grau und unverputzt. Dort müsst ihr es versuchen.«

»Was versuchen?«, höre ich den Kettenhosenmann.

Ruth schaltet sich ein. »Frag nicht. Fahr einfach.«

Die Verbindung wird still, Kettenhose konzentriert sich.

Kalbecks Security ist über uns. Die Jungs brauchen nur noch die Tür anzuheben, dann finden sie zwei verteidigungsunfähige Gegner, einer mit dem Cube, die andere mit einem Brillantring, der ihr nicht gehört.

Die Stiefel der Security trampeln über unsere Tür. »Hier könnten sie …«, sagt einer.

»Sieh mal nach.« Ein anderer.

»Hilf mir.« Der Erste.

»Wie soll ich dir helfen? Du stehst ja direkt drauf.«

Die Tür wird angehoben. Rund um uns wird es hell, die Mündung eines Blasters kommt ins Bild.

Es ist ein Geräusch, als ob Feuerwerkskörper hochgehen, ohne dass Silvester ist. Wenn Feuerwerkskörper explodieren, ohne dass Silvester ist, wundert man sich. Man fragt: Ist der Krieg ausgebrochen? Die Securityleute gucken nicht unter der Tür nach, von wo aus wir zu ihnen hochstarren, sie wollen wissen, was da geknallt hat, und drehen sich weg. Das hätten sie nicht tun sollen. Angeschlagen, wie wir sind, springen wir aus dem Loch. Ich bringe den einen Mann zur Strecke, Ruth hängt sich an die Waffe des anderen. Ich erledige den Rest.

Die Ursache des Knalls ist ein paar Meter weiter zu bestaunen. Ein verbeulter Viehlaster ist in eine Mauer gefahren. Die Mauer hat dem Aufprall nicht standgehalten. Der Viehlaster hat eine Bresche in den inneren Circle geschlagen. Rundum tritt jenes heilige Staunen ein, das immer eintritt, wenn etwas Unvorhersehbares passiert. Ich nütze das heilige Staunen und schleppe Ruth zum Truck. Die Fahrertür geht auf, der Vollidiot von Fahrer springt zu Boden und kommt auf uns zugerannt.

»Bleib am Steuer, Arschloch«, keuche ich. Und zu Ruth: »Du solltest dein Team mal runderneuern.« Doch sie kriegt nicht mehr viel mit. Kettenhose erreicht uns und übernimmt Ruth.

»Wer soll jetzt fahren?«, knurre ich.

»Du.«

»Wieso ich?«

»Weil ich nicht weiß, wo der Rückwärtsgang ist!«

Die Antwort macht mich sprachlos. Kettenhose klettert auf die Beifahrerseite. Pia hilft ihm, Ruth reinzuziehen. Ich springe auf den Fahrersitz.

»Wo ist der Rückwärtsgang?«, frage ich Ruth.

Sie murmelt etwas, dann ist sie weg.

»Wieso weißt du nicht, wo bei eurer Karre der Rückwärtsgang ist?«, schreie ich Kettenhose an.

»Weil Ruth sonst immer fährt. Ich bin bis jetzt nur vorwärts gefahren.«

Am Rückwärtsgang soll alles scheitern? Die Security hat ihren Schock überwunden. Die Security rennt los. Das heilige Staunen ist beendet.

• • •

Wir fahren. Wir haben Ruth verloren. Wir fahren trotzdem. Damit Ruths Männer uns nicht gleich umbringen, habe ich ihnen Kalbecks Ring gegeben. Den Cube behalte ich. Schneller, als man das Wort *Kettenhose* aussprechen kann, werden sie sich wegen des Ringes in die Haare kriegen, da bin ich sicher, weil sie kapieren, dass man einen Diamanten nicht durch vier teilen kann. Sie werden die Frage lösen, wie sie alles lösen: indem sie aufeinander ballern. Irgendwann bleibt der neue Besitzer des Ringes dann übrig. Er wird nicht lange Freude daran haben, denn Kalbecks Security ist uns auf den Fersen. Kalbeck verfolgt einen Viehlaster, der im Begriff ist, die Metropolregion zu verlassen. Kalbecks Drohnen werden uns in Kürze orten. Der Viehlaster, fürchte ich, wird nicht einmal den Mittleren Ring erreichen.

Ich brauche den Tesla, bin aber überzeugt davon, dass die Männer den Tesla nicht rausrücken werden.

»Kannst du den Tesla fahren?«, frage ich Pia leise, während ich den Viehlaster chauffiere.

Von uns allen ist Pia am ruhigsten geblieben. Vielleicht ist die Ruhe ihr Ausdruck von Angst. Sie sieht mir in die Augen. »Ich glaube schon.«

»Ich werde …«

»Ich weiß, was du vorhast.« Ihr Blick sagt, dass sie es wirklich weiß. »Ich fahre den Tesla. Mach ruhig.«

»Okay.« Ich drücke ihre Hand.

Pia hält die tote Ruth im Arm.

»Wir müssen Ruth beerdigen«, rufe ich den Männern hinten zu.

»Wir haben keine Zeit für eine Beerdigung«, blafft Kettenhose zurück. »Und du hast hier gar nichts zu sagen.«

»Du etwa? Bist du jetzt die neue Ruth?« Ich lege den Laster in die Kurve.

»Warum nicht?«

»Moment«, meldet sich ein anderer aus dem Team der Deppen. »Wer behauptet, dass du jetzt Ruth bist?«

»Ich war Ruths rechte Hand«, argumentiert Kettenhose.

»Dann war ich aber ihre linke Hand«, setzt der Depp eins drauf.

»Rechts ist besser als links.« Kettenhose ist ein ganz Schlauer.

»Wer sagt das?«, kontert der Depp. »Ich habe einen Bruder, der ist Linkshänder.«

Jetzt steht es eins zu eins. Kettenhose schweigt.

»Ich habe auch einen Bruder«, meldet sich Vollidiot Nummer drei zu Wort.

»Tja, wie klein doch die Welt ist«, rufe ich ihnen zu. »Also, was machen wir mit Ruth?«

»Das zeige ich dir.« Kettenhose kommt nach vorn, reißt die Tote aus Pias Armen, öffnet die Beifahretür und schmeißt Ruth hinaus. Sie rollt in den Straßengraben, der zugleich Müllkippe ist. So viel zum Wert eines Menschenlebens. Ein letzter Blick in Ruths ausdruckslose Gesicht. Was ihre Tätowierung wohl zu bedeuten hatte? Wenn es dunkel wird, kommen die wilden Tiere. Für die Tiere ist Ruth reines

Protein. Heute Nacht wird Ruth zum Teil der Nahrungskette.

Kettenhose zieht die Tür zu. »So machen wir das.«

»Beeindruckend.« Ich steuere einen Hügel hoch. »Übernimmst du bitte mal das Steuer?« Ich sehe ihn an. »Jetzt, da du die neue Ruth bist.«

Kettenhose gefällt sich im Gefühl seiner Führerschaft und rutscht rüber, ich überlasse ihm das Lenkrad. Pia klettert als Erste nach hinten. Die Männer nehmen nicht viel Notiz von ihr. Ich trete zu den Männern.

»Wie sieht's aus?«, fragt mich der Vollidiot mit dem linkshändigen Bruder.

»Das sage ich dir nach der nächsten Kurve«, antworte ich freundlich.

»Wieso nach der nächsten Kurve?«

Kettenhose ist ein schlechter Fahrer. Er weiß nicht, dass man vor der Kurve bremst und in der Kurve Gas gibt. Kettenhose macht es umgekehrt. Der Wagen schlingert.

»Jetzt sind wir in der Kurve«, sage ich und lande beim Linkshänderbruder den ersten Asparagus. Mit den anderen geht es sogar noch schneller.

»Was soll das? Was machst du denn?« Kettenhose starrt in den Rückspiegel. Wenn ich mich nicht beeile, baut er noch einen Unfall.

Pia sitzt schon im Tesla. Ich schnappe mir die Fernbedienung und springe zu ihr in den Wagen.

»Moment mal!«, schreit Kettenhose. Er bremst. Das ist für uns von Vorteil.

»Bereit?«

Sie nickt. Sie startet. Ich drücke auf den Knopf. Die hintere Klappe senkt sich vor uns. Genau genommen hinter uns, denn der Tesla steht mit dem Heck zum Ausgang.

»Scheiße Scheiße Scheiße!«, lautet der Kommentar von Kettenhose.

Die Heckklappe schlägt hart auf der Fahrbahn auf. Der Viehlaster schleift die Klappe knirschend mit.

»Dann mal los.«

Mühelos findet Pia den Rückwärtsgang und gibt Gas. Wir rollen bis zur Klappe, wir kippen, rutschen, setzen auf. Die Schnauze des Tesla bounct auf Metall, aber wir sind draußen. Pia bremst nicht, um nicht mit dem Truck zu kollidieren. Im Rückwärtsgang rast sie weiter, stoppt, geht auf Automatik und zieht ordungsgemäß links am Viehlaster vorbei. Ich winke Kettenhose zu. Er scheint noch nicht entschieden zu haben, ob er uns verfolgen, ob er halten oder einfach weiter *Scheiße Scheiße Scheiße!* brüllen soll.

Pia fährt. Ich drehe mich um. Wenn ich mich nicht täusche, tauchen dort, weit hinten, Drohnen auf. Über dem Viehlaster gehen sie tiefer.

16

Pia fährt den Tesla sparsam, da wir keine Ahnung haben, ob irgendwo noch eine funktionierende Aufladestation existiert. Ich bin hungrig. Wir haben nichts zu essen dabei.

Sie sieht mich an. »Mir geht die Sache mit dem Homo illuminatus nicht aus dem Kopf. In letzter Zeit hat Leyland ständig darüber und über den luziden Sprung geprochen, wirres Zeug meistens. Ich hatte den Verdacht, das könnte das Alter sein.«

»Leyland war nicht alt.«

»Sein Körper war alt.«

»Sein Geist war unserem haushoch überlegen.«

»Das wissen wir nicht«, entgegnet Pia. »Wir haben keinerlei Beweis für seine Behauptung vom Homo illuminatus.«

»Das sagst ausgerechnet du, seine Assistentin?«

»Leyland war Wissenschaftler. Der ganze Nano-Kram ist nichts weiter als Wissenschaft. Weshalb fängt ein Wissenschaftler an, von esoterischen Phänomenen wie einem *luziden Sprung* zu fantasieren? Auf dem Cube redet er sogar von Unsterblichkeit, hast du erzählt. Hört sich das nach Wissenschaft an? Ist dir nie der Gedanke gekommen, dass in Leylands viel gepriesenem Gehirn eine Schraube locker war?«

»Hast du wirklich angenommen, dass Leyland nicht ganz dicht ist?«

»Zwischendurch hatte ich meine Zweifel.«

Noch nie hat Pia so gesprochen, so abgebrüht, so von oben herab. Was will sie beweisen, was widerlegen? »Und das Holix?«

»Das Holix!« Sie lacht, wie man lacht, wenn einer einen schlechten Witz erzählt. »Hat irgendjemand das Holix schon gesehen?«

»Du kannst eine Nanomaschine nicht …«

»Nicht sehen. Schon klar.«

»Aber du kannst eine Nanomaschine orten. Wenn ich das richtige Device hätte, könnte ich dir zeigen, wo das Ding in meinem Herzen gerade herumkreuzt.«

»Okay, und warum hat deine Pathologin das Holix in Leylands Kopf nicht aufgespürt?«

»Weil es nicht mehr da war.«

Pia starrt auf die Fahrbahn.

»Leyland hat sich selbst operiert«, setze ich nach. »Ich bin sicher, er hat das Holix in seinem Gehirn implantiert.«

»Ach ja? Warst du dabei? Ich war jedenfalls nicht dabei.«

Was ist denn nur mit Pia los? Ist das die Eifersucht einer zurückgestoßenen Assistentin? Ist es Erschöpfung, die aus Pia spricht? Wenn man müde ist, glaubt man an gar nichts mehr. Jede Vision scheint nur noch Fantasterei, Lichtjahre von der Realität entfernt.

Unsere Aussichten sind mehr als düster. Ich bin bei der Taskforce, aber ich habe heute die meisten Taskforce-Grundsätze gebrochen. Ich habe gestohlen, betrogen, getötet und mir einen angesehenen Münchener Bürger zum Feind gemacht. Das wird nicht ohne Folgen bleiben. Noch fahren wir. Aber sobald Kalbecks Security den Viehlaster gecheckt hat, weiß er, dass wir nicht drin sind. Dann dauert es nicht mehr lange, bis er uns hat. Die Batterie des Tesla steht auf zweiunddreißig Prozent. Unser Radius beträgt demnach weniger als achtzig Kilometer. Wir kommen nicht mehr bis zur Burg. Ab sofort sind wir *vogelfrei*. Keine Ahnung, woher das Wort stammt, aber es klingt herrlich unbeschwert. Ich wollte, ich könnte unbeschwert sein! Wir haben nichts: keinen Proviant, kein Wasser, keine Unterkunft. Wir haben einen Cube, auf dem ein Toter über Gott und einen hingerichteten Juden spricht und über einen Gegenstand, für den es keinen Beweis gibt. Das Holix ist sozusagen ein *Gottesbeweis*. So etwas erfanden die Leute früher, wenn sie absolut nichts beweisen konnten. Genau das ist das Holix, verdammte Scheiße.

Ich wechsle das Thema. »Bis in die Burg kommen wir nicht mehr.«

»Ist mir auch schon aufgefallen.« Pia fährt noch langsamer.

»Bei dem Tempo kann uns Kalbeck zu Fuß einholen.«

»Hast du eine bessere Idee?«

»Wir fahren nicht zur Burg.«

»Sondern?«

Ich lasse mehrere Sekunden verstreichen.

»Also, wo wollen wir hin?«, drängt Pia.

»Nach Oberammergau.«

»Was?«

»Sagt dir das nichts?«

»Nein. Klingt wie eine Backteigmischung.«

»Du hast noch nie von Oberammergau gehört?«

»Was soll das sein?«

»Ein Ort mit einer besonderen Beziehung zur Pest.«

»Der letzten Pest?«

»Der Pest im Allgemeinen. Um die Pest zu besiegen, haben die Oberammergauer mit Gott einen Deal gemacht. Dafür haben sie einen besonderen Kult entwickelt. Gott zu Ehren haben sie die Story über die Kreuzigung von Jesus nachgespielt. Dafür sollte Gott die Pest von Oberammergau fernhalten.«

»Und, hat er?«

»Ein paar Jahrhunderte lang scheint es geklappt zu haben. Dann kam die Pandemie. Die Oberammergauer haben den Kult noch ein letztes Mal aufgeführt, aber es hat Gott nicht beeindruckt. Große Teile Oberbayerns wurden ausgerottet.«

»Wieso erzählst du mir das?« Pia klingt wieder friedlicher.

»Weil Oberammergau weniger als achtzig Kilometer entfernt ist.«

»Kalbeck wird uns trotzdem aufspüren. Wir haben den Cube. Er kann uns tracen.«

»Nicht unbedingt.« Ich nütze den friedlichen Moment zwischen uns. »Es gab da mal diesen Krieg«, erkläre ich. »In dem Krieg waren die Deutschen die Bösen.«

»Waren die Deutschen nicht in jedem Krieg die Bösen?«

Dazu gäbe es einiges zu sagen. »Die deutsche Armee hieß zu der Zeit Wehrmacht, Oberammergau war einer ihrer Stützpunkte. Dort wurden Kampfflugzeuge gebaut. Als der Krieg für Deutschland schiefzugehen drohte, musste die Armee die Produktion unter die Erde verlegen. Dazu hatten sie Sklaven.«

»Es gab damals noch Sklaven?«

»So etwas in der Art. Sie nannten das Ding *Alpenfestung*. Die Sklaven mussten eine komplette unterirdische Fabrik in den Berg hineinbauen. Das hat den Deutschen letzten Endes aber auch nicht geholfen. Die Amerikaner haben die Festung eingenommen und die Fabrik gesprengt.«

Wir überqueren eine Höhenkuppe. Vor uns tun sich die Alpen auf. Silbrig schimmern die Bergmassive in der Sonne. Da oben, diese weißen Flecken könnten tatsächlich Schnee sein. Davor das üppige, wellige Land. Wer das sieht, glaubt für Momente, unsere Sache ist noch nicht verloren. Sie kann nicht ganz verloren sein, dafür ist das zu schön. Der Planet ist intakt, alles nur Miesmacherei. Eine Zeit lang betrachten wir die Schönheit, während Pia den Wagen ohne Motorkraft abwärtsrollen lässt.

»Wenn ich sage, sie haben damals alles gesprengt, meine ich, dass sie nicht alles gesprengt haben. Teile der Stollen und Kavernen gibt es noch.«

»Woher weißt du das?«

»Ich habe ehrlich gestanden keine Ahnung, woher ich das weiß.«

»Und dorthin sollen wir fahren?«

»Probieren wir's doch einfach.«

Pia schüttelt den Kopf. »Wir fahren in eine Höhle unter einem Ort, in dem die Hinrichtung eines Predigers nachgespielt wurde. Durch dich komme ich ganz schön rum in der Welt.«

Jetzt lacht sie, das gefällt mir besser. Es geht bergauf. Pia gibt Gas.

•••

»Wer bist du?«

»Ich bin Jesus.«

»Verzeihung, wie?«

»Ich bin der letzte Jesus.«

Wenn ich den Mann ansehe, würde ich sagen, er ist hundertzwanzig Jahre alt. Hundertzwanzigjährige gibt es natürlich. Innerhalb der Burg ist das bei richtiger Ernährung und entsprechender Medikamentierung ein Klacks. Aber nicht hier draußen. Ohne Schutz vor den Tieren, durch das ungesunde Essen und den Zustand des Trinkwassers ist es unmöglich, dieses Alter zu erreichen.

»Willst du sagen, du hast noch bei dem Oberammergauer Kult mitgemacht? Das muss … Wie viele Jahre kann das her sein?«

»Ich bin Jesus«, wiederholt er mit feurigen Augen.

»Sicher, schon klar. Hallo, wie geht's?«

Unterwegs sind wir einigen wenigen Leuten begegnet, es gab sogar kleine Siedlungen, aber im Großen und Ganzen ist die Gegend menschenleer. Auch der Ort ist wie ausgestorben. Überall findet man jedoch die religiösen Symbole, die für Oberammergau typisch waren. Der Gekreuzigte springt einen praktisch an jeder Ecke an. Was für eine Religion! Sie basteln eine Leiche aus Holz, bemalen sie lebensecht, jeder Blutstropfen leuchtet, dann nageln sie die Puppe ans Kreuz, hängen es auf und beten es an. Unverständliche Vergangenheit. Unverständliche Religion.

Kurz bevor wir die Alpenfestung gefunden haben, gab der Tesla den Geist auf. Kein Strom, nirgends. Ein Königreich für eine Steckdose! Wir haben den Wagen unter eine alte Kastanie geschoben und zugedeckt. Aus der Luft ist er nicht mehr auszumachen. Zu Fuß haben wir uns dem Eingang des Höhlensystems genähert. Dort begegnet uns Jesus.

Auf Abbildungen ist der jüdische Prediger ein flotter Typ mit langem Haar, perfekt gestutztem Dreitagebart und erstaunlich weißer Haut für jemanden, der als Zimmermann im Freien arbeitete. Der Eremit aus Oberammergau vermittelt mir eine Idee davon, wie Jesus ausgesehen haben könnte, wäre er nicht mit Mitte dreißig exekutiert worden. Wie hätten die Gläubigen wohl auf einen dementen Propheten reagiert? Arthrose, Inkontinenz und Alzheimer passen nicht zu einem Religionsgründer.

Fragen wie diese sind nicht mein Hauptproblem. Ich frage mich, wo ich etwas zu essen herkriege, denn ich bin unterzuckert, dehydriert und habe ein mehrstündiges Haydn-Konzert über mich ergehen lassen. Ich habe mir Leylands Offenbarung angehört und eine kräftezehrende Flucht hinter mir. Pia dagegen steckt die Entbehrung besser weg. Dünn wie sie ist, scheint sie keine Treibstoffzufuhr zu brauchen.

»Hast du was zu essen?«, frage ich Jesus.

»Wollt ihr dieses Tor passieren, müsst ihr mich erst besiegen«, antwortet der Greis irgendwie am Thema vorbei.

»Später. Später werden wir dich besiegen, versprochen. Jetzt brauche ich was zu beißen.«

»Iss von den wilden Erdbeeren, die der Herr für dich wachsen lässt.« Der Jesus-Darsteller geht auch heute noch voll in seiner Rolle auf.

Ich seufze geduldig. »Erdbeeren im Februar?«

Jesus zeigt in die Runde. Und tatsächlich, da wachsen sie, die kleinen roten Dinger. Erdbeerpflanzen klettern am Gestein empor, sie bedecken den Boden, selbst den Eingang des Höhlensystems. Begeistert gehe ich auf die Knie und nasche. Wie süß sie sind, wie erfrischend! Futternd arbeite ich mich an den Füßen des Alten vorbei. »Erdbeeren im Februar«, murmle ich.

»Wir sind immer noch zu orten«, sagt Pia. »Wir müssen reingehen.«

Ich sammle so viele Erdbeeren wie möglich und lasse sie in meine Taschen gleiten. »Hast du da drinnen Wasser?«, frage ich den Alten.

»Wasser rinnt von den Wänden.«

»Fließend Wasser, super.« Ich lache. Ich bin ziemlich fertig und nicht ganz bei mir. Es war ein langer Tag. Mit einem

Ausdruck der Ehrerbietung trete ich vor Jesus. »Hör zu, wir müssen jetzt da rein, aber ich will dir nicht wehtun.«

»Wollt ihr dieses Tor passieren, müsst ihr mich besiegen«, wiederholt er unbeeindruckt.

»Denk doch nach, wir sind zu zweit, und du bist nicht mehr der Jüngste. Vielleicht machst du bei uns eine Ausnahme.« Ich will ihn sanft beiseiteschieben, da kriege ich einen Stromschlag.

»Weiche, Eindringling!«, ruft Jesus.

Der Typ hat einen Rindertreiber. Wo hat dieses Fossil einen Rindertreiber her? Und vor allem, wo lädt er ihn auf? Der Schock lässt erst allmählich nach, meine Zähne schlagen noch aufeinander.

»Das war aber nicht nett von dir.«

Er hebt den Rindertreiber zum zweiten Mal.

»Schluss jetzt.« Ich gebe Jesus einen Schubs, er taumelt rückwärts, stolpert über einen Felsvorsprung und stürzt. Sofort bin ich bei ihm und nehme ihm den Elektroschocker weg. Pia folgt mir in die Höhle. Wir wollen weitergehen und uns umsehen, doch der Alte jammert erbärmlich.

»Mein Arm, mein Arm, du hast mir den Arm gebrochen!«

Darauf falle ich nicht herein. »Ich habe dir nur einen winzigen Stups gegeben.«

Pia hilft Jesus auf. Während er hochkommt, wird sein Arm lang und länger, rutscht immer weiter aus dem Ärmel des Jesus-Kostüms heraus.

»Du hast ihm die Schulter ausgekegelt.«

»Der spielt uns doch was vor.« Missmutig kehre ich um und werde mit dem meterlangen, schlangenhaften Arm konfrontiert. »Ach, das tut mir leid.«

»Das Rote Kreuz!«, wimmert Jesus. »Ruft den Malteser Hilfsdienst! Da bin ich Mitglied.«

Ich hocke mich neben ihn. »Es gibt kein Rotes Kreuz mehr, schon lange nicht. Und von einem Malteser Hilfsdienst habe ich noch nie gehört. Mal sehen, was ich für dich tun kann.« Ich öffne sein Wams und sehe mir den Arm an.

»Bitte nicht, bitte nicht!« Er wimmert bei jeder Bewegung. »Lieber die Malteser. Da bin ich Mitglied.«

»Ab heute bist du bei mir Mitglied.« Mit einer Drehung und einem Ruck schiebe ich seinen Oberarmknochen in die Gelenkpfanne zurück. Jesus brüllt, als ob die Kreuzigung noch in Gang wäre.

»Bist du sicher, dass es so gemacht wird?«, fragt Pia.

»Ich habe es öfter schon bei mir selbst gemacht. Wenn du draußen unterwegs bist, kannst du nicht auf die Malteser warten.«

»Da bin ich Mitglied«, seufzt Jesus mit hörbarer Erleichterung.

Mit seiner Toga, oder was er da anhat, verbinde ich ihn und stelle den Arm ruhig. »Kannst du aufstehen?«

Pia und ich helfen dem Greis hoch. Zu dritt geht es hinein in die Alpenfestung.

17

Die Höhle ist größer als erwartet und so hoch, dass wir die Decke im schwachen Licht der Glühbirnen nicht sehen.

»Das soll alles von Sklaven gegraben worden sein?« Pia fröstelt.

»Sie haben es aus dem Berg gesprengt.«

Wir folgen dem alten Mann. »Woher gewinnst du deinen Strom?« Das ist die entscheidende Frage, falls wir den Tesla wieder flottkriegen wollen.

»Ich mache ihn selbst.« Stolz präsentiert er uns seine Apparatur.

Ein altes Fahrrad. Die Kette treibt einen Keilriemen an, der wiederum treibt einen Generator von der Größe eines Haushaltsmixers an. Ich bin so enttäuscht, dass ich neben dem Fahrrad zu Boden sinke und nie wieder aufstehen will. Um einen Elektroschocker in Betrieb zu setzen, reicht die Turbine. Auch für die Glühbirnen, die das unteriridische Reich erhellen. Aber nie und nimmer kannst du mit dem Ding einen Tesla aufladen, selbst wenn du hundert Jahre in die Pedale trittst.

Ich sehe es in den Augen Jesu, dass er für seine Inneneinrichtung gelobt werden möchte. »Das … Das ist toll hier. Du hast es dir richtig gemütlich gemacht.«

»Ich hab auch eine Espressomaschine«, setzt er noch eins drauf. »Wollt ihr einen?«

»Ja, danke, ich würde gern etwas Warmes trinken«, stimmt Pia zu.

»Kommt sofort, nur einen Moment.« Jesus wieselt zu einer Felsnische. »Ich habe nicht oft Gäste, müsst ihr wissen.«

»Das kann ich mir vorstellen«, ruft sie ihm nach. Während der alte Mann hantiert, hockt sich Pia neben mich. »Bleiben wir hier?«

»Erst mal.« Ich ziehe den Cube hervor. »Bis Kalbeck die Suche aufgibt.«

Sie betrachtet den Cube, als ob sie Leyland darin entdecken könnte. »Hier sind wir nicht zu orten.«

»Das Auto können wir allerdings vergessen.«

»Was machen wir also?«

»Der Kaffee kommt sofort!«, ruft Jesus aus der Nische.

»Wenigstens gibt es Wasser. Aber wovon lebt dieser Mann? Was isst er?« Ich lasse den Kopf sinken.

Pia spürt, dass es mir nicht gut geht, sie streicht über mein Haar. »Du hast da …« Sie wischt mir über den Mund.

»Was?«

»Du bist ganz rot von den Erdbeeren.«

Ich fasse in die Tasche. »Willst du auch eine? Ich bin todmüde.«

Sie nimmt eine Handvoll Beeren. »Schlaf doch eine Runde.« Pia zieht meinen Kopf an ihre Schulter. »Toll hast du dich geschlagen.«

»Du aber auch.«

»Schlaf.«

»Bin gleich fertig!«, ruft Jesus. »Nur einen Moment noch. Wer nimmt Zucker?«

* * *

Die erste Nacht. Pia nimmt sich den Cube noch einmal vor. Ich stelle Fragen, Leyland antwortet das Gleiche wie beim ersten Mal. Ich stelle andere Fragen, das Programm springt wieder auf die christliche Revolution. Die Lösung des Ganzen muss darin verborgen sein, dass Jesus an einem Tag ein sterblicher Zimmermann war, ein Radikaler, der mit zwölf verpeilten Fans durch die Gegend gezogen ist, und am nächsten Tag war er der Sohn Gottes, ein Geschöpf der nächsten Größenordnung. Das sind Kategorien, in denen ich nicht denken mag. Unsere nächtliche Sitzung mit dem Cube wird noch absurder, weil der Jesus-Darsteller aus Oberammergau seinen Senf dazugibt.

»Wunder geschehen«, sagt Jesus. »Aber Wunder geschehen niemals langsam.« Er sitzt vor einem echten Feuer. So etwas wäre im Freien nicht möglich, weil es die Tiere anlocken würde. Jesus verrät uns nicht, was er in dem Topf kocht, es schmeckt wie Stew. Ich möchte nicht wissen, welches Tier er dazu verarbeitet hat – Ratten wahrscheinlich. Pia isst tapfer mit.

»Wunder passieren explosionsartig«, fährt Jesus fort. »Vorher ist da kein Wunder, und peng, plötzlich ist es da.«

Ich nehme noch was vom Stew. »Bei dir klingt das, als ob ein Zauberer ein Kaninchen aus dem Hut zaubert.«

»Von welchem Wunder sprichst du?«, fragt Pia.

»Der Sprung.« Jesus kaut. »Der Lichtsprung.«

Ich lasse den Löffel sinken. »Lichtsprung? Hast du etwa auch von dem luziden Sprung gehört?«

»Ich höre hier gar nichts. Ich sehe nichts. Ich weiß nichts. Aber der Lichtsprung ist nah, das weiß ich. Wahrscheinlich ist er schon passiert.«

Pia und ich hören auf zu essen. »Was meinst du damit?«

»Jeshua Ha-Nozri, wie Jesus mit wirklichem Namen hieß, war ein Radikaler. Er hatte radikale Ideen. Er hat sich nicht an die jüdischen Gesetze gehalten und er machte Eindruck auf Frauen. Das alles hat den Orthodoxen nicht gefallen. Also haben sie ihn gekreuzigt. Vom Moment seines Todes an ist Jesus nichts weiter als ein toter Radikaler. Doch dann geschieht das Wunder, die Auferstehung, peng! Jesus ist kein toter Umstürzler mehr, er ist reines Licht. Er ist Geist und Botschaft und Trost und Zukunft, alles in einem.«

»Ja, ich weiß, diesen Bullshit verzapft die Kirche«, gehe ich dazwischen. »*Geist, Botschaft, Zukunft* sind schöne Parolen für verzweifelte Menschen, die vor dem Aussterben stehen.«

»Tod ist Wiedergeburt.« Jesus wirft Holz ins Feuer.

»Okay. Ist gut. Okay. Ich will dir deinen Kinderglauben nicht rauben.«

Ich stelle meinen Essnapf beiseite, stehe auf und vertrete mir die Beine. Ich muss mir diesen verblasenen Schwachsinn nicht länger anhören: Ende ist Anfang, Tod ist Wiedergeburt. Sicher, auch ich habe mal gelesen, dass die Wissenschaft in letzter Konsequenz an die Religion stößt und dass Religion letzten Endes die Fortsetzung von Wissenschaft ist. Aber das lasse ich mir doch nicht von einem geriatrischen Laiendarsteller tief unter der Erde weismachen. Wir sind hier gestrandet und wir sind am Ende. Wir kommen hier nicht mehr weg. Wenn wir rausgehen, kriegen sie uns. Wenn wir bleiben, werden wir so meschugge wie Methusalem. Wir sitzen fest in Oberbayern, das ist das Fazit.

Ein Wort dringt allerdings penetrant an mein Bewusstein, ähnlich einer Schnake im dunklen Zimmer, die man nicht erwischt. *Radikale.* Nicht nur der alte Mann da drin hat das Wort verwendet, sondern auch Leyland. Mein toter Freund meinte damit segmentierte Codes, die in einem Rechner unvorhergesehene Protokolle bilden, so *unvorhergesehen* wie … wie ein Wunder? Sollten die beiden etwa das Gleiche meinen? Laut Leyland können Radikale in einer Nanomaschine ein Bewusstsein entwickeln, das den menschlichen Geist zur zwölften Potenz übersteigen würde. Eine milliardenfach höhere Leistungskapazität des Gehirns würde eine neue Spezies hervorbringen: den Homo illuminatus.

Ich würde jetzt gern einen Burger essen. Einfach, weil es unmöglich ist. Dabei kriegt man Burger bis heute praktisch überall. Saure Gurken im Glas gibt es aus alten Beständen. Ketchup wird es noch so lange geben, wie sich die Erde dreht. Fleisch ist in Hülle und Fülle da. Niemand verrät dir allerdings, was in dem Fleisch drin ist. Und trotzdem: Ein Burger, das wär's jetzt. Seufzend stehe ich am Höhleneingang. Ich mag nicht zurück in die verrauchte Kaverne, andererseits kann ich Pia nicht zu lange mit dem Alten allein lassen. Ich drehe mich um.

Ich hätte mich nicht umdrehen sollen. Das Vieh springt mich von hinten an und verbeißt sich in meinem Nacken. Ich sehe es nicht, ich rieche es. Aus dem Augenwinkel bemerke ich seine Zähne. Es ist eins von diesen mutierten Biestern. Ein Hund früher mal, eine Dogge oder größer. Sie sind hungrig. Sie kommen bei Nacht. Sie übertragen Krankheiten. Meine Jacke ist dick, noch dringen seine Zähne nicht hindurch. Abschütteln kann ich es nicht. Ich werfe mich mit Wucht auf den Rücken und liege auf ihm. Es will mich mit seinen Klauen fassen. Ich könnte um Hilfe rufen. Aber wenn ich nicht mal in der Lage bin, einen ausgehungerten Hund zu besiegen, sollte ich mich lieber gleich begraben lassen. Ich wehre seine Zähne ab. Sein Atem riecht faulig. Ich bin müde. Meine Kraft lässt nach.

Der Hund jault plötzlich auf. Der Rindertreiber arbeitet

verlässlich. Ich befreie mich. Pia verpasst ihm noch eine Ladung. Jesus erschlägt den Hund mit einem Brocken Fels.

»Danke.« Ich fasse an meinen Hals. »Hast du Alkohol zum Desinfizieren?«

»Du solltest nachts nicht rausgehen.«

»Habe ich begriffen.«

Jesus ist außer Atem. »Kannst du den Kadaver nach draußen schaffen?«, bittet er.

Ich packe das Tier bei den Hinterbeinen. »Wäre das nicht was für dein nächstes Stew?«

»Er ist krank. Du brauchst ihn nicht weit zu schleppen. Er wird hier nicht verfaulen. Morgen ist er nur noch ein Gerippe.«

»Wildkatzen?«

»Ameisen.«

Ich sehe Pia an. Sie hält den Elektroschocker immer noch erhoben.

18

»Länge sechs Meter achtzig, Masse dreitausend Kilo, davon dreihundert Kilo Nutzlast. Besatzung: eine Person.«

Als wir baff vor Staunen da stehen und nichts zu sagen wissen, löst Jesus das Rätsel. »Was glaubt ihr denn, wie ich damals die Höhle gefunden habe?« Seine tief zwischen Falten versunkenen Augen blitzen. »Ich habe die P.1101 gesucht.«

»Wieso hast du nach einer P.1101 gesucht?«, fragt Pia.

»Das will ich euch sagen. Wisst ihr, was ich gemacht habe, bevor mich der Gemeinderat zum Jesus gewählt hat?«

Wir wissen es nicht.

»Mechaniker bin ich gewesen. War ein super Geschäft, weil damals alles, aber wirklich alles von Verbrenner auf Elektro umgebaut werden musste. Als die Ökologen an die Macht kamen, haben sie sich aufgeführt wie die Revolutionsgarden während der Französischen Revolution. Alles, was Öl schluckte, alles, was stank und knallte, wurde gebrandmarkt und die Besitzer solcher Dreckschleudern gleich mit.« Er sieht mich an. »Wie alt bist du? Hast du das noch erlebt?«

»Ich sehe älter aus, als ich bin.« Mein Hals schmerzt. Jesus hat Salbe draufgetan. »Aber meine Eltern haben die letzten Zuckungen dieser Zeit noch mitgekriegt.«

Jesus nickt. »Es war schlimm. In der Stadt besonders, aber

auch hier auf dem Land sind die Öko-Kommandos rumgezogen und haben Autobesitzer, die ihre Fossilien nicht aufgeben wollten, im Schnellverfahren abgeurteilt. *Lebenswert* nannten sich diese Kommandos, das war der größte Hohn. Um nicht auch so zu enden, wollten alle ihre Fahrzeuge so rasch wie möglich umrüsten. Ich hatte damals fünf Mechaniker und kam trotzdem nicht mit der Arbeit nach. Für die Bauern war es am schwersten. Einen Traktor von Diesel auf Elektro umzubauen, ist ein Ding der Unmöglichkeit. Also habe ich auf Wasserstoff umgerüstet. Wenn ein Bauer nicht genug Geld hatte, sich das zu leisten, legte er seinen Trecker still und ist wieder auf Ochse und Pferd umgestiegen.«

Während Jesus erzählt, betrachte ich das silbrige Ding mit seiner Zigarrenform und überlege, wie man es aus der Höhle rauskriegen könnte.

»Um aus Alt Neu zu machen, musstest du das Alte allerdings genau kennen. Ich wollte alles über Verbrennungsmotoren wissen und habe die alten Gebrauchsanweisungen verschlungen. So bin ich auf die Entwicklung der P.1101 gestoßen. Eine tolle Sache, wirklich sensationell, wenn man bedenkt, mit welchen Mitteln die im vordigitalen Zeitalter arbeiten mussten.«

Wir haben keine Zeit für eine Geschichte der Technik, darum würde ich den historischen Teil seiner Story am liebsten überspringen. Die Nazis waren findige Köpfe im Entwickeln von Tötungsmaschinen, mehr ist dazu nicht zu sagen. Aber Pias Haltung zeigt mir, dass meine Ungeduld nicht angebracht ist. Der alte Mann hat uns in jeder denkbaren Hinsicht geholfen und will uns auch bei der Lösung des schwierigsten Problems unterstützen: Fortbewegung. Er verdient unsere Aufmerksamkeit. Pia stellt Zwischenfragen. Das freut den alten Jesus. Als er von damals erzählt, wird er im Kopf wieder jung.

Er fand Aufzeichnungen des Oberkommandos der Luftwaffe, wonach die Messerschmitt P.1101 als einsitziges Jagdflugzeug geplant war, das mit tausend Stundenkilometern fliegen sollte. Der Witz dabei waren die gepfeilten Tragflächen. Sie konnten je nach Winkel, der für einen Angriff am günstigsten schien, verstellt werden. Dieses fiese Insekt wurde in der unterirdischen Messerschmitt-Fabrik in Oberammergau gebaut, kam aber nie zum Einsatz, weil die Amerikaner die Anlage im April 1945 erobert haben. Die Sieger brachten den Prototyp in die die USA, wo sie anhand der deutschen Pläne ihre eigenen Schwenkflügelmaschinen entwickelten.

»Wieso haben sie dieses Ding hiergelassen?«, erkundigt sich Pia.

»Weil die Tragflächen gefehlt haben.« Jesus' Hand gleitet an der silbrigen Oberfläche entlang.

»Die Tragflächen fehlen immer noch«, gibt Pia zu bedenken.

»Nein, tun sie nicht.« Er lächelt. »Sie waren in einer verschütteten Kaverne versteckt. Ich habe den Zugang freigelegt.«

Er hat den Zugang freigelegt. Jesus, der Mechaniker, ist vielleicht ein bisschen verrückt, aber wenn es ums Handwerkliche geht, hat er selbst mit hundertzwanzig nichts verlernt. Er hat Spaß an seiner Vorführung und öffnet für Pia den Tank.

Sie schnüffelt. »Riecht nicht mal schlecht.«

»Finde ich auch. Kerosin hat so eine frische Note.« Er nimmt einen tiefen Zug.

»Wie viel ist drin im Tank?«

»Er ist voll. Siebenhundertfünfzig Liter erstklassiger Kraftstoff.«

»Auf dessen Besitz heute die Todesstrafe steht«, erwidere ich.

Jesus setzt ein heiliges Lächeln auf. »Der Tod ist keine Strafe.«

»Wenn du die P.1101 zusammenbaust, glaubst du, sie könnte funktionieren?«

»Schon möglich. Die Frage ist allerdings: Könntest du so ein Ding fliegen?«

»Ich?« Ich trete einen Schritt zurück. »Keinen Schimmer hab ich davon. Ich dachte, du fliegst sie.«

»Ich gehe nicht mehr von hier fort«, entgegnet Jesus. »Als Wächter dieser Höhle will ich sterben. Außerdem ist das Ding nur für einen Passagier gebaut.«

»Wenn Saltzman fliegt, könnte er mich vielleicht auf den Schoß nehmen«, schlägt Pia vor.

Ich zeige zum Cockpit hoch. »Hast du dir die Kanzel mal angesehen? Da muss sich einer allein schon reinquetschen. Und selbst wenn wir die P.1101 aus der Höhle rauskriegen, wo sollte ich starten?«

»Und wie würdest du landen, mit mir auf dem Schoß?« Pia zeigt soliden Galgenhumor.

»Die Landung ist, fürchte ich, bei Weitem schwieriger als der Start«, pflichtet Jesus bei.

»Eben. Also Schluss damit.« Plötzlich muss ich lachen. »Die würden vielleicht schauen.«

»Wer?«

»Die Satelliten da draußen und die Drohnen, alles, was im Himmel rumkreuzt. Wenn ich mit diesem Dinosaurier angeflogen komme.«

»Dieser Dinosaurier macht tausend km/h«, sagt Jesus.

»Bei der Geschwindigkeit würden sie dich für einen Meteoriten halten.«

Darauf lachen wir drei herzlich, verstummen und begreifen, dass wir von einer puren Unmöglichkeit sprechen.

»Ich könnte allerdings ...« Jesus eilt uns gedanklich voraus.

»Ja?«, fragen Pia und ich wie aus einem Mund.

»Es gäbe noch eine bessere Art zu sterben«, sinniert er. »Besser als hier unten langsam zu verfaulen oder gefressen zu werden.«

»Welche Art ist das?«

Jesus führt uns in die Höhle mit den versteckten Tragflächen. »Wenn du die P.1101 fliegst, passt Pia tatsächlich nicht mehr ins Cockpit. Die einzige Möglichkeit wäre, sie auf eine Tragfläche zu schnallen. Ihr Gewicht würde jedoch Balance und Aerodynamik durcheinanderbringen. Deshalb müsste ein zweiter Mensch auf die andere Tragfläche geschnallt werden.«

Ich starre ihn an. »Du willst dich in deinem Alter auf der Tragfläche eines prähistorischen Flugzeugs festbinden?«

Er mustert mich erstaunt. »Ich doch nicht. Du.«

»Ich?«

»Natürlich. Denn ich fliege die Maschine.«

Da steht er, Jesus, der Erretter, der die Menschen von ihrem Übel erlöst. Jesus will ein Naziflugzeug steuern, das noch nie geflogen ist, während ich in luftiger Höhe an die Tragfläche gefesselt bin.

»Ist das wirklich eine gute Idee?«

»Wie willst du denn sterben?«, fragt Pia den Alten leise.

»Wie? Tja –« Ein sehnsuchtsvoller Glanz tritt in seine Augen. »Ich bringe euch an jeden Ort, an den ihr wollt. Aber dann steige ich wieder auf und verschwinde einfach im Himmel.«

»Das ist ein … erstaunlicher Plan«, sagt Pia.

»Auferstanden von den Toten«, zitiert Jesus aus dem Gedächtnis. »Aufgefahren in den Himmel. Er sitzet zur rechten Hand Gottes, unseres Herrn.«

»Klingt schön.« Sie lächelt.

»Und es hat schon einmal funktioniert.«

Der Plan ist klar. Und Jesus hat nicht den geringsten Zweifel an seinem Gelingen.

•••

»Guten Appetit«, wünscht Lilly.

»Danke sehr.« Goltz nimmt die Garnierung von seinem Burger. Er zögert, ob er mit den Händen oder lieber mit Messer und Gabel essen soll.

»Das sieht lecker aus, nicht?« Lilly, geschiedene Frau Saltzman, beugt sich über Goltz. Sie hat frisches Burgerfleisch aus dem Kühlhaus geholt, auf einem Tablett will sie es zum Grill bringen.

»Ein Gedicht«, antwortet Goltz. »Ich kann's nicht anders sagen. Ein absolutes Gedicht.«

In seinen Augen ist Lilly das Reizvollste, was die Burg derzeit bevölkert. Ihr Haar sitzt perfekt, ihr Parfum gibt der Tafel einen Hauch von Exotik, ihr grünes Kleid bildet einen wunderbaren Kontrast zu dem zartroten Fleisch. Während sie Goltz das Tablett unter die Nase hält, schenkt sie ihm ein herzliches Lächeln.

»Alles recht so bei euch?«, ruft Lenny, ihr Mann, hinter dem Grill. Lilly tritt zu ihm und präsentiert den leckeren Nachschub. Als sie die Laibchen persönlich auf den Rost legen will, tritt er dazwischen.

»Nicht«, sagt Lenny.

»Warum nicht?«, fragt Lilly.

»Grillen ist Männersache.« Er lächelt, um zu zeigen, dass der Satz nicht ernst gemeint ist, aber Lilly will sich durchsetzen.

»Komm schon, Lenny, jetzt lässt du mal die Lady des Hauses ran.« Mit einem Wimpernklimpern holt sich Lilly Goltz als Komplizen. »Was sagst du dazu, Goltz, darf ich die Burger auflegen?«

Goltz sonnt sich im Gefühl, Schiedsrichter zu sein. »Als Sicherheitschef dieser Burg bestimme ich: Lilly legt die Burger auf, Lenny darf sie wenden.«

Das finden alle in der Runde zum Schießen, es wird gelacht. Während Lilly mit dem Fleisch hantiert, wischt sie sich Schweißtröpfchen von der Oberlippe. Ihr Haar ist an den Schläfen feucht. Die Sonne im Februar hat es in sich.

»Gibst du mir mal das Ketchup?«, fragt Felix in seinem flotten Hawaii-Hemd. Goltz reicht ihm die Flasche rüber.

Mit der Hand wedelt sich Felix den Geruch der Burger zu. »Hmmm, Lilly, dieses Fleisch! Du verwöhnst uns.«

Konzentriert hantiert sie über dem Grill. Nicht ohne Argwohn beobachtet Lenny jede Bewegung seiner Frau. Als ein Burger zu zerfallen droht, springt er hilfreich bei.

»Danke.« Ein Lächeln unter Eheleuten.

»Gern geschehen.« Lenny haucht einen Kuss auf Lillys Nase.

»Habe ich dir schon erzählt, ich war bei Doktor Hodler«, ruft Felix.

»Wirklich?« Lilly blickt auf. »Hast du etwa mit der Behandlung begonnen?«

»Hodler will noch ein paar Tests mit meiner Haut machen, bevor er beginnt«, antwortet Felix. »Sobald das erledigt ist, geht es los.«

»Ich beneide dich.« Lilly übergibt die Schiebekelle ihrem Mann. Er wendet die Burger. »Einmal noch mal von vorn beginnen, das komplette Programm ...« Sie seufzt schwärmerisch. »Du wirst begeistert sein.«

Felix hat entschieden, mit Messer und Gabel zu essen. »Wann verrätst du uns endlich deine Quelle, Goltz?«

»Quelle? Welche Quelle?«, fragt er, für einen Moment verwirrt.

»Von der du das wunderbare Fleisch beziehst.« Felix isst den ersten Bissen und verdreht die Augen. »Noch jünger, noch zarter!«

»Ich habe einen Tipp gekriegt.« Goltz hat etwas zwischen den Zähnen, will es aber nicht coram publico hervorholen. »Der Mann ist ein privater Züchter. Lebt ganz in der Nähe. Er kennt jedes seiner Tiere beim Namen und füttert von Hand. Ich habe ihm erlaubt, die Rinder in unser Schlachthaus zu bringen.«

»Zu uns?«, ruft Felix erstaunt. »In der Burg werden die Tiere umgebracht?«

»Wegen der Hygiene.« Goltz nickt fachmännisch. »Es ist mir lieber, dass es hier geschieht.«

»Das hast du wirklich erstklassig organisiert«, lobt ihn Lilly, da Felix mit leichtem Ekel das Gesicht verzieht. »Man hat nicht das Geringste gesehen oder gehört von der grausamen Prozedur.« Sie betrachtet die brutzelnden Laibchen. »Ich will gar nicht daran denken, dass diese Burger noch vor Kurzem über eine Wiese gelaufen sind.«

»Vorsicht, Lenny!«, ruft Felix. »Sonst springen dir die Dinger vom Grill!«

Darüber wird wieder ausgiebig gelacht. Unbemerkt pult Goltz die Faser zwischen seinen Zähnen hervor.

19

»Es ist euch hoffentlich klar, dass das unsere einzigen Zündpatronen sind. Wenn wir damit nicht auskommen, war unsere ganze Arbeit umsonst.«

»Zündpatronen?« Aus Pias Mund klingt das Wort so unecht, als ob sie es aus einer Aliensprache übersetzen müsste. »Ich hätte nie gedacht, dass ich jemals irgendetwas *zünden* würde.«

Das amüsiert Jesus. »Da hast du recht. Zündungen sind schon so lange verboten, dass man sie genauso gut der Steinzeit zuschreiben könnte.« Er hält vier zylinderförmige Gegenstände hoch. »Diese Dinger müssen jedenfalls gezündet werden.«

Da steht sie, unsere Messerschmitt P.1101. Einmotorig, propellergetrieben. Zuerst haben wir den Rumpf aus der Höhle gerollt, eher gezerrt, und zwar auf eine Wiese, hundert Meter vom Höhleneingang entfernt. Das war die leichtere Übung. Die Tragflächen konnte man nicht rollen. Aus Seilen hat Jesus Zuggeschirre für uns gebaut. Pia und ich wurden wie Ochsen vor die Tragflächen gespannt und haben die Blechungetüme einzeln aus der Alpenfestung geschleppt. Man würde nicht glauben, wie viel so ein Ding aus Aluminium wiegt. Sind sie erst einmal montiert, hat die P.1101 eine Spannweite von sieben Metern.

An den schweren Arbeiten beteiligt sich Jesus nicht, sein

Körper gibt das nicht mehr her. Doch kaum ist alles bereitgestellt, verwandelt sich der Greis in einen fachkundigen Mechaniker. Er befestigt einen Flaschenzug am Rumpf, mittels Hebelkraft ziehen wir die Tragflächen in die vorgesehenen Positionen. Dann kommt der entscheidende Moment, die Frage, ob sich die Konstruktion während der Jahre in der feuchten Höhle so stark verzogen hat, dass man die Teile nicht mehr zusammensetzen kann. Wie durch ein Wunder passen die Bolzen, sie passen! Mehrere Menschenalter sind vergangen, seit das Dritte Reich von der Bühne abgetreten ist, aber die Bolzen der Nazis passen millimetergenau in die Bohrlöcher der Nazis. Nie habe ich mich über die Präzision von *Made in Germany* mehr gefreut als schwitzend und keuchend, während ich mich mit dem Rücken gegen die Flugzeugunterseite stemme. Über mir schraubt und nietet Jesus.

»Die Fugen müssten eigentlich verschweißt werden«, ruft er. »Bloß, wo soll ich flüssigen Sauerstoff für ein Schweißgerät herbekommen?«

»Geht es auch ohne Schweißen?« Ich wische mir Schmieröl von der Stirn. Die Sonne steht tief.

»Für einen kurzen Flug müsste es reichen.« Mit dem Hammer schlägt Jesus den letzten Bolzen ein und beginnt, die Kabel aus den Tragflächen mit dem Innenleben des Rumpfes zu verbinden. Schwer atmend, dabei erstaunlich behände, klettert der alte Mann im Cockpit umher. Schließlich lässt er sich in den Pilotensitz sinken.

»Na, ist das ein Maschinchen?« Jesus streichelt die Außenhaut der P.1101, während im Hintergrund die Sonne den Horizont erreicht. »Dieses Mädchen konnte bis zu einer Höhe von zwölftausend Metern klettern. Bei vollem Tank schafft sie eine Reichweite von tausendfünfhundert Kilometern.«

»So weit wollen wir gar nicht«, seufze ich. »Was sind das für Klappen an der Unterseite?«

»Dreimal darfst du raten.« Ich rate nicht, er erklärt es. »Von dort wurden die Bomben abgeworfen.«

Dieser Mann, der in seinen jungen Jahren den Propheten der Liebe dargestellt hat, bekommt durch seine neue Tätigkeit unverkennbar martialische Züge. Er schaltet und hebelt an den Armaturen und macht sich mit ihnen vertraut.

»Wie sieht es aus?«, frage ich nach einer Weile.

»Tja, im Grunde ... Eigentlich müssten wir starten können. Falls die Zündpatronen trocken geblieben sind.«

»Und wenn nicht?«

»Wenn das Dynamit nass geworden ist, bleiben wir auf der Erde.«

»Hätten wir das nicht besser prüfen sollen, bevor wir die Kiste hundert Meter weit geschleppt haben?«

»Nein.«

»Wieso nicht?«

»Weil wir nur vier Patronen haben. Wir können es uns nicht leisten, eine Probe zu zünden.«

Es wird zusehends dunkel. Pia hat sich ein paar Schritte entfernt und sucht den Himmel ab. »Wir sollten nicht länger hier draußen bleiben.«

»Der Cube ist in der Höhle. Wir sind nicht zu orten.«

»Aber was ist, falls sie mit Drohnen das Gelände absuchen?«

Jesus klettert aus der Kanzel. »Morgen montiere ich die Blenden.«

»Blenden, wozu?«

»Wenn ihr beide auf den Tragflächen liegt, ohne dass euer Gesicht geschützt ist, seid ihr bei der Geschwindigkeit in wenigen Minuten blind. Es reißt euch die Haut von den Knochen.«

»Hört sich nach einer gemütlichen Reise an.« Wir helfen ihm zu Boden.

»Ich mache euch auch Haltegriffe und Sicherheitsgurte. Das klappt schon.«

Ein Blick zwischen Pia und mir. Selten war der Satz *Das klappt schon.* weiter von der Realität entfernt als in unserer Situation.

»Sofern wir überhaupt abheben«, gebe ich zu bedenken.

»Natürlich heben wir ab.« Prophetisch hebt Jesus die Hand und segnet die Messerschmitt P.1101. »Wir werden fliegen. Morgen bei Sonnenaufgang.«

* * *

Die letzte Nacht. Die letzte Mahlzeit am Feuer. Ich habe angenommen, Jesus würde Abschied nehmen von dem Ort, an dem er den Großteil seines Lebens verbracht hat. Er würde ein paar Erinnerungen mitnehmen und seine Kostbarkeiten vor Eindringlingen und wilden Tieren verstecken. Jesus tut nichts dergleichen. Er sitzt am Feuer wie Tausende Abende zuvor, obwohl er weiß, er geht für immer. Das wirft für mich die Frage auf, was wir mit ihm machen werden, sobald wir irgendwann irgendwo angekommen sind. An die mystische Himmelfahrt des Laienschauspielers glaube ich nämlich nicht.

Wenig Schlaf, Unruhe. Pia liegt in meinem Arm.

»Wohin sollen wir?«, fragt sie.

»Warten wir erst mal ab, ob wir überhaupt wegkommen.«

»Und dann, wohin?«

»Früher oder später müssen wir zurück.«

»In die Burg?«

»In die Burg.«

»Trotz Kalbeck und Goltz?«

»Wenn unser Trip irgendeinen Sinn gehabt haben soll, müssen wir das Holix finden. Ich habe die Vermutung, dass es die Burg nie verlassen hat.«

»Wieso?«

»Weil Leyland mir sonst einen Hinweis auf den Ort gegeben hätte.«

»Dann fliegen wir also nach Westen«, sagt Pia mit einem tiefen Seufzen.

»Sieht so aus.«

»West, Ost, Nord, Süd!«, kommt es aus der Schlafnische von Jesus. »Könnt ihr mal die Klappe halten und mich schlafen lassen?«

»Sorry.« Sie kuschelt sich dicht an mich.

Ich schließe die Augen.

Als ich glaube, höchstens für fünf Minuten eingenickt zu sein, steht Jesus über mir.

»Jetzt?«, frage ich.

»Jetzt.« Er wirft sein Gewand über, das er vor langer Zeit als Jesus getragen hat, und verlässt die Alpenfestung, ohne sich noch einmal umzudrehen. Pia hat meine Jacke an, hoch oben in den Lüften dürfte es kalt sein. Ich gebe ihr den Cube. Sie verstaut ihn in meiner Jackentasche.

Im biblischen Gewand erklimmt Jesus die Maschine. »Ihr müsst genau wissen, was ihr tut«, sagt er aus dem Cockpit. »Dazu müsst ihr wissen, was ich tue. Sowie ich den Motor gezündet habe, werde ich ihn drosseln. Zu viel Vibration könnte die Maschine zerreißen. Erst danach werdet ihr auf die Tragflächen klettern.« Er reicht mir die Zündpatronen.

»Die Vorrichtung dafür ist außen an der Maschine angebracht. Klar?«

»Klar.« Ich habe mir den Mechanismus angesehen. Man schiebt die Patrone in eine kreisförmige Vertiefung und verriegelt sie. Genau das mache ich und trete zurück.

»Zündung!«, ruft Jesus.

Es knallt. Schwarzer Rauch dringt aus dem Auspuff hinter dem Motor. Der Propeller dreht sich, einmal, zweimal und stirbt ab.

»Das war Nummer eins«, ruft Jesus.

Ich entferne die ausgebrannte Patrone und platziere Nummer zwei. »Klar!«

»Zündung!«

Knall. Diesmal hält der Motor länger durch. Der Propeller wird schneller, dreht, wird langsamer und stirbt.

»Das war Nummer zwei!«

»Ist etwas kaputt?«, ruft Pia.

»Vielleicht hat das Ding überhaupt nie funktioniert«, knurre ich zwischen den Zähnen. »Vielleicht gibst du dem Motor nicht genug … ähm, dings … nicht genug Saft«, rufe ich zu Jesus hoch.

»Bei der nächsten Patrone schalte ich die Zündung aus. Das reinigt die Zylinder.«

»Was? Aber … Aber dann haben wir nur noch eine übrig!« Ich springe auf den Führersitz zu, als ob ich irgendetwas daran ändern könnte.

Diesmal knallt es ganz fürchterlich, Rauchwolken und Ruß schießen aus dem Auspuff und treffen mich. Ich pruste und spucke. »War das nötig?«

»Ja.« Jesus thront über uns. »Pack jetzt die letzte Patrone hinein.«

»Und wenn die auch nicht zündet?«

»Das klappt schon«, erwidert der alte Mann mit bewundernswertem Gleichmut. »Zündung!«

Es knallt. Der Propeller dreht, nicht anders als vorhin, er wirkt müde, wirkt, als ob ihn die ganze Anstrengung nicht interessieren würde. Er dreht. Und dreht. Und dreht schneller.

»Komm schon, komm schon, komm schon«, wispert Pia.

Jesus zieht an den Hebeln, er schaltet und schiebt. Der Propeller wird eine weiße Scheibe. Der Propeller will nicht mehr aufhören, sich zu drehen. Ich kann es mir nicht erklären, aber plötzlich sinke ich auf die Knie. Über mir bringt der alte Heiland eine Maschine zum Laufen, die seit Ewigkeiten im Fels verborgen war. Jesus führt mehr Gas zu, der Propeller wird unsichtbar, je schneller er sich dreht.

Pia springt, springt auf und ab wie ein kleines Mädchen. »Hurra!«, ruft sie. Niemand ruft heutzutage noch Hurra, Pia tut es.

»Du bist schon ein verdammter Kerl!«, schreie ich über den Motorlärm hinweg.

»Rauf mit euch!« Jesus streckt uns die Hand entgegen.

Pia klettert zuerst, steigt über ihn drüber und legt sich auf der rechten Tragfläche auf den Bauch. Während Jesus Höhen- und Seitenruder prüft, besteige ich die linke Tragfläche. Pia schnallt sich an. Sie fasst die Haltegriffe und sieht zu mir. Ich nicke ihr zu. Wir beide nicken Jesus zu.

Jesus setzt die Messerschmitt P.1101 in Gang. Wir rollen über die Wiese. Diese Wiese kam mir lang und breit vor. Bis jetzt. Während wir mit immer größerer Geschwindigkeit durch das hohe Gras rumpeln, tauchen Zweifel auf. Spätestens bis zum Ende der Wiese müssen wir aufgestiegen sein, andernfalls wird das eine kurze Reise.

Ich bin früher schon geflogen. Jeder bei der Taskforce ist

schon mal im Dienstheli geflogen. Der Heli ist ein unaufdringliches Ding, fast so lautlos wie eine Libelle. Er hebt ab, er kann rauf und runter nach rechts und links fliegen. Nur weite Strecken fliegen kann er nicht. Der Heli ist für kleine Distanzen ausgelegt. Niemand fliegt heutzutage weite Strecken. Die Grenzen sind dicht, alle Grenzen, überall, auf der ganzen Welt. Man braucht die großen Flieger nicht mehr. Die Messerschmitt ist kein Heli. Sie überwindet Meere, Länder, ganze Kontinente. Sie sollte nach England fliegen und London bombardieren.

Ich halte es für unvorstellbar, dass wir uns aus diesem Geruckel und Geschaukel irgendwann in die Luft erheben. Mit beiden Händen kralle ich mich an den Haltegriffen fest. Jesus zieht den Steuerknüppel nach hinten. Der Propeller brüllt.

Und plötzlich ist da das Nichts, die Schwerelosigkeit, der gewölbte Horizont und darüber das milchige Blau der Luftschichten. Da ist das Land, grau, braun, plötzlich grün, wuchernd, üppig. Da ist Wasser, da ist alle Herrlichkeit der Welt. Plötzlich bin ich nicht mehr das plumpe Erdenwesen, festgebannt auf dem Boden, ich bin etwas, das seine Schwere abstreift. Ich beherrsche die Elemente. Vor Freude würde ich am liebsten die Arme in die Luft werfen. Aber ich werde mich hüten.

»Alles in Ordnung?«, schreit Jesus.

Wie es Pia da drüben geht, kann ich nicht sagen. Rüberschauen ist bei dem Flugwind unmöglich. Es reißt mir fast die Haare vom Kopf, meine Gesichtshaut wird zu den Ohren nach hinten gequetscht, aber es ist ein einmaliges Gefühl. Ich bin im Himmel, das Motordröhnen ist meine Begleitmusik, der Wind kühlt mein Gesicht. Jesus zieht die P.1101 höher und höher. Mir wird bang, ab wann die Luft zu dünn zum Atmen wird. Nach ein paar hundert Metern Steigflug legt er den Vogel in die Waagrechte. Unter uns die Welt in allen Farben, über mir die luftige Leere. Der Mensch hat es den Vögeln nachgemacht und die Luft erobert. Er hat die Luft verpestet und wurde zur Strafe wieder auf die Erde zurückgeschleudert. Dort sitzt er, eingesperrt in seinen Burgen oder ausgesetzt in der Wildnis. Wenn man so hoch aufsteigt wie wir, vergisst man die Grenzen da unten, das Trennende zwischen den Menschen. Man kann die Grenzen nicht vergessen, man sieht sie sogar mit freiem Auge. Die Mauer zwischen Bayern und Österreich ist ein langes ununterbrochenes Band, Wachtürme stehen in gleichmäßigen Abständen. Der Weg über die Alpen ist versperrt, die Pässe wurden gesprengt. Norden und Süden haben nichts mehr miteinander zu tun, genau wie Osten und Westen. Länder, die von Wasser umgeben sind, haben es leichter. Alle anderen mussten Mauern hochziehen. Die Burgmauern waren das Vorbild dafür.

Wir haben unser Ziel mit Jesus abgesprochen. Zur Burg wollen wir, aber nicht zu nahe an die Burg heran. Da die Landschaft rundum zu hügelig ist, um zu landen, habe ich Jesus einen aberwitzigen Vorschlag gemacht.

»Warum versuchen wir es nicht auf der alten Sechsundneunzig?«

Er hat keine Ahnung, was das ist. Die A96 war einmal eine Autobahn von München an das große Wasser. Bei Memmingen verwandelte sich die A96 in die A7 und führte über Fulda und Göttingen in großen Mäandern bis Hamburg. Die Verbindung gibt es auch heute noch, aber niemand sieht sich zuständig dafür, sie instand zu halten. Die Autobahnen werden praktisch nur noch von Trucks benützt, weil die mit den Straßenschäden besser klarkommen als kleinere Fahrzeuge.

»Eine bessere Landebahn findest du nicht«, erkläre ich Jesus. »Du setzt uns dort ab, wir schlagen uns zum Wasser durch und versuchen, die Burg schwimmend zu erreichen.«

Jesus weiß über die Welt von heute nichts mehr. Er will es nicht wissen. Trotzdem stimmt er zu. Wir sind unterwegs zur A96 und erreichen sie schneller als erwartet.

»Dort!«, brülle ich und zeige auf das graue Band, das in direkter Linie bis an das große Wasser führt.

Jesus hebt den Daumen, drückt die Maschine nach unten und fliegt eine Schleife über dem anvisierten Ziel. Aus der Luft erscheint die Landebahn ausreichend, doch je tiefer wir kommen, desto schmaler nimmt sich die alte Straße aus. Die Leitplanken in der Mitte machen klar, unsere Landebahn ist nur halb so breit wie angenommen. Jesus wagt den Anflug trotzdem. Beim ersten Mal bringt eine Bö das Flugzeug aus dem Gleichgewicht. Die Tragflächen torkeln auf und ab, Pia und ich krallen uns an den Griffen fest. Beim zweiten Mal lässt Jesus die P.1101 steil absacken, zieht sie in die Waagrechte und drosselt die Klappen. Die Fahrbahn ist so verdammt schmal und die Vegetation am Straßenrand so hoch, dass es uns die Tragflächen abreißen könnte. Der Ruck des Aufsetzens ist härter als erwartet. Die Messerschmitt rast mit einer Geschwindigkeit über die A96, die man in der Luft nicht gespürt hat. Die Welt rundum fegt an uns vorbei. Die Maschine will sich mit dem festen Grund noch nicht anfreunden. Sie springt empor, schwebt ein Stück, setzt wieder auf, torkelt und verliert die Richtung. Eine Kurve bringt sie endgültig aus der Bahn. Jesus setzt seine ganze Kraft ein, um das Ruder in Position zu bringen. Die P.1101 will davon nichts wissen. Sie schert auf den Pannenstreifen aus, streift die Schachtelhalme, wird in die Mitte zurückgetrieben und ist immer noch viel zu schnell.

Auf den deutschen Autobahnen hat die Witterung den alten Asphalt an vielen Stellen zum Platzen gebracht. Auf so eine Stelle rasen wir zu. Die aufgerissene Fahrbahn hat sich bis zur Höhe von Felsbrocken aufgetürmt. Sie sind bemoost, stachelige Sträucher wachsen auf den Ruinen.

»Das reicht nicht«, murmle ich und ziehe den Kopf ein. »Das reicht nie und nimmer.«

Ich gehe davon aus, dass wir zerschellen werden. Als die Trümmer so nahe sind, dass ich einzelne Asphaltbrocken unterscheiden kann, zieht Jesus die Messerschmitt plötzlich nach rechts. Ihr Schwung ist so groß, dass das linke Rad vom Boden abhebt und die rechte Tragfläche die Fahrbahn streift. Bedrohlich nahe zieht das Asphaltgeschwür an uns vorbei. Jesus schert auf einen Autobahnabzweiger aus, der früher eine Raststätte gewesen sein könnte.

Ein letzter Ruck, mein Kopf schlägt gegen die Blende, die P.1101 steht still. Über die Wiese kommt jemand gelaufen. Wenn ich mich nicht irre, ist es ein kleiner Junge.

20

»Willkommen bei *Shell Motors*«, begrüßt uns der Junge, als wir, die Angst noch in den Knochen, von den Tragflächen klettern. Der Bursche weiß nicht, was er sagt. Für so einen Satz kannst du ins Gefängnis kommen.

»So was habe ich ja noch nie gesehen.« Er bestaunt die P.1101.

»So etwas hat überhaupt noch kein lebender Mensch gesehen.« Jesus steigt nicht aus. Der Motor läuft weiter.

Der Junge bewirtschaftet die Autobahnraststätte. Man hat sich nicht die Mühe gemacht, sie abzureißen. Sogar die große gelbe Muschel auf dem Dach ist stehen geblieben. Der Kunststoff ist erodiert, Flechten und Moose haben das Kennzeichen einer untergegangenen Marke überwuchert. Der Junge ist allein hier draußen. Bei den wenigen Trucks, die die Strecke noch befahren, kann er gerade so überleben.

»Ich habe Cola, Bier, Rum«, bietet er geschäftstüchtig an. »Ich habe Chips, Kraftriegel, Salzstangen, Cookies und Fruchtkuchen.«

»Von wann ist dein Fruchtkuchen?«, erkundigt sich Pia.

»Man kann das Ablaufdatum nicht mehr lesen«, antwortet er stolz. »Schmeckt aber noch. Habe ich selbst probiert.«

»Er hat die alten Bestände aufbewahrt«, sage ich zu Pia. »Das Zeug verrottet nicht.«

Der Kleine weist zu dem verfallenen Betongebäude. »Kommt herein, herzlich willkommen.«

Jesus zieht den Mantel um seine Schultern. »Ich muss weiter.«

»Jetzt gleich?« Wir sehen zu ihm hoch.

»Ich habe keine Zündpatrone mehr.« Ein Blick in die Landschaft. »Ich habe auf dieser Welt nichts mehr verloren.«

Wir recken uns nach oben, geben ihm die Hand und danken ihm.

Jesus lächelt. »Heute noch werde ich bei ihm im Paradiese sein«, zitiert er aus seiner Rolle. Blickt zum Himmel. »Vater, in deine Hände lege ich meinen Geist.«

Wir helfen ihm, die Maschine in die richtige Position zu bringen. Jesus startet auf der A96.

* * *

Wir haben ihm nachgeschaut, nachgeschaut, ihm nachgeschaut, bis uns fast die Augen herausgefallen sind. Wir sitzen am Wasser. Auch der winzige Punkt, den wir zuletzt noch sahen, ist verschwunden, kein Geräusch mehr zu hören. Jesus hat sich im Blau des wolkenlosen Himmels aufgelöst. Dort, wohin er aufbrach, beginnt die Schweiz oder was davon übrig ist.

Mir ist schlecht von den prähistorischen Potato Chips. Pia verdrückt gerade ihren dritten Fruchtkuchen. Ein bewundernswerter Magen.

»Was hatte Leyland mit Kalbeck zu schaffen?«, fragt sie kauend. »Warum hat er Kalbeck seine Erkenntnisse anvertraut, mir, seiner Assistentin, aber nicht?«

Pia ist voll Tatendrang. Ihre Energie ist das Gegenteil meiner Erschöpfung. Mir sind die Illusionen ausgegangen. Wir sind gestrandet. Genau genommen sind wir länger schon am Ende, als wir uns eingestehen. In diesem trüben Zustand fällt mir ein alter Songtext ein. Kein Schimmer, wer das geschrieben hat, aber die Worte hämmern sich in mein Gehirn.

The world has gone mad today
And good's bad today
And black's white today
And day's night today

Zu solch intelligenten Songs wurde früher mal getanzt und gelacht. Die Erde war jung und der Mensch präsentierte sich als ihre gelungenste Kreation. Ich bin noch ziemlich jung, fühle mich aber uralt. Pia ist noch jünger, zugleich sind wir dem Untergang geweiht. Die Uhr für unsere Spezies tickt. Jesus hat das erkannt und ist in den Himmel aufgestiegen. Und wir? Wir sitzen verdreckt, verschwitzt, erschöpft und ohne jede Perspektive am Ufer des großen Wassers. Dort drüben, hinter den Mauern der Burg, versuchen die Menschen, die Uhr anzuhalten. Sie bemühen sich, zu lachen und zu tanzen. *The world has gone mad today* stimmt heute tausendmal mehr als damals. Man hat sich abgekapselt und eingebunkert. Niemand sucht noch einen Ausweg aus dem Dilemma, keiner interessiert sich dafür. Niemand sucht das Holix.

»Niemand braucht das Holix«, sage ich leise. »Niemand braucht uns. Die da drüben wollen ihre Grillpartys genießen und ihren gesellschaftlichen Status. Sie beschäftigen sich mit banalen Dingen, deren einziger Zweck darin liegt, sie zu beschäftigen.«

Pia hält die Füße ins Wasser. »Was ist denn los mit dir?«

»Ich weiß nicht, warum ich da rüberschwimmen soll.«

»Wir schwimmen da rüber, weil wir kein Boot haben, um rüberzurudern.«

Ich lasse den Kopf sinken. »Na, dann ist ja alles klar.«

»Ruh dich aus. Bevor es dunkel wird, können wir sowieso nicht ins Wasser.«

Ich lege mich auf den Rücken. Das hohe Schilfgras verdeckt Pia und mich.

Ein Schotterweg führt am Ufer entlang. Hinter dem Schilf bemerkt uns der Wagen nicht, der sich langsam nähert. Pia duckt sich an meine Seite. Hat man uns bemerkt, kommt der Wagen schon, um uns zu holen?

»Was machen wir?«, flüstert sie.

»Gar nichts.«

Das Auto hält hinter unserem Versteck. Sonst passiert erst mal nichts. Niemand steigt aus. Plötzlich sind Schritte zu hören, helle, leichte Schritte. Derjenige, der da kommt, bleibt stehen.

»Hallo«, sagt eine Frauenstimme.

Ein Autofenster wird heruntergelassen. »Findest du es nicht gefährlich, in dieser einsamen Gegend allein unterwegs zu sein?«, fragt eine Männerstimme.

»Es ist doch heller Tag. Was soll mir tagsüber schon passieren?« Eine junge, frische Stimme, sie klingt aufgeregt. »Hast du das vorhin gesehen?«

»Was denn?«, erwidert der Mann.

»Das Ding. Dieses Flugzeug.«

»Meinst du einen Heli? Ist ein Heli hier geflogen?«

»Nein, ein richtiges Flugzeug, so eins, wie sie früher waren. Laut und schnell, es sah super aus.« Ich höre sie lachen.

»Es gibt keine Flugzeuge«, antwortet die Männerstimme. »Und wenn es sie gäbe, wären sie nicht laut und schnell.«

»Dieses war aber so!«, beharrt sie. »Zuerst ist es runtergekommen, da habe ich es aus den Augen verloren. Dann war es plötzlich wieder da. Ist aufgestiegen und über das Wasser geflogen. Hast du's wirklich nicht gesehen?«

»Nein. Ich komme aus der Garage.«

»Aus der Burggarage?«, fragt sie interessiert.

»Wie heißt du?«

»Storm.«

»Ein ungewöhnlicher Name.« Er lacht. »Wusstest du, dass es vor langer Zeit mal eine Kaiserin gegeben hat, die Storm hieß?«

»Wann denn, vor langer Zeit?«

»Bei den alten Griechen.«

»Ach, echt? Kaiserin Storm?« Sie erwidert sein Lachen. »Was ist das da auf deinem Sitz?«

»Erdbeeren. Magst du Erdbeeren?«

»Im Februar?«

Pia und ich sehen uns an.

»Willst du eine haben?«, fragt er.

Offenbar ist die junge Frau genauso scharf auf Erdbeeren im Februar wie ich vor ein paar Tagen. Als sie danach greift, höre ich etwas klirren.

»Hmm, lecker«, schwärmt sie.

»Noch eine?«

Sie lässt sich nicht lange bitten, und wieder klirrt es. Vielleicht ein Schmuck, den sie um das Handgelenk trägt.

»Warst du schon einmal in der Burg?«, fragt der Fahrer.

»Noch nie.«

»Hast du Lust, mit reinzukommen?«

»Nein«, antwortet sie in verändertem Ton. »Nein, danke.«

»Was ist los?«

Sie zögert, druckst herum.

»Nun sag schon.«

»Bei uns passieren sonderbare Dinge.« Ihre Stimme klingt ängstlich.

»Wo?«

»Im Dorf. Die Mädchen aus unserem Dorf verschwinden.«

»Das ist ja schrecklich. Habt ihr das der Taskforce gemeldet?«

»Bringt das denn überhaupt was?«

»Selbstverständlich. Das ist wichtig. Soll ich für dich die Taskforce benachrichtigen?«

»Würdest du das machen?«

»So etwas muss gemeldet werden.« Die Autotür wird geöffnet. »Warum melden wir es nicht gemeinsam, Storm?«

»Wir beide?«

»Wir könnten zum nächsten Headquarter fahren.«

»Jetzt gleich?«

»Worauf willst du warten?«

Ihr Schweigen erzählt von ihrem Misstrauen. »Ich muss zurück. Muss meine Schwester in der Kneipe ablösen.«

»Was macht deine Schwester in der Kneipe?«

»Sie ist die Saaltochter. Ich löse sie ab.«

»Warum steigst du nicht ein? Glaubst du etwa, ich könnte dir etwas tun?«

»Nein, aber ...«

»Oder ist es dir peinlich, vor der Taskforce Dinge zu behaupten, ohne Beweise zu haben?«

»Nein, aber ...«

»Dann spring rein. Ich bringe dich nachher zu deiner Schwester in die Kneipe.«

Sollte ich jetzt nicht aufstehen und mich zu erkennen geben? Sollte ich rufen: »Hey, ich bin bei der Taskforce, was gibt es für Probleme?« Oder soll ich mir lieber den Fahrer ansehen und das Kennzeichen?

Die Beifahrertür wird geöffnet. Als die junge Frau einsteigt, klirrt das Armband wieder. Die Tür fällt zu, der Wagen fährt an. Fort vom Wasser, fort vom Schilf.

»Hast du die Stimme erkannt?«, fragt Pia.

»Nein. Du?«

»Ich bin nicht sicher.«

»War es jemand aus der Burg?« Vorsichtig stehe ich auf.

»Was machst du?«, ruft sie. »Er könnte dich noch im Rückspiegel sehen.«

Ein weißer Wagen, lautlos wie alle, er entfernt sich schnell. Er ist schon zu weit weg, als dass ich das Kennzeichen entziffern könnte. Es würde mir auch wenig nützen. Der Fuhrpark der Burg umfasst dutzende Autos. Jeder kann sie fahren, sie sind alle weiß und alle von derselben Marke. Jeder aus der Burg könnte dort in der Staubwolke verschwinden.

• • •

Wir müssen schwimmen, das ist wenigstens der Plan. Heute war ein grauer Tag und wurde er zu einem grauen Abend, der dem Februar alle Ehre macht. Es ist kalt. Uns ist kalt. Das könnte auch daran liegen, dass wir durch kalte Luftschichten geflogen sind und den ganzen Tag nur Mist gefuttert haben. Es kostet Überwindung, in dieses Wasser zu steigen, bei Nacht, ohne das genaue Ziel zu kennen. Sicher ist, dort, wo wir hinschwimmen, sind wir nicht willkommen.

»Wenn wir es bis in Leylands Labor schaffen, könnten wir es eine Weile als Versteck benützen«, lautet mein Vorschlag. »Vielleicht finden wir Hinweise, wie wir dem Bramble sein letztes Geheimnis entlocken können.«

Hinweise finden, das Geheimnis entlocken, so redet man,

wenn man keinen Plan hat. So redet man, wenn man Zeit schinden will, um nicht in diese kalte, schwarze Brühe steigen zu müssen. Pia nickt zu allem, was ich sage. Auch sie ist erschöpft, ihr Enthusiasmus ist mit dem Tageslicht geschwunden. Auch sie will nicht ins schwarze Wasser.

»Diesmal steigen wir nicht beim Fischerhaus heraus«, setze ich fort. »Dort haben sie die Sensoren bestimmt verstärkt. Wir versuchen es im Yachthafen. Zwar gibt es dort Unterwasserzäune und Kameras, aber wenn wir uns an einer Ankerkette entlangarbeiten, haben wir gute Chancen.«

Ich kann Pias Gesicht im Dunkeln nicht erkennen, als ich von *guten Chancen* rede, und das ist besser so. Unsere Chancen sind unterirdisch. Sie weiß es und ich weiß es. Ich gehe bis zu den Knien ins Wasser und warte, bis sie nachkommt. Einer muss den Anfang machen.

»Geht es?«, frage ich, um ihr den Vortritt zu lassen.

Pia holt Luft und hechtet vorwärts. Ich höre sie kraulen. Es hilft ja nichts: Kopfsprung.

Nach hundert Metern oder mehr wird mein Körper warm. Der Körper mag es, kräftige Bewegungen zu machen. Der Geist mag es, ein Ziel zu haben. Das Schwimmen hebt meine Lebensgeister. Pia geht es genauso.

»Ich freue mich, wenn wir wieder bei Leyland sind.« Schwimmstöße unterbrechen ihre Worte. »Wir machen es uns warm, wir legen uns ins Bett und decken uns zu.«

Ich denke an das wackelige Ding in Leylands Büro und finde es süß, dass Pia sich darauf freut. Was werden wir essen? Wie werden wir uns im Dunkeln zurechtfinden?

»Genau, das machen wir.« Ich schwimme Brust, sie beginnt wieder zu kraulen.

Nur die Nasen aus dem Wasser, so nähern wir uns dem Yachthafen. Wir schwimmen auf das größte Schiff zu, entdecken die Ankerluke und die Kette. Wo eine Ankerkette langläuft, kann kein Unterwasserzaun sein. Wir folgen der Kette, erreichen die Mole und den Anlegesteg. Vorsichtig heben wir die Köpfe. Die Burg ist dunkel. Ob im Inneren Licht brennt, kann man von hier nicht sehen.

Wir nicken einander zu. »Alles gut gegangen.« Ich helfe Pia. Als Erste kommt sie aus dem Wasser und streckt die Hand aus, um mich nachzuholen.

»Du hältst dich wohl für ziemlich schlau, Saltzman«, sagt Goltz.

Die Scheinwerfer gehen an. Von allen Seiten Licht auf die klatschnasse Pia. Rund um sie taucht die Security auf.

»Klug von dir, nicht die gleiche Route wie beim letzten Mal zu nehmen.« Goltz tritt an die Kante und blickt auf mich hinunter. »Aber so schlau wie du sind wir schon lange.«

Ein Securitymann hilft mir aus dem Wasser. »Hallo, Saltzman«, sagt Marek. Im grellen Scheinwerferlicht ist seine Schadenfreude nicht zu übersehen.

»Dann wollen wir mal. Du wirst schon erwartet, Saltzman.« Goltz geht voraus.

Pia und ich sehen uns an. Wir wissen es, wir brauchen nicht zu fragen. Ich frage trotzdem.

»Wer erwartet uns?«

21

Es ist das Schlachthaus. Goltz hat mich ins Schlachthaus gebracht. Er hat Pia von mir getrennt. Was machen sie mit ihr?

Mitten im Schlachthaus steht ein Fauteuil.

»Es ist kompliziert.« Kalbeck erwartet mich in diesem Fauteuil. Er trägt einen Bademantel, darunter T-Shirt und Shorts. Unsere Ankunft hat ihn wohl aus dem Bett geholt.

Rund um mich befinden sich Dinge, die ein Schlachthaus ausmachen. Ketten von der Decke, Flaschenzüge, Zerkleinerungsgeräte, ein gigantischer Fleischwolf und ein Behälter für die Schlachtabfälle. Wände und Boden sind weiß gekachelt. Ein aufgerollter Schlauch erzählt davon, wie hier das Blut entsorgt wird. Ich hänge an einer dieser Ketten. Um den Hals und unter den Achseln hindert mich eine Ledervorrichtung daran, hektische Bewegungen zu machen. Zugleich verhindert die Halskrause, dass die Kette mich erwürgt. Wie nicht anders zu erwarten, sind meine Hände auf dem Rücken gefesselt. An meinen Schläfen wurden Elektroden angebracht. Obwohl ich weiß, was kommt, obwohl ich das meiste voraussehe, wehre ich mich wie wild. Es ist ein Reflex. Ich zerre an der Kette, versuche, mich aus dem Ledergestell zu befreien. Erwartungsgemäß ist das sinnlos. Mein Kopf ist klar. Ich mache mich bereit.

Kalbeck nimmt eine Packung Zigaretten aus der Manteltasche und kommt auf mich zu. Zigaretten sind out, aber

Kalbeck ist ein altmodischer Mensch. Er nimmt an, dass man einem Delinquenten vor Beginn der Tortur eine Zigarette gewähren sollte.

»Rauchen Sie?«

Ich kann mich an meine letzte Zigarette kaum erinnern. »Warum nicht? Danke.«

Er steckt mir den Filter in den Mund, lässt ein Feuerzeug aufschnappen und beobachtet das Glimmen des Tabaks. Er kehrt zum Fauteuil zurück und zündet sich selbst eine an.

»Alles wäre einfacher, wenn Leyland den Bramble nicht auf Sie, sondern auf Pia codiert hätte«, kommt Kalbeck übergangslos auf das eigentliche Thema zu sprechen. »Dann müsste Pia die Fragen an Leyland stellen, die es mir gestatten würden, ins Innerste des Bramble vorzudringen.« Er bläst den Rauch aus. »In dem Fall hätten wir noch vor dem Mittagessen eine Lösung und könnten uns angenehmeren Beschäftigungen zuwenden.«

»Wo ist Pia?« Der Zigarettenrauch beißt in meinen Augen. »Was machen Sie mit ihr?«

»Sie hält sich zu meiner Verfügung, *falls* wir sie brauchen.« Er beugt sich vor. »Glauben Sie, das macht mir Spaß, Saltzman? Mein hübsches Zuhause zu verlassen, quer durch dieses elende Land zu reisen, mich mit dem penetranten Goltz abzugeben und jetzt die Schweinerei mit Ihnen zu veranstalten, glauben Sie, das macht mir Spaß?«

»Ich glaube, dass Sie mich mal kreuzweise können.« Keine besonders geschliffene Antwort, aber die Wahrheit ist es allemal. Während das Nikotin seine Wirkung tut, stellt sich ein anderer vegetativer Zustand bei mir ein: Angst, was sonst. Ich wurde früher schon mal gefoltert. Wir mussten bei der Ausbildung Techniken lernen, die uns Schmerz besser ertragen lassen. Schmerz, haben wir gelernt, ist eine eigenständige Größe, immer dann am wirkungsvollsten, wenn man ihn nicht erwartet. Ich erwarte den Schmerz. Aber ob mir das helfen wird?

»Geben Sie sich keine Mühe, Kalbeck.« Meine Coolness ist aufgesetzt. »Was immer Sie mit mir anstellen, auch ich bin an dem Cube gescheitert. Ich kenne die Fragen nicht, die Leyland braucht, um das Geheimnis preiszugeben.«

»Und wissen Sie, woran das liegt?« Scheinbar nebenbei greift er zu einer Fernbedienung. »Weil Sie sich nicht genügend anstrengen. Daher muss ich Ihnen entsprechende Anreize geben. Oder sagen wir besser: Impulse.«

Der Regler, den er bedient, mutet antiquarisch an. Mit so einem Ding hat man früher die Heizung höher gedreht.

Es ist nicht die Heizung, sagt der Schmerz.

Der Schmerz überrascht mich mit einem Brennen, einem Rasen, einem Rauschen des Blutes.

Umwerfend, nicht wahr?, fragt der Schmerz.

Ich schreie dem Schmerz zu, dass auch er mich am Arsch lecken kann. Doch man darf dem Schmerz nicht frech kommen. Der Schmerz erwartet Demut und Unterwerfung. Nachdem Kalbeck ein weiteres Mal an der Heizung gespielt hat, entringt sich mir der erste Schrei. Er klingt fremdartig in meinen Ohren. Ich hätte nicht gedacht, dass ich solche Schreie ausstoßen kann. Ist es ein kleines Kind, das wimmert, oder ist es ein röhrender Büffel? Ist es ein Ertrinkender, der nach Luft schnappt? Meine Schreie stellen die erstaunliche Palette dessen dar, was der Schmerz mir entlockt, während Kalbeck ruhig, neugierig und behutsam an der Heizung dreht.

Ein verrücktes Detail geht mir durch den Kopf, die Frage nämlich, weshalb mich alle Leute in letzter Zeit mit Elektrizität weichklopfen wollen. Erst der Rindertreiber, jetzt Kalbeck mit seiner Fernbedienung.

Nachdem ich genügend Beispiele meiner Verwundbarkeit gezeigt habe, schaltet Kalbeck ab.

»Das hätten wir geklärt«, sagt er freundlich. »Sie sind keiner von den toughen Jungs, die man tagelang bearbeiten kann, ohne dass sie etwas sagen. Die gibt es nämlich auch, ich habe einige von ihnen in meinem Team. Sie dagegen sind offen für schmerzhafte Erfahrungen, Saltzman.«

Der Schmerz verabschiedet sich nicht so schnell, wie ich gehofft habe. Er krabbelt überall in mir herum. Er lässt mich zittern und ächzen, mein Atem gehorcht mir nicht. Der Schmerz bringt meinen Magen dazu, sich zu entäußern, ich erbreche mich.

»Das habe ich befürchtet«, seufzt Kalbeck. »All das wäre nicht nötig, wenn Sie kooperieren würden. Warum können wir nicht zusammen die richtige Lösung finden und als Freunde auseinandergehen?«

Ich schäme mich für den entwürdigenden Anblick, den ich abgebe. »Sie kriegen das Holix nicht«, ist alles, was ich herausbringe.

Kalbeck hat eine Kleenexpackung vorbereitet. Er tritt näher und wischt mir den Mund ab. »Wozu sollte Ihnen das Holix schon dienen, mein Lieber? Sie sind ein ungebildeter Kerl, der die Burg verließ, weil er es hier zu nichts gebracht hat. Sie sind ein Mensch, der Fußschweiß und Mundgeruch mit Freiheit verwechselt. Sie halten sich für einen Abenteurer, deshalb haben Sie bei der Taskforce angeheuert. Seither gönnen Sie sich den Luxus, auf uns Zivilisationskrüppel herabzusehen. Ihr Wahlspruch lautet: *Obdachlos – freies Los.* Mit diesem Slogan kaschieren Sie Ihre Lebenslüge.«

»Und Sie reden zu viel«, murmle ich mit gesenktem Kopf.

»Schlimmer als die Leibesübungen, die Sie mit mir anstellen, ist Ihr Gelaber. Sie sind die eigentliche Folter, Kalbeck.«

Er wendet sich zu einem Rolltisch aus Edelstahl. Normalerweise werden darauf Fleischteile präpariert. Jetzt ist der Tisch blank geputzt, obenauf thront der Cube. Kalbeck fährt den Rolltisch näher.

»Dann wollen wir mal beginnen.«

Trotz meiner unglücklichen Lage grinse ich. »Sie haben es noch nicht kapiert, oder? Leyland hat eine Fangschaltung in den Bramble eingebaut. Sobald er erkennt, dass sich jemand anderes daran zu schaffen macht als ich, schaltet er entweder ab oder wir erleben das gleiche Spektakel, das in der Oper passiert ist.«

»Meinen Sie die Lichtschranke?«

»*Schranke* ist wohl zu milde ausgedrückt für den Lichtsturm, den das Ding beim letzten Mal entfesselt hat. Und das wird wieder passieren, sobald Sie Ihre Nase zeigen.«

»Wenn Sie sich da mal nicht irren.« Kalbeck beugt sich zu mir. »Es geht tatsächlich um *Licht*, Saltzman. Die ganze Sache ist auf Licht aufgebaut.«

Ich hebe den Kopf, meine Kette klirrt. »Was?«

»Licht ist die größte Energie im Universum, dabei ist sie praktisch immateriell. Erst wenn Licht auf Materie trifft, wird es definierbar.«

»Was hat das mit dem Bramble zu tun?«

»Der *Lichtsprung*, Saltzman.« Kalbeck lächelt, wie einer, der die Lösung kennt, es aber spannend machen will. »Ein Photon ist ein besonders kleines Ding, nein, kein Ding, es ist ... auch keine Welle, es ist um ein unfassbares Maß kleiner, als selbst die kleinste Nanomaschine sein könnte. Trotzdem kann man Photonen beschießen oder aufeinanderprallen lassen. Mithilfe von Photonen hat Leyland den

Lichtsprung geschafft. Er kennt ihn. Er *beherrscht* den Lichtsprung, könnte man sagen. Dass der Lichtsprung tatsächlich funktioniert, beweist die sagenhafte Potenzierung von Photonen, die wir neulich erlebt haben. Alles da drin hat einen Sinn, Saltzman. Darum meine Bitte, zieren Sie sich nicht länger und helfen Sie mir, an den Sinn heranzukommen.«

Ich ziere mich nicht, ich verweigere mich. Ich werde nicht dafür herhalten, dass Kalbeck in den Besitz eines Wissens gelangt, das mehr ist als nur *Wissen.* Es ist *Alles*, das *Ganze*, vielleicht ist es sogar die Rettung. Ob das stimmt, weiß ich nicht. Vielleicht fällt mein Verstand allmählich auseinander. Hätte ich eine Ahnung, was ich tun soll, dann wüsste ich, was ich tun soll, behauptet mein verdrehter Kopf. Dann wüsste ich, ob ich mit Kalbeck kooperieren oder mich von ihm foltern lassen soll.

Eines weiß ich mit Sicherheit. Kalbeck kann mich nicht umbringen. Tötet er mich, ist der Bramble für ihn unwiederbringlich verloren. Diese Tatsache ist der einzige, winzige Trumpf, den ich im Ärmel habe.

Kalbeck öffnet den Cube. Leyland erscheint. Ich stelle die alten Fragen. Leyland gibt die alten Antworten. Kalbeck ist unzufrieden. Er droht. Er lockt. Er spielt an der Fernbedienung rum. Der Schmerz tut seine Arbeit.

Auferstehung, sagt der Schmerz. Jesus ist kein toter Radikaler, er ist das Licht.

»Trost und Zukunft und Jesus!«, schreit jemand. Ich fürchte, das bin ich.

»Was sagst du?« Kalbeck dreht die Heizung ein wenig runter.

»Geist und Botschaft«, brabbelt mein Mund. »Und Jesus.«

»Was ist mit Jesus?« Er dreht wieder höher.

Kalbecks Frage ist eine gellende Glocke, die in meinem

Kopf geläutet wird. Ich staune, was der Schmerz so alles kann. Mal ist er ein hungriges Tier, dann eine Glocke.

»Auferstehung, Auferstehung!«, brülle ich.

Trotz des Glockengetöses kapiert der Rest von mir, dass ich gerade die Gedanken des alten Mannes aus der Nazihöhle wiedergebe. Der Jesus-Darsteller saß am Feuer, kochte sein fragwürdiges Stew und hat solche Dinge gesagt. Wieso sind seine Worte deutlicher in mir als die Worte Leylands?

Deine Sorgen möchte ich mal haben, knurrt der Schmerz. Du denkst an Jesus, während du über etwas anderes nachdenken solltest. Zum Beispiel, was Kalbeck mit Leyland zu tun hatte.

»Ich kann denken, was ich will«, antworte ich dem Schmerz.

Er spielt beeindruckend auf seiner Klaviatur, aber es gelingt dem Schmerz nicht, mich von Jesus abzubringen. Jesus hielt sich an keine Gesetze, er machte Eindruck auf Frauen, er brachte die Menschen dazu, an ihn zu glauben. Deshalb wurde er gemartert und getötet. Ich bin von der Taskforce. Ich mache keinen Eindruck auf Frauen, und es gibt niemanden, der an mich glaubt. Trotzdem martert man mich. Wird man mich töten?

»Und dann geschieht das Wunder.«

Wer hat das gesagt? Wer spricht da? Ich selbst tue das. Ich belüge mich und glaube an ein Wunder, andernfalls bin ich nämlich im Arsch. Jesus war an einem Tag ein toter Revolutionär, und schon am nächsten Tag ist er ein Geschöpf höherer Ordnung geworden. Ein Radikaler, dem ein Wunder widerfuhr. Das Wunder. Das Wunder.

»Lass gut sein«, sagt jemand, der bisher noch nicht gesprochen hat. »Er schafft es nicht.«

Kalbeck dreht die Heizung ab. Ich sacke in mich zusammen. Kein Knochen, kein Muskel scheint noch zu funktionieren. Ich bin Wackelpudding, willenloses Gelee, unbrauchbar. Eine Hand fasst unter mein Kinn und hebt meinen Kopf.

»Tut mir leid«, sagt sie. »Aber ich musste sichergehen.«

»Sicher … gehen«, murmle ich.

»Ich musste feststellen, ob du es kannst oder nicht.«

»Was … kann ich … nicht?«

»Du kannst den Bramble nicht entschlüsseln.«

»Das … sage ich doch die ganze Zeit.« Nur ein Hauch, mehr kommt nicht über meine Lippen.

»Das hast du natürlich behauptet und immer wieder beteuert. Ich habe angenommen, du verstellst dich nur und kannst es vielleicht doch. Ich dachte, du vertraust keinem, nicht einmal mir.«

»Dir?«

Das Bild wird klarer. Noch klarer. Glasklar.

Da sitzt der kleine Mönch. Er hat sich einen Hocker herangeholt, so wie bei unserem ersten Gespräch in Leylands Büro. Sie zieht die Beine hoch, hockt auf dem Hocker, wie Vögel das tun. Aber sie ist kein Spatz und keine Meise, sie ist ein Totenvogel, vielleicht sogar ein Todesenegel.

»Ach so ist das«, murmle ich und baumle an meiner Kette. »So ist das also.«

»Es tut mir leid, dich zu enttäuschen. Ehrlich, Saltzman. Ich mag dich. Die Scheiße ist nur, dass Leyland dir vertraut hat. Mir hat er leider nicht vertraut. Das ist die Scheiße.«

»Ja, das ist natürlich enttäuschend.« Ich nicke, die Kette klirrt. Ich sehe den Engel an. »Wie gut du es gemacht hast, Pia, wirklich erstaunlich. Erst hast du dich zum Opfer stilisiert, um Vertrauen aufzubauen. Dieser Streifschuss im Labor, erstklassig. Ich habe wirklich geglaubt, dass du in Gefahr bist. Du hast das Opfer perfekt gespielt, das muss ich dir lassen.«

Pia sitzt nur da und lässt mich reden. Und das Verrückte: Ich will reden.

»Sogar gefickt hast du mich. Vollen Körpereinsatz hast du gezeigt. Leider war ich trotzdem nicht imstande, das zu liefern, was du willst. Kalbeck hat leider recht, ich bin ein Loser.«

Der Bösewicht, der bis vor wenigen Augenblick der eigentliche Bösewicht war, hat sich in seinen Fauteuil zurückgezogen. Was jetzt abgeht, ist eine Sache zwischen mir und dem Todesengel. Kalbeck mischt sich da nicht ein.

»Ich hatte mich schon gewundert, wieso der Cube seinen Weg ausgerechnet nach München, ausgerechnet in die Hände von Kalbeck genommen hat«, setze ich fort.

»Und ich habe mich gewundert, dass dir das nicht früher aufgefallen ist. Ein x-beliebiger Trader verprügelt dich in einer Kneipe, nimmt dir den Cube ab und bietet ihn ausgerechnet Leylands Freund Kalbeck zum Kauf an.« Pia verschränkt die Arme, sie fröstelt. Im Schlachthaus ist es kühl.

Ich nicke. »Jeder Zug, den wir gemacht haben, war deiner schlauen Führung zuzuschreiben.« Ich denke an die P.1101 und wie sie im Himmel verschwunden ist. »Nur Jesus konntest du nicht vorhersehen.«

»Den alten Kerl nicht, das stimmt.« Sie steht auf und beginnt, die Lederriemen in meinem Nacken zu lösen. »Ich gebe zu, mit Oberammergau hast du mich überrascht. Der verrückte alte Mann hat mich gerührt.«

»Was macht ihr jetzt mit mir?«

Pia sieht Kalbeck an.

Eine galante Geste des Mannes im Bademantel. »Das überlasse ich dir.«

22

Ich habe so etwas noch nie gegessen. Ich bin öfter mal in so was reingetreten, aber gegessen hab ich es noch nie. Sie töten mich nicht. Ich nütze ihnen nichts mehr, trotzdem töten sie mich nicht. Halten mich gefangen, versorgen mich mit Nahrung, die ich nur mit geschlossenen Augen runterkriege. Wie es aussieht, bin ich der Gefangene in der Festung.

Lass mich das mal durchgehen. Es gibt niemanden, der auf meiner Seite ist. Felix möglicherweise, aber Felix ist jemand, der sich vielleicht die Verfilmung meines Schicksals angucken und ein Tränchen dabei verdrücken würde, aber er wird für mich nicht vom Sofa hochkommen. Meine Exfrau vergessen wir auch gleich wieder. Sie ist der Typ, der »Ich habe es dir immer gesagt« sagen würde, wenn sie wüsste, dass man mich auf der Ebene der Burgfundamente gefangen hält. Sie würde betrübt den Kopf schütteln, dass ein vielversprechender junger Mann wie ich so auf den Hund gekommen ist. Lilly würde vor allem darauf achten, ihre Schuhe nicht schmutzig zu machen. Es ist feucht hier unten. Wen wundert's, das Gemäuer steht am Wasser.

Goltz, Kalbeck und Pia sind ein Team, wobei Goltz wohl der Mann fürs Grobe ist. Kalbeck und Pia haben den Cube, aber ihnen fehlt der Zugriff. Sie haben mich. Ich habe mich als wertlos erwiesen. Ich weiß nichts. Bis auf das Wunder natürlich.

Bitte was? Da muss ich noch mal nachfragen, in dem Teil meines Gehirns, der funktioniert. »Was weiß ich? – Das Wunder?«

»Licht«, antwortet der funktionierende Teil meines Gehirns.

Licht habe ich allerdings zu spüren gekriegt. Als Kalbeck ein paar tausend Volt durch mich hindurchjagte, dürfte ich geleuchtet haben wie eine Glühbirne.

»Das Wunder«, beharrt der funktionierende Teil meines Gehirns. »Das Holix.«

»Nun ist aber gut«, fahre ich mein Gehirn an. »Ich weiß nichts.«

»Du weißt das Entscheidende«, sagt das Gehirn.

»Ich habe Leyland nicht dazu gebracht, irgendetwas auszuspucken, was wir nicht schon vorher wussten.«

»Du brauchst Leyland nicht für das Wunder.«

»Was für ein *Wunder?!*«, brülle ich. Ich muss Fieber haben, ich deliriere.

»Du brauchst Leyland nicht für das Wunder«, wiederholt das Gehirn geduldig.

»Wen brauche ich dann? Kannst du mir das sagen? Wer soll mir helfen?«

»Du selbst. Und Jesus.«

»Jetzt mache ich den Quatsch aber nicht länger mit!«

Ich springe auf. Ich nehme mir zumindest vor, aufzuspringen. Ein Teil meines Gehirns funktioniert, aber große Teile meines Körpers funktionieren nicht mehr. Als ich hochkomme, ist sofort der Schwindel da, die Schwäche, der Muskelkrampf. Wie eine Aufblaspuppe, bei der man den Propfen zieht, sacke ich in mich zusammen.

»Au, au, auweh«, sagt der versagende Teil meines Körpers.

»Du«, wiederholt der funktionierende Teil meines Gehirns.

»Und Jesus«, wiederholt der funktionierende Teil meines Gehirns.

»Wer denn nun? Ich oder Jesus?«, gebe ich trotzig zurück.

Keine Antwort.

Erschöpft schaue ich zur Gewölbedecke empor. Unglaublich, dass die ineinandergefügten Steine das Gewicht der gesamten Burg tragen können. Die Nutzlast und das Eigengewicht werden auf die seitlichen Pfeiler abgeleitet. Und diese Pfeiler, das ist der Fels, auf dem die Burg errichtet wurde. *Du bist der Fels, auf dem ich meine Kirche errichten will.*

Sagt wer? Spricht hier noch jemand? Ich will nicht, dass hier drin so viele Leute reden.

»Du halluzinierst nicht«, korrigiert mich mein Gehirn. »Du holst nur die einzelnen Teile hervor, die du brauchst. Nach und nach.«

Ein Gespräch mit den eigenen Gedanken ist ein anstrengendes Gespräch, weil ja nicht nur du sprichst, sondern auch du. Du und du, dein Gehirn, mein Gehirn, wir beide. Folgerichtig kommt das Blackout. Die Notabschaltung. Das Gehirn brennt durch. Kein Lichtsprung, eher ein Lichtschalter. Knips, und aus.

• • •

Besuchszeit? Hier gibt es keine Besuchszeit. Leylands Freundin Edda besucht mich trotzdem. Als die Tür aufgeht und Leylands große späte Liebe hereinkommt – seine Witwe sozusagen –, frage ich mich, ob die da oben mich testen wollen. Gehört Edda auch zum Club der Leute, die mich fertigmachen?

»Was haben sie dir über mich erzählt?«, frage ich Edda, nachdem der Securitytyp uns allein gelassen hat.

»Die Wahrheit.«

Sie hat Stiefel an, verständlich, in dem feuchten Loch sollte man nicht mit Pumps auftauchen. Jeans, Shirt, Jacke. Sie hat ihr Haar geschnitten. Ernster sieht sie aus, endgültiger. So sieht jemand aus, der einem anderen sagen muss, dass er Krebs hat. *Du hast nur noch wenige Wochen zu leben*, sagt man mit so einem Gesicht.

»Was ist die Wahrheit, Edda?«

»Dass du Leyland umgebracht hast.«

Ich bin so verblüfft, dass ich nicht mal *Was?!* rufen kann. Ich bin zu verblüfft, um mich aufzuregen. »Ich habe Leyland nicht umgebracht«, lautet meine schlichte Erwiderung.

»Sie hätten bereits kurzen Prozess mit dir gemacht, Saltzman, wenn du nicht Taskforce wärest. Um das Urteil zu fällen, müssen sie auf den Assessor von der Taskforce warten. In drei Tagen wirst du gehängt.«

Wie schlicht man das aussprechen kann. Die da oben brauchen mich nicht mehr, daher werde ich entsorgt. Aber sie wollen es richtig machen. Sie hängen mir erst ein absurdes Verbrechen an und hängen mich dann nach den Buchstaben des Gesetzes auf. Edda kommt also nicht, um mir zu sagen: »Du hast nur noch wenige Wochen zu leben.« Sie sagt: »Du hast nur noch drei Tage zu leben.« Wie man sich doch täuschen kann.

»Wie soll ich Leyland deiner Meinung nach getötet haben?«, argumentiere ich. »Ich bin erst nach seinem Tod in der Burg angekommen.«

»Das behauptest du. Goltz sagt, er hat dich dabei beobachtet, wie du beim Fischerhaus aus der Burg raus und wieder reingeschwommen bist.«

»Ich soll mich in die Burg geschlichen, Leylands Hirn zerquetscht haben, dann bin ich wieder rausgeschlüpft und habe am Tor geklingelt?«

»Goltz hat Zeugen, dass es so war.«

»Natürlich hat Goltz *Zeugen*«, kontere ich wütend. »Er muss der Taskforce Beweise präsentieren, damit man mich aufknüpfen kann.«

»Es hat keinen Sinn mehr, Saltzman.« Edda sieht sich nach einer Sitzgelegenheit um. Es gibt keine Sitzgelegenheit hier unten. »Du hast Leyland umgebracht. Du hast noch drei Tage zu leben. Also gib es heraus.«

»Bitte wie, bitte was soll ich herausgeben?«

»Das Holix. Du hast das Holix aus Leylands Kopf gestohlen. Bloß, was nützt dir das noch, wenn du tot bist? Gib es uns. Es ist Eigentum der Burg.«

Das Wunder, denkt es irgendwo weit hinten in mir. Das Wunder.

»Edda, du kannst das nicht wirklich glauben.« Unter Schmerzen stehe ich auf. »Du kanntest Leyland besser als jede andere. Er war mein Freund. Ich bin quer durch Deutschland gefahren, weil er mich gerufen hat. Er wollte mir etwas mitteilen. Als ich ankam, war er tot. Du weißt, dass es so war.«

Sie schüttelt den Kopf. »Lügen hilft dir jetzt nicht mehr weiter, Saltzman. Gib uns das Holix, stirb in Würde, mehr kann ich dir nicht sagen.«

»Weshalb bist ausgerechnet du zu mir gekommen?«, frage ich argwöhnisch. »Warum schicken sie dich?«

»Ich bin Mitglied im Verwaltungsrat der Burg.« Edda wendet sich zum Ausgang.

»Komm mir nicht mit dem Scheiß, ich soll das Holix herausgeben!« Ich werde laut. »Haben sie dich geschickt, damit mich Leylands letzte Liebe auf die Gefühlstour weichkochen soll? Das kannst du dir sparen. Ich habe das Holix nicht. Leyland hat einen Bramble für mich programmiert. Er hat ihn so codiert, dass nur ich ihn öffnen kann. Du hast mir das Ding selbst in die Hand gedrückt, weißt du noch? Wozu soll das gut gewesen sein, wenn ich mich davor heimlich in die Burg geschlichen hätte, um Leyland zu ermorden? Siehst du ein, dass das keinen Sinn ergibt?«

»Ich habe dir nichts mehr zu sagen.« Edda kehrt zu dem Ungetüm von Tür zurück. Im Jahr 1080 wussten die Leute noch, wie man beeindruckende Türen baut. Sie dreht sich um. »Halt die Ohren steif, Saltzman.«

Das sind die Worte, die Edda sagt. Aber sie bewegt die Lippen dabei und ihre Lippen sagen etwas anderes. Ihre Lippen sagen: *Kamera.*

Natürlich gibt es eine Kamera hier unten. So doof sind die nicht, dass sie mich unbeobachtet lassen. Die Kamera befindet sich in Eddas Rücken.

»Ich hatte gehofft, dass du vernünftigen Argumenten zugänglich bist«, sagt Edda. Aber Eddas Lippen sagen: *Das Holix. Benütze das Holix.*

Ich bin so baff, dass ich um ein Haar gerufen hätte: Was weißt du über das Holix? Aber ich bin auch immer noch Taskforce. Wir von der Taskforce haben das Pokerface drauf.

»Leck mich mal, Schätzchen«, sage ich stattdessen. »Und sag denen da oben, dass sie mich auch kreuzweise können.«

»Du bist verloren, Saltzman«, sagt Edda.

Das Holix. Heute Nacht, sagen Eddas Lippen.

Sie tritt an die Tür, die sich sofort öffnet; die da draußen haben die Kamera im Blick. Edda überlässt den Gefangenen in der Festung seinem Schicksal.

23

»Bei einem Korbbogengewölbe nimmt der Krümmungsradius vom Auflager zum Gewölbescheitel hin proportional zu.«

Wer spricht jetzt schon wieder? Mein Gehirn? Nein, ich spreche selbst. Ich rede, während meine Augen zur Decke erhoben sind.

»Wenn die Wölbelinie allerdings keinen Korbbogen, sondern einen Vielpassbogen darstellt, besteht das Gewölbe aus mehreren zusammengesetzten Zylindern«, doziere ich weiter. »Diese Zylinder haben einen kleineren Radius als das Gewölbe im Ganzen. Das Prinzip funktioniert wie der Rand einer Blüte. Der Rand der Blüte leitet das Wasser ab. In einem Vielpassbogen wird das Wasser durch ein Tunnelsystem abgeleitet.«

Warum sage ich solches Zeug? Weshalb labere ich stimmhaft im Gefängnis? Damit die Wächter hinter der Kamera glauben sollen, ich hätte den Verstand verloren? Wen interessiert denn schon ein *Vielpassbogen*? Die nächste Frage lautet: Woher weiß ich das alles? Ich weiß es nämlich nicht. Ich habe nie etwas über Gewölbekonstruktionen gelernt. Gewölbekonstruktionen sind ein Buch mit sieben Siegeln für mich. Aber plötzlich, in einem Verlies aus dem Jahr 1080, weiß ich solche Sachen.

Und das bringt mich auf den nächsten Punkt: Ich wusste

genauso wenig, dass im Zweiten Weltkrieg in Oberammergau eine Fabrik für Kampfflieger existierte. Ich hatte keine Ahnung davon, dass die Nazis die Burg in den Berg verlegen mussten und Häftlinge für den Bau unter Tage eingesetzt haben. Ich wusste nichts davon! Ich sagte Pia, ich wüsste es, weil ich den Impuls hatte, nach Oberammergau zu fahren. Ich wusste aber verdammt noch mal nicht, warum ich nach Oberammergau fahren wollte. Wie lautet der schöne Spruch: *Man kann tun, was man will, aber man kann nicht wollen, was man will.* Wer fährt freiwillig nach Oberammergau, in eine Alpenfestung? Ich habe es getan. Ich habe einen Mann kennengelernt, der mit einem Fuß schon im Grab steht, ein verrückter Kauz, könnte man meinen. Aber ausgerechnet er hat unsere Weiterreise ermöglicht. Er hat viel mehr als das getan. Ohne dass ich verstand, warum, war es das einzig Richtige, diesen Mann aufzusuchen.

Und dieses Spiel setzt sich hier unten fort. Ich habe den Ausdruck *Vielpassbogen* noch nie gehört, ich kenne auch den Vergleich mit dem Rand einer Blüte nicht. Aber der Vergleich muss wichtig sein. Die Ableitung des Wassers vom Rand der Blüte ist wichtig, weil ich durch sie das Tunnelsystem entdecke.

Wie bitte?, unterbreche ich den funktionierenden Teil meines Gehirns. Rund um mich ist massiver Fels. Hier lässt sich kein Tunnelsystem entdecken. Und trotzdem weiß ich genau, wie es aussieht. Es steht gewissermaßen vor meinem inneren Auge. Mein Gehirn ist im Besitz dieses Wissens. Ich bin verwirrt. Äußerst verwirrt.

Ich wende den Blick vom Vielpassbogen zur Kamera. Die da draußen sehen mich, hören mich. Goltz hört alles mit, da bin ich sicher, bestimmt auch Kalbeck. Glauben die da draußen, dass ich verrückt werde? Werde ich verrückt? Sicher ist: Irgendetwas in mir ist ver-rückt worden. Etwas in meinem Kopf wurde woanders hingerückt. Ich bin nicht sicher, ob mir das gefällt. Ich mag meinen Kopf, wie er ist, ich mochte ihn die meiste Zeit meines Lebens. Er ist nicht sonderlich hell, nicht sonderlich schnell, aber er ist immerhin mein Kopf. Vielpassbogendetails hatten in meinem Kopf noch nie Platz. Es ist unerklärlich, wieso der Vielpassbogen plötzlich da drin ist.

Heute Nacht, sagten Eddas Lippen, während sie selbst sagte: »Du bist verloren.«

Was passiert heute Nacht? Wird die Taskforce heute Nacht als reitende Kavallerie in die Burg einfallen und mich befreien? Die Taskforce hat weder Mittel noch Befugnis dazu. Nichts wird heute Nacht passieren, genauso wenig wie kommende Nacht. Und die Nacht darauf werde ich nicht mehr erleben.

Tribunale in den Burgen sind kurz und unspektakulär. Die Burg fällt ein Urteil, der Assessor der Taskforce wird es abnicken, ich kriege eine Lederschlinge um den Hals gelegt, und zack. Für solche Anlässe bauen sie keinen Galgen auf oder holen eine Waffe hervor. Es gibt auch keinen Henker mehr. Aber die Todesstrafe gibt es wieder. Das *Gerät* für die Todesstrafe steht in jeder Burg, es hat sich bewährt. Dieses Gerät wird auf eine bestimmte Uhrzeit eingestellt und dann gehen alle hinaus. Ich und die Schlinge und das Gerät bleiben zurück. Ist die Zeit gekommen, klingelt der Wecker und die Schlinge zieht sich zu. So einfach ist das.

•••

Ich bin in dem Tunnel und es ist heute Nacht. Niemand hat gesehen, wie ich es gemacht habe oder wie es passiert ist, auch die Kamera nicht. In einer Sekunde bin ich da, und in der nächsten Sekunde bin ich fort. Der Tunnel. Ich. Der funktionierende Teil meines Gehirns. Nicht fragen. Nicht wundern. Nicht darüber nachdenken, dass hier irgendwo etwas Unerklärliches abgeht. Hat es mit dem Holix zu tun? Am besten, ich traue nur noch den Fakten. Meinem Gehirn sollte ich eher misstrauen. Erst muss ich kriechen, dann auf die Knien, dann gebückt laufen, so funktionert der Tunnel. Der Rand einer Blüte leitet das Wasser ab. So funktioniert die Natur. Ich folge dem Wasser. So funktioniere ich.

Das Wasser bringt mich an den tiefsten Punkt, in die große Tunnelhalle. Dieser Teil des Tunnels liegt sonst unter Wasser, begreife ich, als ich die Ablagerungen an den Wänden betrachte. Dieser Tunnel muss gegraben worden sein, als das Klima noch anders war. Keiner rechnete damit, dass das große Wasser jemals so hoch steigen könnte. Es ist gestiegen und hat den Tunnel überspült. Aber nicht heute Nacht. Wie gut, dass ich Eddas Rat befolge und *heute Nacht* hierherkomme. Die Tunnelhalle muss tiefer als die Burgfundamente liegen, sonst hätte das Wasser mich nicht hergeführt. Draußen herrscht wahrscheinlich Ebbe.

»Hau endlich ab von hier«, sagt der Faktenchecker in mir. »Nix wie raus aus der Burg. Mach schnell, folge dem Tunnel, bevor die Flut kommt. Raus ins Freie. Im Schutz der Nacht lässt du die Burg hinter dir und dann – wie nannte Kalbeck das –, *obdachlos, freies Los*! Fabelhaft. Bist du erst draußen, kriegen sie dich nicht mehr. Du entkommst der Lederschlinge, hurra, hurra.«

Der funktionierende Teil meines Gehirns denkt allerdings anders als der Faktenchecker.

»Sieh dich um und sammle Beweise.«

Wer redet hier schon wieder? Wer labert mich auch noch im Tunnel voll?

»Wer redet?«, schreie ich.

Die Felswände werfen es hallend zurück. »*Wer redet – edet – edet?*«, klingt es von allen Seiten.

»Ich habe die Gespräche mit meinen Gedanken satt!«, rufe ich. »Ich und ich, mein Gehirn, dein Gehirn, Scheiße noch mal!«

Mein Schrei vervielfältigt sich. Ich bin von mir und mir und mir umgeben. »*eiße – eiße – noch mal!*« Meine Laute, deine Laute, Laute im Kopf, Laute im Tunnel, Sätze, Worte, Laute. Ich falle auf die Knie.

»Bitte! Das muss endlich aufhören«, wimmere ich. »Das halte ich nicht länger durch.«

Der funktionierende Teil meines Gehirns hat Geduld mit mir. »Sieh dich um und sammle Beweise«, lautet die freundliche Aufforderung zum zweiten Mal.

Beweise wofür? Ich bin zu schwach, zu verwirrt, um weiter zu widersprechen. Also erforsche ich die Tunnelhalle. Habe ich erwähnt, dass es dunkel ist? Wie sollte es in einem lichtlosen Raum auch nicht dunkel sein? Es ist stockfinster, aber ich sehe. Nicht das kleinste Photon Licht existiert hier unten. Ich sehe trotzdem. Könnte das mit fluoriszierenden Tieren zu tun haben, die das Dunkel erhellen? So etwas gibt es. Wenn diese Viecher leuchten, schwimmen andere neugierige kleine Wesen heran und, schnapp, werden gefressen.

»Lass den Faktencheck«, sagt das Gehirn. »Wer Fakten checkt, irrt sich.«

»Aber ich sehe doch etwas! Ich sehe die Hand vor den Augen.«

»Sei froh«, sagt das Gehirn. »Sonst würdest du dir den Kopf stoßen. Komm schon, mach dich an die Arbeit.«

Hier liegen Kleider. Frauenkleider. Ein Mantel. Ein Paar Schuhe. Hier liegt Unterwäsche. Hier liegt eine billige Krücke aus Holz. Hier liegt auch Schmuck, so wie Mädchen ihn gerne tragen. Mädchenschmuck. Hier liegt eine abgetrennte Mädchenhand, die Mädchenschmuck trägt.

Ich bin bei der Taskforce. Ich habe schon einige Leichen gesehen. Ich erwarte natürlich, in der Nähe einer menschlichen Hand den Rest der Leiche zu finden. Aber da ist sonst nichts. Nur die Kleider, die Krücke, der Schmuck und die Hand.

»Was ist hier passiert?«, frage ich.

»Hast du alles?«, entgegnet das Gehirn.

»Zumindest das, was hier liegt.«

»Dann speichere es.«

»Speichern?« Im dunklen Tunnel muss ich lächeln. »Sagt man bei einem Menschen nicht eher: *Merk es dir*?«

»Speichere es«, beharrt der funktionierende Teil meines Gehirns.

Ich habe kein Phone bei mir, auch sonst kein Device für die Speicherung. Trotzdem speichere ich alles. Es ist in mir. Es ist sicher.

»Und jetzt geh zurück«, sagt das Gehirn.

»Wohin?«

»In dein Verlies.«

»Hast du sie noch alle!« Ich werde richtig laut. »Bist du jetzt völlig mit den Nerven runter, du verdammtes Arschloch!« Noch lauter. »Ich bin gerade erst glücklich nach draußen gelangt.«

»Mit Glück hat das nichts zu tun.«

»Wie auch immer! Ich denke nicht im Traum daran, zurückzukehren!«

Da lacht der funktionierende Teil meines Gehirns plötzlich hell und froh. »Das gefällt mir.«

»Was gefällt dir?«

»Was du gesagt hast: *Ich denke nicht im Traum daran.* – Das trifft es genau. Ganz genau.«

»Trifft was genau?«

»Du denkst im Traum daran. Verstehst du?«

»Kein Wort.«

»Du verbindest die beiden Teile. Du kapierst es endlich. Jetzt kapierst du es.« Der funktionierende Teil meines Gehirns wird ganz aufgeregt. »Du hast es gefunden! Du hast es begriffen, Saltzman, ich gratuliere dir!«

Ich habe gar nichts, außer nasse Füße. »Das ist kein Traum«, murmle ich. »Ich bin in einem Tunnel. Ich, der Faktenchecker, halte eine abgetrennte Frauenhand in meiner Hand. Das ist alles andere als traumhaft.«

»Aber du *denkst* im Traum, das ist der Unterschied.«

»Ich gehe trotzdem nicht mehr ins Gefängnis. Ich würde den Weg gar nicht finden.«

»Du gehst. Du findest.«

»Und was soll ich dort? Auf meine Exekution warten?«

»Genau. Das bist du ihnen schuldig. Aber vorher klärst du den Fall auf.«

»Den Mord an Leyland?«

»Den anderen Fall.«

»Es gibt noch einen Fall?«

»Dort liegt eine Holzkrücke. Du hältst die Hand einer Frau in deiner Hand. Du bist Taskforce, Saltzman. Löse den Fall.«

Ich spüre das Blackout näher kommen. Blackout im Dunkeln, im Tunnel. Notabschaltung. Und aus.

24

Ich muss mit Edda sprechen. Edda hat Leyland geliebt. Leyland hat Edda geliebt. Edda hat mir den Bramble gegeben. Leyland muss Edda gesagt haben, warum sie den Bramble ausgerechnet mir geben sollte und nicht Pia. Leyland muss Pia durchschaut haben. Wobei? Bei der Suche nach dem Holix. Pia will das Holix, Kalbeck will es auch. Das Holix muss also existieren. Weiß Edda, wo das Holix ist? Während ihres Besuchs im Verlies hat sie davon gesprochen. Ich muss mit Edda sprechen.

Das war kein Erwachen aus einem Traum. So funktioniert es nicht. Ich hatte angenommen, erst kommt das Blackout, und wenn man aufwacht, ist man am Ziel. Aber so funktioniert es leider nicht. In Wirklichkeit funktioniert es so, dass man den ganzen Scheißweg zurückmuss. Erst laufen, dann gebückt laufen, dann kriechen. In völliger Dunkelheit.

Die Überraschung besteht darin, dass die Security nichts gemerkt hat. Sie sind nicht ins Verlies gestürmt und haben gebrüllt: *Er ist weg! Saltzman ist geflohen! Wie konnte er fliehen? Keine Ahnung, aber er ist nicht mehr da!* Alles bleibt ruhig. Ich lege mich hin, nichts passiert. Sind die Leute hinter der Kamera eingepennt? Haben sie einen über den Durst getrunken? Ich liege da und denke. Sie haben mich nicht vermisst, denke ich. Soll mir recht sein, denke ich und schlafe ein. Kein Traum, kein Wunder. Nur ein sehr tiefer Schlaf. Und das ist ja auch etwas Wunderbares.

Am Morgen holen sie mich. Es geht los. Die Prozedur. Ich muss Edda sprechen, denke ich, während wir die nicht enden wollenden Stufen hochsteigen. Ich darf Edda nicht in Gefahr bringen. Sie kann nicht riskieren, mich noch einmal zu besuchen. Wie soll ich dann aber mit ihr sprechen?

Ich werde dem Assessor der Taskforce vorgeführt. Es ist eine Frau. Sie hat nichts Auffälliges an sich, bis auf diesen Kragen, der ihr die Würde der Assessorin verleiht. Weißer Kragen, hinten mit einem Kreuz versehen und vorne ein Stern als Verschluss.

Ich bin gespannt, wie sie mich der Assessorin präsentieren wollen, solange ich in der Lage bin, den Mund aufzumachen und die Wahrheit zu Protokoll zu geben. Denn die Fakten sprechen für sich: der Bramble, der Cube, der sprechende Leyland, der Raub des Cube, die Reise nach München, die Oper, der räuberische Kalbeck und Pia, der Todesengel. All das werde ich zu Protokoll geben, wenn sie mich lassen.

Sie lassen mich nicht. Vor Eintritt in den Saal verabreicht mir Pia eine Spritze. Ich hätte es mir denken können. Nach der Wirkung zu urteilen, vermute ich VO-X12. Unter dem Einfluss von VO-X12 ist man bei vollem Bewusstsein, zugleich aber von Kopf bis Fuß paralysiert. Du hörst alles, kriegst alles mit, aber sprechen kannst du nicht. Du bist nur noch ein stummes Gemüse, echt zum Verzweifeln.

Ich sitze auf der Anklagebank, die Spritze wirkt bestens. Kein Schlaganfallpatient könnte hilfloser sein. Die Assessorin stellt mir Fragen. Ich schweige. Sie fragt, ob ich dem Verfahren folgen kann. Sie pendelt mit dem Finger vor meinen Augen hin und her, meine Pupillen folgen. Ich bin wach, ich bin da. Das Verfahren nimmt seinen Lauf.

Goltz erzählt seine Version der Story. Pia bestätigt seine Version der Story. Die Story lautet, dass ich Leyland umgebracht habe, um das Holix in meinen Besitz zu bringen. Mehrere Zeugen treten auf. Meine Exfrau ist darunter, das hätte ich mir denken können. Lilly, die Schöne, beeindruckt durch geschmackvolles Outfit und elegante Bewegungen; mir kommt es ein bisschen vor, als ob sie ihre Zeugenaussage *tanzen* würde. Alle sind angetan von Lilly. Sie gibt zu Protokoll, dass ich mich sehr zu meinem Nachteil verändert hätte, seit ich die Burg verlassen habe. Unter gewissen Umständen halte sie mich durchaus für fähig, einen Mord zu begehen, erklärt Lilly mit madonnenhaftem Lächeln.

Die Einvernahme wird abgeschlossen, die Beratung ist kurz. Die Assessorin bestätigt das Urteil der Burg und unterzeichnet es. Sie legt den weißen Kragen ab.

Als Mitglied des Verwaltungsrates ist Edda bei der Urteilsverkündung anwesend. Ich versuche, ihr mit den Augen etwas zu signalisieren. Sie bemerkt es nicht. Zusammen mit den anderen verlässt sie den Saal. Ich werde ins Verlies zurückgebracht. Das ist nicht unbedingt mein Tag heute.

• • •

Ich liege da. Zeit vergeht. Die heutige Nacht gehört noch mir, der morgige Tag gehört nicht mal mehr zur Hälfte mir, denn um die Mittagszeit des morgigen Tages hört die Zeit für mich zu ticken auf.

»Die Zeit vergeht nicht. Wir vergehen«, sagt der funktionierende Teil meines Gehirns.

Mittlerweile habe ich mich an die Konversation mit mir selbst gewöhnt. »Ja, ja, gna, gna«, antworte ich missgelaunt.

»Wie du richtig bemerkst, werde ich bald vergehen, während die Zeit weitertickt.«

»Nicht unbedingt«, entgegnet der funktionierende Teil meines Gehirns. »Wenn ein Dasein eine bestimmte Form erreicht hat, schützt die besondere Qualität dieser Form das Dasein vor seinem Verfall.«

»Klugscheißerei«, knurre ich. »Absolut unverständlich.«

»Um zwölf Uhr mittags des morgigen Tages findet es statt«, sagt das Gehirn. »Es muss sogar um zwölf Uhr mittags des morgigen Tages stattfinden.«

»Sicher, schon kapiert, morgen Mittag.« Ich zucke die Schultern. »Du sagst es ja selbst.«

»Es ist immer zwölf Uhr mittags.«

»Bitte?«

»Zu jeder Zeit ist es zwölf Uhr mittags.«

»Zu jeder Zeit? Warum?«

»Das Warum ist bedeutungslos«, antwortet der funktionierende Teil meines Gehirns. »Zu jeder Zeit ist es zwölf Uhr mittags. Es ist auch immer Februar, März, April, es ist immer alles, und immer alles gleichzeitig. Deshalb kannst du es selbst bestimmen.«

»Ich kann die Zeit bestimmen? Machst du Witze?«

»Ich mache niemals Witze«, sagt der funktionierende Teil meines Gehirns.

»Du meinst also, alles ist immer gleichzeitig?« Ich setze mich auf.

»Immer.«

»Und was war gestern Nacht im Tunnel?«

»Es ist immer gestern Nacht im Tunnel.«

»So funktioniert es?«

»So funktioniert es, wenn man eine bestimmte Daseinsform erreicht hat. Sobald man diese Form erreicht, schützt die Qualität dieser Form unser Dasein vor dem Verfall«, wiederholt der funktionierende Teil meines Gehirns geduldig.

»Man hält den Verfall also gar nicht wirklich auf?«

»Das wäre ziemlich sinnlos.«

»Alles gleichzeitig«, murmle ich überwältigt. »Könnte es das sein, was Kalbeck mit Unsterblichkeit gemeint hat?«

»Kalbeck ist unwichtig.«

»Für mich nicht, fürchte ich. Auf seinen Befehl wird mir morgen Mittag die Schlinge um den Hals gelegt.«

»Und wenn schon.«

»Ich werde sterben.« Ich schlucke. »Werde ich wirklich sterben?«, frage ich kleinlaut.

»Um zwölf Uhr mittags wirst du sterben«, versichert mir der funktionierende Teil meines Gehirns. »Es wird nicht besonders angenehm sein.«

»Ich dachte, ich habe diese … dings … diese besondere Form erreicht, also diese Qualität, und deshalb werde ich nicht sterben?«

Diesmal kommt keine Antwort.

»Habe ich diese besondere Form des Daseins erreicht?«

Stille.

»Ich werde sterben, nicht wahr?«

Es bleibt still.

»Ich werde also sterben.«

»Wir vergehen«, antwortet der funktionierende Teil meines Gehirns, als ob unser Gespräch gar nicht stattgefunden hätte. Vielleicht hat es gar nicht stattgefunden. Ich lege mich zurück und betrachte den Gewölbescheitel des Vielpassbogens. »Die Zeit vergeht nicht. Wir vergehen.«

25

Der schöne alte Brauch der Henkersmahlzeit hat sich bis auf den heutigen Tag bewahrt. Edda bringt mir die Henkersmahlzeit. Ein ziemliches Risiko geht sie damit ein, andererseits bin ich keine Gefahr mehr. Ich bin verurteilt. Werde hingerichtet. Alles wie gewünscht.

»Hmmmh«, mache ich, als Edda das Tablett präsentiert. »Lecker, lecker.«

Ich hätte nicht unbedingt Pfannkuchen mit Heidelbeeren bestellt und bestimmt keinen Salat. Aber mich hat ja keiner gefragt. Wahrscheinlich hätte ich Burger bestellt. Ich will eigentlich immer Burger. Ich picke im Salat herum. Knoblauchdressing, das finde ich geschmacklos. Einer, dem die Lederschlinge blüht, sollte zum Zeitpunkt seines Todes nicht nach Knoblauch riechen.

»Was werden sie nach meinem Tod mit mir machen?« Ich schiebe den Salat beiseite und nasche von den Heidelbeeren.

»Sie werden deinen Schädel öffnen.«

»Wieso?«

»Sie suchen das Holix.«

»In meinem Kopf?«

»Sie haben überall sonst schon gesucht. Dein Kopf ist die letzte Möglichkeit.«

»In meinem Kopf werden sie nichts finden.«

»Das glaube ich allerdings auch.« Edda grinst über ihren

vorhersehbaren Witz. »In deinem Schädel ist bestimmt kein Holix. Sollte es nämlich da drin sein, wärst du längst aus diesem Gefängnis rausgeflogen. Oder du hättest die Burg mit einem einzigen Lichtstrahl zerstört oder sonst irgendwas Großartiges.«

Ich kaue. »Großartige Dinge habe ich tatsächlich nicht drauf.« Die Heidelbeeren sind schrecklich sauer, kein Wunder im Februar. »Aber wenn sie nichts finden werden, warum zerquetschen sie dann meinen Kopf?«

»Um sicherzugehen. Leyland hat dich vor allen anderen bevorzugt. Vor Pia, vor Kalbeck, sogar vor mir. Das können sie nicht begreifen. Sie wollen wissen, warum er das getan hat.«

Edda reißt ein Stück Pfannkuchen mit den Fingern ab. Sie klaut mir meine Henkersmahlzeit. »Darum öffnen sie deinen Schädel und schneiden dein Gehirn in hauchdünne Scheiben.«

»Okay, okay. Müssen wir die Details unbedingt beim Essen erörtern?« Ich mache mich über den restlichen Pfannkuchen her.

»Aah!«, schreit Edda unvermittelt.

»Was?«

»Da!« Sie zeigt dorthin, wo ich heute Nacht geschlafen habe.

»Was ist da? Ratten?« Ich wende den Kopf.

Da liegt eine Hand. Die Mädchenhand. Ich habe die Hand mit dem Mädchenschmuck aus der Höhle mitgenommen. Aus dem Tunnel. Hierhin mitgenommen. Nein, das war bestimmt kein Traum, so viel ist klar.

Edda wirft den Pfannkuchen auf den Teller. »Wem gehört die Hand?«

»Einer jungen Frau.«

Mein Gehirn hat mir den Auftrag erteilt, den Fall aufzuklären. Ich bin bei der Taskforce. Ich könnte den Fall aufklären, sofern ich mein Equipment dabeihätte. Zunächst die DNA-Analyse. Mithilfe der DNA-Analyse eine Gesichtserkennung. Mithilfe der Gesichtserkennung eine ID-Abfrage, und schon weißt du, wessen Hand das ist. Aber wie kommt die Hand in den Tunnel unter der Burg? In der Burg fehlt niemandem eine Hand. Es muss eine Hand von außerhalb sein.

Und dann erinnere ich mich plötzlich. Der funktionierende Teil meines Gehirns erinnert sich. *»Ist schon wieder eine verschwunden«,* sagte die Kellnerin aus der Dorfkneipe. *»Aus dem Dorf?«*, fragte ich. *»Die Burgleute holen sich unsere Mädchen«*, sagte die Saaltochter. Und ich darauf: *»Was sollten sie denn mit euren Mädchen anfangen?«* Und sie: *»Na, was schon?«*

Ich kenne diesen Fall also bereits! Der Fall ist mir schon einmal begegnet. Aber obwohl ich bei der Taskforce bin, werde ich die Ermittlungen zu diesem Fall nicht mehr durchführen können, jedenfalls nicht bis zwölf Uhr mittags. Dort liegt diese kleine Hand, und keiner weiß, von wem sie stammt. Bis auf den Mörder vermutlich, der die Hand vom Körper abgetrennt hat.

»Ich kann diesen Anblick nicht länger ertragen«, sagt Edda und nimmt das Tablett, bevor ich mit der Mahlzeit überhaupt richtig begonnen habe. »Bist du fertig?«

»Ja, ich bin fertig.«

Edda geht und lässt mich mit der Frauenhand zurück. Weshalb wollte ich Edda sprechen? Um zu fragen, wie ich meinen Tod vermeiden kann.

• • •

Es ist zwölf Uhr mittags und sie holen mich. Selbst wenn es an jedem raumlosen Ort und zu jeder zeitlosen Zeit für immer zwölf Uhr mittags sein sollte, ist die heutige Mittagszeit für mich eine besondere Mittagszeit. Ich werde hingerichtet.

Wie laufen die letzten Minuten eines Lebens ab? Zu dem Thema wird viel kluggeschwätzt, nämlich dass das Leben noch einmal an einem vorbeizieht, dass man sich aus seinem Körper erhebt und auf das weiße Licht am Ende des Tunnels zuschwebt, wo die toten Verwandten auf einen warten.

Ich bin nicht neugierig darauf, Opa Ferdinand wiederzusehen oder den dritten Mann meiner Mutter. Ich halte diese Hypothesen für den rührenden Versuch, sich nicht eingestehen zu müssen, dass man einfach nichts weiß. Keiner weiß es. Keiner ist jemals zurückgekehrt, um davon zu erzählen. Mit Ausnahme von Jesus natürlich. Aber der hat nicht ausgeplaudert, wie das war, am Kreuz zu sterben, Erstickungstod, stundenlang, nicht schön. Jesus kam als reines Licht zurück und hat sich kurz darauf wieder verabschiedet. Genaueres weiß man nicht.

Meine letzten Minuten sind ganz okay. Marek holt mich ab, er hat einen Zweiten von der Security dabei, sicherheitshalber, falls ich Zicken machen sollte. Beide warten geduldig, bis ich aufstehe.

»Wie geht es dir?«, fragt Marek.

»Ich habe ganz gut geschlafen.«

Marek präsentiert mir die Handschellen. »Brauchen wir die?«

»Wegen mir nicht.«

»Dann lassen wir sie weg.«

Ich werfe einen Blick zurück. Nichts von mir bleibt hier. Ich habe die Frauenhand in meinem Hemd verstaut. Sie sollen diese Hand entdecken, sobald sie mich aufschneiden. Die Fragen zu dieser Hand dürfen nicht unbeantwortet bleiben.

»Sind viele Leute gekommen?«, frage ich Marek.

»Leute, nein, wieso, wer soll denn kommen?« Sanft schiebt er mich vorwärts.

»Ist das nicht ein besonderer Event bei euch, wenn die Burg einen exekutiert?«

»Das weiß ich nicht«, antwortet Marek treuherzig. »Wir haben hier seit Ewigkeiten keinen hingerichtet, jedenfalls nicht zu meiner Zeit. Das schlimmste Vergehen, das ich je bestrafen musste, war nächtliche Ruhestörung.« Sein Atem geht hastig, die vielen Stufen haben es in sich.

Ich kichere. »Dafür wäre die Todesstrafe tatsächlich zu hoch angesetzt.« Ich höre Marek hinter mir schnaufen. »Gehe ich zu schnell?«

Wir erreichen das Tageslicht. Friedlich liegt der Burghof in der Mittagssonne. Ein prachtvoller Februartag scheint das zu sein. Leute schlendern zum Mittagessen in die Restaurants, sie plaudern, sie genießen den strahlend blauen Himmel. Einige sitzen mit geschlossenen Augen auf der Burgmauer und lassen die Beine baumeln. Ich bin ein bisschen enttäuscht, dass mein Tod keinen Hund hinterm Ofen hervorlockt.

»Habt ihr den Leuten überhaupt gesagt, was heute passiert?«

»Wozu?« Marek führt mich über den Burghof. »Es passiert ja nichts.«

»Na, hör mal!«

Tatsächlich fällt einigen Passanten die kleine Prozession auf. Sie drehen sich um und nicken Marek zu. Mehr geschieht nicht. Warum auch? Alles, was man sieht, ist ein Mann von der Taskforce und zwei Mann Security, die den Burghof überqueren.

Eine Frau erkennt mich von früher und winkt mir zu. »Hallo, Saltzman. Wie geht's?«

»Ging schon mal besser«, rufe ich zurück. Sie plaudert mit ihrem Begleiter weiter.

Wir erreichen das Parlament. Die Burg ist nicht groß genug, als dass sie ein Parlament brauchen würde; *Rathaus* oder *Haus der Begegnung* wären als Bezeichnung eher angebracht. Aber da die Burg auf der Idee des griechischen Stadtstaates gründet, nennen sie das Herz der Burg eben *Parlament.*

Am Eingang wird mir nun doch bang ums Herz. Es gab Momente, da dachte ich: *Ein Wunder*, vielleicht? Ich habe mich an die Worte geklammert, die mir der funktionierende Teil meines Gehirns eingeflüstert hat. Spätestens jetzt kommt mir der Verdacht, es könnte vielmehr der verrückte Teil meines Gehirns gewesen sein. Vielleicht hat der Faktenchecker in mir doch recht, wenn er sagt: »Deine Uhr läuft ab. Wunder gibt es nicht.« Zu viele Leute haben während der Menschheitsgeschichte schon an Wunder geglaubt, und was hat es ihnen gebracht? Was hat es uns gebracht? Der Homo sapiens steht am Ende der Evolution. Hinterher kommt nichts mehr. Hinter dieser Tür kommt für mich nichts mehr. Nur die Schlinge und der Wecker. Ich glaube dem Faktenchecker. Ich bleibe stehen.

»Was ist denn?«, fragt Marek.

»Hat einer von euch eine Zigarette?«

Da lachen beide herzlich. »Zigarette? Du bist mir schon einer, Saltzman.«

In der Burg raucht kein Mensch. Mit diesem traurigen Trick werde ich mein Leben also nicht verlängern.

Sanft stößt Marek mich weiter. »Mach schon.«

Ich werfe einen letzten Blick auf das alles. Zur Sonne, zum Himmel. Durch diesen Himmel ist Jesus über dem Wasser aufgestiegen. Wo ist er jetzt? Ich könnte ihn brauchen. Ich spüre die tote Mädchenhand in meinem Hemd. Das Parlament öffnet sich.

26

»Sprich mit mir«, rufe ich. Das ist keine Bitte. Es ist der Versuch, die Zeit zu überbrücken. Der Wecker vor meinen Augen ist die schlimmste Folter von allen. Die Zeit, die angeblich nicht vergeht, vergeht mit unfassbar grausamer Langsamkeit. Die Zeit ist die wahre Folter.

Vorhin waren sie alle da, die Zeugen meiner Hinrichtung. Nüchterne, höfliche Menschen, die an dem vorsätzlichen Mord eines Unschuldigen nichts auszusetzen hatten. Kalbeck ist gekommen, naturgemäß Goltz als Sicherheitschef und auch Pia, die Schlange. Ich kann nicht genau erklären, wieso mich gerade der Auftritt meiner Exfrau so besonders gemartert hat. Liegt es an der Niederlage, die ich vor Lilly nicht eingestehen will? Hundertmal hat sie mir prophezeit, dass ich einmal ein schlimmes Ende nehmen würde. Die stilbewusste Lilly erscheint auch bei diesem Anlass stilbewusst. Der Mann, dem sie einmal die Treue schwor, soll sterben, und was trägt Lilly? Einen breitkrempigen weißen Strohhut, den sie mit einem langen schwarzen Band verziert hat.

Stellvertretend für die abgereiste Assessorin tritt Goltz vor und verliest das Urteil ein letztes Mal: Mord an Leyland, bla, ba, bla.

»Hast du noch was zu sagen?«, fragt er mich mit unüberhörbarer Herablassung.

Ich bin keiner von Goltz' Buddies. Ich bin Saltzman, ein Taskforcemann. Warum kann mich Goltz nicht wenigstens jetzt respektvoll behandeln? Aber es ist wohl zu spät, ihn darauf hinzuweisen.

Wie sollen meine letzten Worte lauten?

»Es wäre nett, wenn ihr meinen Kopf nachher wieder zusammensetzt«, sage ich.

»Mal sehen«, murmelt Kalbeck.

Während meiner Ausbildung hat man uns mal durch die Pathologie geführt. »Was geschieht nach der Obduktion mit den Leichen?«, habe ich gefragt. Nicht alle kommen in die Saftpresse. Besonders interessante Leichen überlässt man den Medizinstudenten. Irgendwo müssen die schließlich üben, wie man einen Menschen aufschneidet. Fast alle Körperteile sind für sie von Interesse, bis auf die Köpfe. Die Köpfe werden gestapelt. Ich habe so einen Kopfstapel gesehen. Sonderbarer Anblick, besonders wenn sie die Augen offen haben. Ob ich auch auf so einem Stapel lande?

Kalbeck nickt Marek zu. Marek legt mir die Schlinge um den Hals. Sie sieht aus wie neu. Ob jeder Delinquent eine neue Schlinge bekommt? Er präsentiert mir einen schwarzen Stoffsack.

»Willst du den?«

»Wozu?«

»Über den Kopf. Vielleicht möchtest du nicht zusehen, wie der Wecker abläuft. Willst deinen Frieden machen.«

»Aber das ist doch das einzig Spannende, mitzukriegen, wie der Wecker abläuft.«

Marek legt den Stoffsack beiseite. »Wie du willst.«

Ich sitze gefesselt auf einem Stuhl. Vor mir der Wecker. Kein Modell, das dem tragischen Anlass gerecht würde, zum Beispiel ein schwarzer Wecker oder ein goldener Wecker. Es ist ein normales Ding, wie man es zum Aufwachen benützt oder in der Küche.

»Na dann.« Goltz stellt den Wecker auf fünf Minuten.

Wieso fünf, warum nicht zehn, nicht eine Minute? Weil fünf Minuten allen Anwesenden genug Zeit gibt, das Gebäude zu verlassen. Niemand ist mein Henker, darauf kommt es an. Ab jetzt existieren nur noch die Schlinge, die Zeit und ich. Noch fünf Minuten, dann goodbye. Ich und der Faktenchecker in mir können irgendwie nicht glauben, dass es wirklich so weit kommt. Ist der Mensch so programmiert, dass er es bis zuletzt nicht glaubt? Bedeutet das der Spruch *Die Hoffnung stirbt zuletzt?* Spätestens jetzt ist der Todeszeitpunkt für meine Hoffnung gekommen.

Ich habe mal einen Dokumentarfilm gesehen von einem Ereignis, das ewig zurückliegt. Es stammt aus einer Zeit, als die Menschen noch gegeneinander gekämpft haben, weil sie noch nicht begriffen, dass sie ihre Kräfte sparen sollten, um den Kampf gegen den Planeten zu bestehen. Kurz darauf begann der Planet uns zu vernichten. In diesem Film steuerten böse Männer zwei Flugzeuge in zwei berühmte Gebäude. Die Welt hielt den Atem an und erschauerte bei den Bildern von der Katastrophe. In den Gebäuden waren Menschen. Man hörte Aufzeichnungen, was diese Menschen kurz vor ihrem Tod sagten. Sie sagten: »Ich werde nicht sterben. Ich werde hier nicht sterben.« Das Flugzeug raste in das Gebäude, alles brannte, alles brach zusammen, aber sie sagten: »Ich werde hier nicht sterben.« Eine sonderbare Spezies, der Mensch.

Goltz, Kalbeck und die anderen machen sich bereit zum Aufbruch. Ich war sicher, dass Lilly nicht mit Strohhut und schwarzem Trauerflor erscheinen würde, ohne ihre *letzten Worte* zu sprechen. Lilly ist eine unverbesserliche Letzte-

Worte-Fetischistin. Ich täusche mich nicht. Auf erhöhten Pumps, die ihre perfekten Waden zur Geltung bringen, tritt sie an mich heran. Über das Ticken des Weckers hinweg spricht Lilly, die geschiedene Frau Saltzman: »Du bist ein guter Mensch, der nicht stark genug war für diese schlechte Welt.« Wenn ich nicht ohnehin gleich sterben müsste, ich glaube, so ein dummer Satz könnte mich töten. Bevor sie geht, zerdrückt Lilly – ich lüge nicht!, das verfluchte Biest zerdrückt noch ein Tränchen, macht auf dem Absatz kehrt und verlässt das Parlament.

Alle sind gegangen, bis auf eine. Pia kann es nicht lassen, als Letzte zu mir zu treten.

»Wir hatten doch eine lustige Zeit, findest du nicht?« Sie gibt mir einen Kuss auf die Wange. »Ich habe es genossen.«

»Du mich auch«, knurre ich und wende den Kopf ab. Die Schlinge um meinen Hals macht ein sonderbares Geräusch. Ich fürchte, das werden meine letzten Worte sein. Ich bin nicht der Typ, dem große Worte in den Mund gelegt wurden. Ich bin bei der Taskforce. Ich bin ein Drifter und so gehe ich aus der Welt.

Wie still es im Parlament wird. Der Wecker ist digital, doch bei jedem Sprung des Sekundenzeigers gibt er ein Geräusch von sich, als ob ein Mechanismus dahinterstecken würde.

Was mag die Maschine in meinem Herzen gerade machen? Wie eh und je schwimmt sie umher und sieht nach dem Rechten. Was wird sie tun, wenn mir die Luft wegbleibt? Kein Sauerstoff, keine roten Blutkörperchen, kein Kreislauf, Herzstillstand. Das winzige Ding dürfte ganz schön überrascht sein, wenn kein Sauerstoff mehr kommt. Hektisch wird es versuchen, den Schaden zu reparieren.

Wie langsam fünf Minuten vergehen. Zwei davon sind

erst verstrichen. Die Schlinge fühlt sich schwer an. Zu Beginn war sie angenehm kühl, aber ich bin nervös, ich schwitze. Die Schlinge wird warm, sie klebt an meinem Hals. Die Zeit. Diese endlose Zeit!

»Sprich mit mir!« Ich meine kein höheres Wesen damit. Ich raffe mich zu keinem Gebet auf. *Vater, in deine Hände lege ich meinen Geist?* Bestimmt nicht, no big words. Ich meine meinen Freund Leyland. Ich rufe Leyland. Mit ihm hat alles begonnen. Leyland hatte eine Mitteilung an mich. Ich konnte diese Mitteilung nicht verstehen, er hat zu viele Rätsel eingebaut. Wäre möglicherweise jetzt nicht der richtige Zeitpunkt, das Rätsel zu lösen?

Schließlich wurde an meinem Gehirn manipuliert, nicht wahr, so ist es doch. Ich habe nachgedacht und bin zu der Überzeugung gelangt, dass die hohe Dosis Strom, die Kalbeck mir verpasste, den funktionierenden Teil meines Gehirns befähigt hat, mir all die ungewöhnlichen Dinge zu offenbaren. Könnte mein Gehirn Leylands Botschaft jetzt begreifen? War es vielleicht sogar Leyland, der aus meinem Gehirn gesprochen hat? Könnte er das nicht wieder tun, ganz ohne Cube und Bramble?

»Sprich mit mir!«, wiederhole ich zum dritten Mal. »Ich will keine Wunder. Ich will nur ein Gespräch. Irgendwas Erhellendes, mach schon!«

Noch zweieinhalb Minuten. Die Zeit vergeht nicht: Wie wahr, wie wahr!

Ich lehne mich auf. Es ist unsinnig, sich aufzulehnen, und doch zutiefst verständlich. Ich zerre an meinen Fesseln, werfe mich nach vorn, als ob ich die Schlinge zerreißen könnte. Die Schlinge ist sinnvoll konstruiert, sie macht jede Bewegung mit. Damit haben sie wohl gerechnet, dass ein Delinquent angesichts des Weckers verrückt spielt. Die

Schlinge und der Wecker sind ein Team. Erst zum vorgesehenen Zeitpunkt tut die Schlinge ihre Pflicht. Dann ist sie stärker. Jetzt gibt sie erst mal nach.

»Hey!«, schreie ich. »Okay, Schluss damit! Ich weiß, wo das Holix ist«, schreie ich. »Holt mich hier raus. Ich helfe euch, das Holix zu finden!«

Es ist traurig, mir zuzuhören. Noch trauriger ist es, dass ich sogar glaube, was ich sage. In diesem Moment würde ich ihnen alles versprechen, wenn sie mich nur am Leben lassen. Erschütternd, wie tief man sinken kann.

»Pia!«, schreie ich. »Pia, das kannst du nicht zulassen! Du magst mich, das weiß ich. Pia, hol mich hier raus.«

Der Zeiger tickt munter. Noch volle zwei Minuten. Ich habe den Verdacht, sobald ich wegsehe, tickt er rückwärts. Was soll ich denn noch unternehmen, damit sich die verdammte Zeit verpisst? Ich hätte mir den schwarzen Beutel geben lassen sollen. Dann wäre mir wohler. Ich würde zum Beispiel ein Lied trällern, und mitten im zweiten Refrain macht es schnapp, und das Lied ist aus.

»*The world is gone mad today and good's bad today, and black's white today and day's night today.*« Ich summe und singe und betrachte den Zeiger. Klick, klick. Ich bemühe mich, den Zeiger nicht zu betrachten.

Die Liebe. In ihren letzten Momenten denken Sterbende oft an die Liebe, heißt es nicht so? Diese Leute damals in den brennenden Türmen haben Sekunden vor ihrem Tod über die Liebe gesprochen. Nicht von Hass oder Angst, nur von Liebe. Im Tod über Liebe. Vor seinem Ende hat Leyland Edda um sich gehabt. Er hat sie geliebt. Er war glücklich mit ihr. Was kann ich in diesem Punkt vorweisen? Nichts als ein Missverständnis, das Lilly und ich eine Zeit lang *Ehe* genannt haben. Ein paar Freunde bei der Taskforce. Und Leyland.

Und meine Schwester Gerti vielleicht, keine Ahnung, wo die heute steckt. Leyland hat mir die Liebe eines Vaters geschenkt. Diese Vaterfigur hat mich letztlich hierhergeführt.

Und so trete ich also an: mit niemandem an meiner Seite. Ich bin Saltzman. Ich bin bei der Taskforce. Keiner wird mich vermissen. Zehn, neun. Mein Gott, warum hast du mich verlassen? Ich habe nicht aufgepasst. Wie schnell das jetzt gegangen ist. Wenn man sentimental wird, vergeht die Zeit schneller. Interessant. Sieben, sechs. Die Zeit vergeht nicht. Drei, zwei. Ich vergehe.

Eins.

27

Doktor Spinnler stellt den Exitus um zwölf Uhr vierzig fest. Tod durch Strangulation. Sicherheitschef Goltz nimmt das Protokoll auf. Der Leichnam von Saltzman wird in die Transportbox gelegt. Dr. Spinnler bestimmt, dass die Leiche genau um vierzehn Uhr in die Nährlösung eingebracht werden soll. Die Umwandlung Saltzmans in Biomasse dürfte bis zum Abendessen abgeschlossen sein.

»Und die Obduktion?« Goltz hat den Datenschreiber für das amtliche Formblatt in der Hand.

»An der Todesursache gibt es keinen Zweifel. Eine Obduktion ist daher überflüssig.« Dr. Spinnler unterschreibt den Totenschein und die Anordnung auf Überstellung in das Biokraftwerk. Zwei Securitymänner heben die Transportbox an.

»Ich dachte, Obduktion ist Standard«, wendet Goltz ein.

»Absolut nicht. Überführung ins Kraftwerk ist Standard.« Spinnler nickt den Männern zu. »Nur zu, meine Herren.«

Wenn es um lebende Insassen der Burg geht, hat Goltz die exekutive Befehlsgewalt. Sobald der Tod eintritt, ist der Amtsarzt die unumstrittene Autorität. Sein Urteil kann nicht angezweifelt werden. Die Securityleute bewegen sich mit der Box auf den Ausgang zu.

»Moment.« Goltz tritt Spinnler in den Weg. »Es gibt

Dinge, die an dem Verstorbenen untersucht werden müssen.«

»Was für Dinge?« Dr. Spinnler ist ein ernster Mann mit Schilddrüsenüberfunktion. Er wird von Jahr zu Jahr dünner.

»Was für Dinge? ... Ähm ...«

Goltz ist es gewöhnt, dass seine Anordnungen befolgt werden. Er ist es nicht gewöhnt, seine Befehle zu erklären. Goltz improvisiert. »Im Herzen des Hingerichteten befindet sich ein Device, das auf Burgkosten implantiert wurde. Es ist daher Burgeigentum und muss vor Überführung in die Nährlösung aus dem Körper entfernt werden.«

»Unsinn.« Spinnler schließt den weißen Mantel, unmissverständliches Zeichen, wer im Moment das Sagen hat. »Wegen eines läppischen Schrittmachers werde ich das Prozedere nicht ändern.«

Goltz sieht seinen Männern nach, die das Parlament mit der Leiche verlassen. Goltz greift zum Phone und wählt Kalbecks Nummer. Er kommt nicht durch. Er wählt Pias Nummer.

»Wir haben ein Problem«, sagt er zu Pia.

Diese Burg ist eine deutsche Burg. Selbst wenn sich auf Erden alles ändert, gewisse Dinge ändern sich nie. Eine deutsche Burg ist eine organisierte Burg. Ihre Organisation ist hierarchisch bürokratisch. So funktioniert die Burg. So funktioniert Deutschland – jetzt und in alle Ewigkeit. Die Leiche Saltzmans wird über den Burghof getragen. Die Securitymänner laufen die innere Rampe hoch, an den Wehrzinnen entlang, auf die obere Galerie. Schließlich geht es wieder abwärts, und noch tiefer, bis knapp über das Wasser. Dort steht das Kraftwerk, den Blicken der Burgbewohner entzogen. Es ist ein langer Weg. Saltzman ist nicht der Leichteste. Die Securitymänner setzen die Box mehrmals ab.

Als sie das Kraftwerk fast erreicht haben, tritt ihnen eine schmale Gestalt in den Weg. »Kleine Planänderung«, sagt Pia.

»Doktor Spinnler hat ausdrücklich befohlen …«, wendet der vordere Träger ein.

»Das hat auch seine Richtigkeit«, bestätigt Pia. »Aber bevor Saltzman in die Saftpresse kommt, muss er noch einmal ins Labor.«

»Davon weiß ich nichts.«

»Darum komme ich ja, es dir zu sagen.« Pia zeigt dorthin, wo die Männer gerade herkommen. »Ins Labor bitte.«

Sie setzen die Box ab. »Da muss ich erst Doktor Spinnler fragen.«

Pia lächelt kindlich und drückt beiden etwas in die Hand. Man kann nicht sehen, was sie ihnen in die Hände drückt. »Für wann hat Spinnler die Saftpresse angeordnet?«

»Für Vierzehn Uhr«, antwortet der Träger etwas freundlicher.

»Bis dahin sind wir im Labor längst fertig. Ich garantiere euch, ihr könnt den Mann pünktlich in die Nährlösung senken.«

Der vordere Träger dreht sich um. »Was meinst du?«

»Wüsste nicht, was dagegen spricht.« Der hintere Träger steckt Pias Gabe ein.

»Hier entlang bitte.« Sie geht voraus.

* * *

»Du bist tot«, sagt Edda.

»Natürlich bin ich tot. Sekunde eins habe ich noch erlebt, dann klingelte der Wecker. Die Schlinge hat sich zusammengezogen. Ich bin tot.«

»Das Problem liegt in Sekunde eins«, erwidert Edda.

»Welches Problem?«

»Sekunde eins ist ein ziemlich schwammiger Begriff.«

»Wieso? *Eins* ist doch glasklar. Null – eins – zwei, was ist daran schwammig?«

»Die Sekunde eins dauert länger, als das Universum existiert«, sagt Edda. »Wie wir wissen, ist immer Sekunde eins. Zu jeder Zeit.«

»Ich bin also nicht tot?«

»Doch, du bist tot.«

»Sage ich doch. Sie kommen sicher gleich und wollen meinen Kopf aufschneiden.«

»Davon gehe ich aus.«

»Aber wie können sie das tun, obwohl ich noch mit dir spreche?«

»Wir sprechen nicht miteinander.«

»Ach nein? Und du bist wohl auch nicht Edda?«

»Natürlich bin ich nicht Edda. Aber auf gewisse Weise bin ich es doch.«

»Auf gewisse Weise? Habe ich etwa meinen Körper verlassen? Bin ich ein Geist? Sprechen wir als *Geister* miteinander?« Ich lache über meinen Witz.

Edda lacht mit. »Was du so redest, Saltzman. Den Körper verlassen!«

»Wenn du nicht Edda bist, wer bist du dann?«

»Ich bin die Maschine.«

»Welche?«

»Deine.«

»Meine Maschine sitzt im Herzen. Bist du der Geist in meinem Herzen?«

Sie antwortet nicht.

»Wieso lässt Leyland den Geist in meiner Maschine aussehen wie Edda?«

»Leyland hat Edda geliebt.«

»Ich mag Edda auch.«

»Wo liegt dann das Problem?«

»Das Problem ist, dass ich jetzt aufstehen muss«, antworte ich der Maschine in meinem Herzen oder Edda oder mit wem ich auch gerade spreche. Ich muss aufstehen. Ich muss mich an die Arbeit machen. Ich bin tot und muss an die Arbeit gehen. Ich bin tot, *damit* ich an die Arbeit gehen kann.

Normalerweise ist die Arbeit der Taskforce einfach. Menschen brechen Gesetze, die Taskforce ermittelt. Manchmal mit Erfolg, häufig ohne. Aber ein toter Taskforcemann kann nicht einfach aufstehen und ermitteln. Ein toter Taskforcemann kann bestenfalls *auferstehen* und ermitteln. Das ist die gängige Motorik bei Toten.

Ich habe die Maschine gefragt, ob ich meinen Körper verlassen habe. Sie hat mich ausgelacht. So funktioniert es also nicht. Man verlässt seinen Körper nicht. Man steht auch nicht neben sich, während man ins Grab gelegt wird oder auf den Seziertisch, während sie einem den Schädel öffnen und das Hirngewebe in Scheiben schneiden wie Salami.

Aber irgendwie muss es doch funktionieren.

Wenn ich kein wandelnder Toter bin, auch nicht der Auferstandene, wenn ich also kein Wunder bin, was bin ich dann? Dann bin ich ein … ein … *Versuchskaninchen*! Und das finde ich äußerst unattraktiv. Ich bin weder erleuchtet noch habe ich eine bedeutende Botschaft, ich bin nur eine verdammte Versuchsanordnung Leylands.

Selbst einem simplem Gemüt wie mir ist nämlich inzwischen klar geworden, dass Leyland mir damals, als mein Herzfehler festgestellt wurde, keinen Schrittmacher im Nanoformat eingepflanzt haben kann. Die Maschine, die in mir sitzt, kümmert sich zwar auch um mein Herz, aber sie ist noch für ganz andere Leistungen ausgelegt.

Die entscheidende Frage lautet: Weshalb konnte bisher niemand das Holix finden? Weil wir alle an den falschen Orten gesucht haben. Leyland wusste, dass sie als Erstes seinen Kopf aufschneiden würden. Dort durfte er das Holix also keinesfalls verstecken. Hätte Pia geahnt, dass das Holix während unserer Reise ständig dabei war, ihr wäre viel erspart geblieben. Uns beiden wäre so manches erspart geblieben.

Leyland hat uns alle an der Nase herumgeführt und er tut es immer noch. Sie werden meinen Kopf aufschneiden, aber das Holix auch dort nicht finden. Denn es sitzt nicht im Kopf, es sitzt in meinem Herzen. Das gefällt mir. Wie sagte Pia an unserem ersten Abend? *Liebe ist das Einzige, das im Holix nicht enthalten ist.* Und wo könnte die Liebe einen würdevolleren Platz finden als im Herzen? Angeblich beinhaltet das Holix das Wissen des gesamten Universums. Was dem Holix fehlt, ist die Liebe. Deshalb sitzt das Holix folgerichtig nicht im Kopf, sondern im Herzen. Leyland, der alte Romantiker.

Ich kann mich täuschen, aber ich glaube, das Holix wurde aktiviert, als Kalbeck mich gefoltert hat. Als er diese hohen Energiemengen durch meine Blutbahn, mein Nervensystem geschickt hat: Genau da ist das Holix angesprungen. Seitdem sagt es mir, was ich tun soll. Wie ließen sich die tagelangen Gespräche mit meinem Gehirn denn anders erklären? Als beginnender Wahnsinn? Ist es nicht viel wahrscheinlicher, dass ich eine Plauderei mit der aktivierten Maschine in meinem Herzen führe? Zugegeben, eine Plauderei auf hohem Niveau, so hoch, dass ich selbst nicht mehr durchsteige.

Größenwahn war nie eine meiner Schwächen. Ich bilde mir wahrlich nicht ein, den luziden Sprung geschafft zu haben. Ich bin nur Leylands Versuchskaninchen und weiter nichts. Ich bin kein Homo illuminatus. Aber ich soll einen Job erledigen, zu dem gewisse Fähigkeiten erforderlich sind. Das Holix, oder wie immer man die Maschine in meinem Herzen nennt, gibt mir diese Fähigkeiten.

Ich muss jetzt aufstehen und ich bin tot. Ich muss an die Arbeit gehen. Ich bin tot, damit ich an die Arbeit gehen kann.

28

Zehn Uhr nachts in der Kneipe im Februar. Es ist immer zehn Uhr nachts in der Kneipe im Februar. Früher gingst du in die Kneipe, um vertraute Gesichter zu sehen. Heute triffst du nur noch misstrauische Gesichter. Das Misstrauen ist sprungbereit wie eine Spinne. Die Leute im Dorf können sich keine Nachlässigkeit leisten, der Tod ist ein ständiger Dorfbewohner, stets zur Stelle und verlässlich in seinem Job. Ich sitze in der Kneipe und warte auf die Saaltochter. Um zehn Uhr nachts im Februar, am Tresen.

»Rum?«

Da ist sie schon. Sie ist dreißig, sieht älter aus, der Rum macht ihre Augen müde.

»Nur einen Kleinen.«

Sie gießt mir ein. Die Flasche, das Glas.

»Wenn das ein Kleiner ist, möchte ich bei euch mal den Doppelten erleben.«

»Tu dir was Gutes.«

Ich trinke.

»Drifter?«, fragt sie, weil sie mich hier noch nie gesehen hat.

»Und du?«, gebe ich zurück.

»Hier geboren. Woher kommst du, Drifter?«

»Aus dem Norden.«

»Wie ist es im Norden?«

»Genau wie hier. Was tut sich so bei euch?«

»Es ist schon wieder eine verschwunden«, sagt die Saaltochter. »Schon die Dritte.«

»Wer ist verschwunden?«

»Mädchen.«

»Aus dem Dorf?«

Sie beugt sich vor. »Die Burgleute holen sich unsere Mädchen, das sag ich dir.«

»Was sollen sie denn mit euren Mädchen anfangen?«

»Na, was schon?«

Und damit sind wir wieder genau an dem Punkt um zehn Uhr nachts im Februar in der Kneipe, auf den es ankommt.

»Woher weißt du, dass jemand eure Mädchen holt? Könnten sie nicht auch abgehauen sein? Viele gehen in die Städte.«

Die Saaltochter stützt die Ellbogen auf den Tresen. »So war's aber nicht.«

»Woher willst du das wissen?«

»Weil Elisabeth und Pluplu hier drin darüber gesprochen haben, dass im Dorf komische Sachen passieren. Kurz darauf ist Elisabeth verschwunden.«

»Hat sie niemand vermisst?«

Die Saaltochter hebt die Schultern. »Ihre Eltern waren eher froh, Elisabeth nicht länger durchfüttern zu müssen.«

»Und dann?« Ich nippe am Rum. Fünfzig Prozent und mehr.

»Dann ist kurze Zeit später auch Pluplu verschwunden. Und das ist echt sonderbar.«

»Dass Pluplu verschwindet, ist sonderbarer, als wenn Elisabeth verschwindet?«

»Ja.«

»Wieso?«

Die Saaltochter lässt sich ihre Story aus der Nase ziehen.

»Wenn sich jemand unsere Mädchen holt, um ein bisschen Schweinkram mit ihnen anzustellen, würde er sich bestimmt nicht Pluplu aussuchen.«

»Warum nicht?«

»Weil sie ein Freak ist. Sie hat nur ein Bein.«

»Amputiert?«

»Blutvergiftung. Falsches Medikament. Dicht unter der Hüfte hat der Lehrer ihr das Bein abgenommen. Jetzt frage ich dich, wer würde sich ausgerechnet so eine kaputte Krücke holen, wenn er genügend gesunde Mädels aus dem Dorf haben kann?«

Krücke, denke ich. Krücke! »Wie ist Pluplu denn rumgelaufen?«

»Mit einer Krücke, sag ich doch.«

Zehn Uhr nachts im Februar. Mein Gehirn, das Holix und ich haben den ersten Hinweis gefunden. Pluplus Krücke liegt im Tunnel unter der Burg. Aber das Mädchen mit der Krücke war nicht die Letzte. »Ist sonst noch jemand verschwunden?«

Mit einem Mal wird die Saaltochter traurig. »Ja.«

»Wer?«

»Meine kleine Schwester.«

Ich versuche mir vorzustellen, wie die Schwester der Kellnerin aussieht. »Wie heißt denn deine kleine Schwester?«

»Storm.« Ihr Kinn zittert. »Blöder Name, ich weiß. Sie wollte auf keinen Fall Henrieke heißen, da hat sie sich diesen Namen ausgedacht. Ich habe meine Babyschwester sehr gerngehabt. Nicht schön, dass sie nicht mehr da ist.«

Ich habe den zweiten Hinweis gefunden: Storm. Ich trinke den Rum aus, obwohl er mir die Schleimhäute wegbrennt. Ich habe eine Mädchenhand im Tunnel unter der Burg gefunden, eine Hand, an der Mädchenschmuck hing. Ich habe diesen Schmuck erst neulich an einem Mädchenarm klirren hören.

»He, du«, sagt jemand in meinem Rücken.

Hinter mir steht der Trader. Ach ja, den hatte ich fast vergessen. Er sucht Ärger. Er hat vor, mich zu verprügeln. In Wirklichkeit will er mir den Cube klauen. Das ist der Abschnitt um zehn Uhr nachts im Februar in der Kneipe, den ich lieber überspringen würde.

* * *

»Iiih«, ruft Pia. »Was hat er da?«

Die Securityleute haben die Transportbox mit meiner Leiche in Leylands Labor gebracht. Pia hat den Deckel abgehoben, mein Hemd geöffnet und die Mädchenhand entdeckt. Die Hand mit dem Schmuck. Ich nehme an, sie sieht nicht mehr ganz frisch aus. Aber was weiß ich schon, ich bin ja tot.

Kalbeck betrachtet die tote Hand. »Ein verdammter Freak, dieser Saltzman. Komm, wir heben ihn hinauf.«

»Du hättest die Securityjungs nicht wegschicken sollen«, sagt Pia. »Die hätten ihn für uns hinaufheben können.«

»Ich will nicht, dass sie Saltzman sehen. Du nimmst die Beine.«

Pia ächzt, während sie mich rübertragen. Mit einem Rums wird mein Körper auf den Seziertisch geworfen. Da liegt Saltzman, der Strangulierte.

»Wem gehört diese Hand?«, fragt Pia.

»Keine Ahnung. Wem sie auch gehört, wir packen sie nachher in die Box zurück. Dann verschwindet sie genauso in der Saftpresse wie Saltzman.«

Gleich werden sie meinen Schädel aufschneiden. Ich

muss an die Arbeit. Die Zeit drängt. – Selbst als Toter muss ich über diesen Satz lächeln: Die Zeit *drängt nicht.* Die Zeit kann gar nicht drängen. Die Zeit vergeht nicht. Und weil das so ist, muss ich an die Arbeit. Zu der Hand mit dem Schmuck. Ans Wasser. Drei Uhr nachmittags, höchstens halb vier, am Wasser.

•••

Es ist drei Uhr nachmittags, höchstens halb vier, am Wasser. Es ist immer drei Uhr, höchstens halb vier am Wasser. Ich lege mich auf den Rücken. Das hohe Schilfgras verdeckt Pia und mich. Ein Schotterweg führt am Ufer entlang. Weil uns das Schilfgras verbirgt, bemerkt uns der Wagen nicht, der sich langsam nähert.

Pia duckt sich neben mir. »Was machen wir?«, flüstert sie.

»Gar nichts.«

Das Auto hält hinter unserem Versteck. Plötzlich sind Schritte zu hören, helle, leichte Schritte.

»Hallo«, sagt eine Frauenstimme.

Das Autofenster wird heruntergelassen. »Findest du es nicht gefährlich, in dieser einsamen Gegend allein unterwegs zu sein?«, fragt eine Männerstimme.

»Es ist doch heller Tag. Was soll mir tagsüber schon passieren?«, sagt eine junge Stimme. Sie klingt aufgeregt. »Hast du das vorhin gesehen?«

»Was denn?«

»Das Ding. Dieses Flugzeug.«

»Meinst du einen Heli? Ist ein Heli geflogen?«

»Nein, ein richtiges Flugzeug. So eins, wie sie früher waren. Laut und schnell, es sah super aus.« Ich höre sie lachen.

»Es gibt keine Flugzeuge«, antwortet die Männerstimme. »Und wenn es sie gäbe, wären sie nicht laut und schnell.«

»Dieses war aber so! Zuerst ist es runtergekommen, da habe ich es aus den Augen verloren. Dann war es plötzlich wieder da. Ist aufgestiegen und übers Wasser geflogen. Hast du's wirklich nicht gesehen?«

»Nein. Ich komme aus der Garage«, antwortet er.

»Aus der Burggarage?«

»Wie heißt du?«

»Storm.«

»Ein ungewöhnlicher Name.« Er lacht. »Wusstest du, dass es vor langer Zeit mal eine Kaiserin gegeben hat, die Storm hieß?«

»Wann denn, vor langer Zeit?«

»Bei den alten Griechen.«

»Ach, echt? Kaiserin Storm?« Sie erwidert sein Lachen. »Was ist das da auf deinem Sitz?«

»Erdbeeren. Magst du Erdbeeren?«

»Im Februar?«

»Willst du eine haben?«

Als die junge Frau danach greift, höre ich es klirren. Der Schmuck an ihrem Handgelenk klirrt. Vorsichtig stehe ich auf.

»Was machst du denn?« Pia hält mich an der Hand fest.

Ich nicke beruhigend und komme ganz hoch. Leider ist das Schilf zu dicht. Ich kann den Fahrer nicht erkennen. Das Mädchen erkenne ich deutlich. Sie sieht ihrer Schwester ziemlich ähnlich. Storm spricht mit dem Fahrer. Er fordert sie auf, einzusteigen. Sie wird misstrauisch.

»Ich muss zurück. Muss meine Schwester in der Kneipe ablösen.«

»Was macht deine Schwester in der Kneipe?«

»Sie ist die Saaltochter. Ich löse sie ab.«

»Später fahre ich dich in die Kneipe.« Die Beifahrertür wird geöffnet. »Warum steigst du nicht ein? Denkst du, ich könnte dir etwas tun?«

»Nein, aber …«

In diesem Moment müsste ich die Halme auseinanderbiegen, durch das Schilf brechen, und rufen: »Hey, ich bin bei der Taskforce! Was gibt es für Probleme? Lass das Mädchen in Ruhe.« Dann würde ich das Gesicht des Fahrers sehen. Er kommt aus der Burg. Ich kenne immer noch fast jeden in der Burg.

Pia hält mich am Arm fest. So fest, wie man es dem kleinen Mönch nicht zutrauen würde. Etwas in Pias Blick erschreckt mich. Ich habe Pias andere Seite kennengelernt, doch diesen Blick habe ich an ihr noch nie gesehen. Der Blick sagt: Ich kenne diesen Mann. Aber es ist besser, wenn du ihn nicht erkennst.

Während ich Pia anstarre, fällt die Autotür zu. Das Armband der Schwester der Saaltochter klirrt. Der Wagen fährt los, bewegt sich fort vom Wasser, fort vom Schilf. Der weiße Wagen verschwindet in einer Staubwolke.

»Hast du die Stimme erkannt?«, fragt Pia.

»Nein. Du?«

Drei, halb vier am Nachmittag, am Wasser. Pia kennt diesen Mann im weißen Wagen, da bin ich sicher. Mittlerweile ist er so weit weg, dass ich das Kennzeichen nicht mehr entziffern kann.

* * *

»Ich finde, Saltzman sieht gar nicht tot aus.« Pia macht die Instrumente bereit.

»Der Amtsarzt hat Saltzmans Tod eindeutig festgestellt«, entgegnet Kalbeck.

»Er sieht aber aus, als ob er gleich aufwachen würde.«

Kalbeck legt den Finger an meine Halsschlagader. »Er ist mausetot. Überzeug dich selbst.«

Pia zieht meine Augenlider auseinander. Mit einer Stablampe leuchtet sie in die Pupille. »Ich hätte gedacht, dass es ein unmissverständliches Zeichen gibt, woran man erkennt ...« Meine Pupille bleibt weit und starr.

»Warum ist das so wichtig für dich?«

»Weil ich gleich Saltzmans Kopf öffnen werde.«

»Hast du Angst, dass er sich aufsetzt und *Aua* schreit?« Kalbeck schmunzelt.

Warum zögert Pia? Hat nicht alles, was sie bisher unternahm, auf diesen Moment hingezielt? Seit sie Leylands Assistentin wurde, war sie hinter dem Holix her. Die ganze Zeit wollte sie nichts als das Holix. Oder vielleicht doch? Wollte sie in Wahrheit Leyland von sich überzeugen? Suchte sie seine Bestätigung, seine Bewunderung, vielleicht mehr? Viel mehr! Pia wollte seine Liebe. Sie hat sich nach Leylands Liebe gesehnt. Manchmal hat er die Nacht mit ihr verbracht, erzählt sie. Aber stimmt das überhaupt oder war es nur Pias Wunschtraum? Selbst wenn es Wirklichkeit gewesen wäre, ist es nicht wichtig, denn geliebt hat Leyland eine andere.

Sind wir nur deshalb auf vielen schrecklichen Umwegen wieder in Leylands Labor gelandet, um uns diese Frage zu stellen? Die Frage ist so einfach zu beantworten, dass man kein Holix dafür braucht; das Wissen des Universums ist hier ganz und gar unerheblich. Pia wird meine Hirnschale auf der Suche nach dem Holix öffnen. Doch in Wirklichkeit sucht Pia das, was Leyland ihr vorenthalten hat. Findet man Liebe, wenn man danach sucht? Oder muss sie sich nicht von selbst offenbaren? Ich bin tot. Aber ich habe einen Job zu erledigen. Ich bin tot, damit ich meinen Job erledigen kann.

29

Ich habe die Hand eines Mädchens gefunden, in einer Tunnelhöhle, von deren Existenz kaum jemand wissen dürfte. Einer weiß bestimmt davon. Der Fahrer des weißen Wagens, der das Mädchen mit dem Armband mitgenommen hat. In der Tunnelhöhle habe ich mich gefragt, wieso nur die Hand dort lag. Wo ist die restliche Leiche geblieben, was hat er mit ihr gemacht?

»Sieh dich um und sammle Beweise«, sagte der funktionierende Teil meines Gehirns in der Tunnelhöhle. Ich habe die Beweise gesammelt. Frauenkleider. Einen Mantel. Ein Paar Schuhe. Unterwäsche. Eine Krücke, die nicht dem Mädchen mit dem Armschmuck gehörte. Ihre kleine Hand.

In der Tunnelhöhle muss noch mehr sein. Um den Rest zu finden, muss ich dem Wasser folgen. Der Tunnel liegt tiefer als die Burgfundamente und steht gewöhnlich unter Wasser. Aber nicht bei Ebbe. Ich muss dorthin, wo Ebbe und Flut herrschen. In der Nacht, bei Ebbe. Es ist immer Nacht bei Ebbe. Ich folge der Hand, ich folge dem Wasser.

Die Frauenkleider liegen unverändert da. Der Mantel könnte dem Mädchen mit der Krücke gehört haben. Das Mädchen mit dem Armschmuck trug keinen Mantel. Wessen Unterwäsche ist das? Ich dringe tiefer in die Höhle ein. Nach ein paar Schritten steigt der Boden an, die Decke kommt näher. Aufrechtes Laufen ist nicht mehr möglich. Ich laufe gebückt, ich falle auf die Knie. Immer schmaler windet sich der Schacht durch das Gestein. Ich presse meinen Körper zwischen den Felsen hindurch. Ein Geviert öffnet sich, vielleicht ein Meter mal ein Meter. Hier ist nichts. Keine Leiche. Meine Hände gleiten die Wände entlang. Massiver Fels. An einer Stelle ist der Fels nicht so massiv. Der Stein dort lässt sich bewegen. Er gibt ein Loch im Fels frei. Keine Leiche, nichts, was an Storm erinnert, aber Gegenstände. Eine Gasmaske und ein Stahlzylinder. Ich vermute Sauerstoff, den man an die Gasmaske anschließen kann. P-Ö98A lese ich auf dem Zylinder. P-Ö98A ist ein Gas, das längst verboten wurde. Gas und Gasmaske. Ich verstehe, er hat seine Opfer betäubt. Hat sie betäubt, und dann? Hierher kann er sie nicht geschleppt haben, dafür ist der Zugang zu eng. Der Raum ist offenbar nur ein Lager für seine Requisiten, seine Trophäen. Ich suche weiter. Ein Stück Papier, von der Feuchtigkeit aufgequollen. Das ist ein Werbeprospekt. Dieser Flyer hat eine klare Botschaft: *Schlachtabfälle am besten zu Reiter.* Und eine Zeile tiefer: *Reiter macht die Wurst!*

Das Gas, der Flyer, die Höhle bei Nacht, der Tunnel bei Ebbe: Es ist das Prinzip, wonach immer *immer* ist, immer Februar, März, April, und immer Ebbe. Aber für die nächste Aufgabe gibt es kein *Immer. Immer* hilft mir nicht mehr weiter. Ereignisse, bei denen ich nicht selbst dabei war, entziehen sich dem Prinzip des *Immer.* Ich muss den Mann finden, zu dem man die Schlachtabfälle bringen soll. *Reiter macht die Wurst.*

Ich müsste etwas an sich ganz Einfaches tun. Ich sollte Reiters Adresse eingeben, erhalte darauf die Route und mache mich auf den Weg zu Reiter. Diese Aufgabe ist so leicht, dass jeder sie bewältigen könnte. Nur ich nicht, denn ich bin tot. Ich liege immer noch auf Leylands Labortisch und werde seziert. Mir bleibt nur eine Möglichkeit: Ich darf nicht länger tot sein. Am Leben sein, so wie ich es kenne, kann ich allerdings auch nicht. Und andere Daseinsformen sind mir unbekannt. Tot oder lebendig, das sind die beiden Alternativen.

Der Grund, warum die meisten Menschen tot sind, liegt darin, dass ihr Herz nicht mehr schlägt. Beim Lebenden pumpt der Muskel das Blut durch den Kreislauf, eine simple Mechanik. Mein Herz hat vor schätzungsweise zwanzig Minuten zu schlagen aufgehört. So lange steht die Mechanik also bereits still. Die Lederschlinge hat sich zugezogen und ich bin erstickt. Ohne Sauerstoff gibt das Herz rasch den Geist auf. Amtsarzt Dr. Spinnler hat den Tod um zwölf Uhr vierzig festgestellt. Er ließ mich in die Box legen und zum Kraftwerk tragen. Pia hat die Security jedoch bestochen, mich nicht sofort in die Saftpresse zu senken. Ich wurde stattdessen in Leylands Labor geschafft. Man hat mich auf den Tisch gelegt. Pia steht kurz davor, meinen Schädel zu öffnen. Zum Glück sitzt das Holix, wie ich vermute, nicht in meinem Kopf, sondern in dem Organ, das für mein weiteres Schicksal entscheidender ist.

Pia hat mein Haar von der rechten Schläfe über den Hinterkopf bis zur linken Schläfe rasiert. Ich möchte mir nicht vorstellen, wie ich mit dieser Frisur aussehe. Mit dem Skalpell durchtrennt sie meine Kopfhaut. Sie beginnt an der Stirn, setzt knapp über den Ohren fort und immer so weiter, rundherum. Wo sind die Zeiten hin, als Pia meine Wunden verarztet hat, statt mir neue zuzufügen? Das Gewebe unter der Kopfhaut ist stark durchblutet, Pia benötigt mehrere Tupfer, um zu erkennen, wo sie langschneiden soll. Sie könnte Hilfe brauchen, aber Kalbeck kann kein Blut sehen. Er hält sich lieber im Hintergrund.

Jetzt spreizt Pia Haut und Gewebe mit Klammern ab und greift zur Kreissäge. Sie setzt das Gerät auf der Höhe meiner Schläfe an.

Im Moment, als der Stahl sich in meine Schädelknochen fräst, wird das Holix aktiviert. Unmöglich zu sagen, ob Leyland einen Mechanismus installiert hat, der eingreift, sobald eine äußere Zerstörung meines Körpers einsetzt. Vielleicht ist es auch nur eine Schaltuhr, die sich zu einer bestimmten Zeit nach meinem Tod automatisch einschaltet. Aber die Ursache ist nicht von Bedeutung. Von Bedeutung ist, dass die Nanomaschine, die bisher mein schlagendes Herz in Gang gehalten hat, nun auch etwas für mein totes Herz tut. Nur ein einziger Impuls genügt, schon schlägt mein Herz zum ersten Mal wieder. Der zweite, dritte, vierte Herzschlag folgen in steigendem Rhyhthmus. Durch den in Gang gesetzten Kreislauf wird meine Atmung aktiviert. Ich, Saltzman, seit zwanzig Minuten tot, hole tief Luft. Ich hole Luft durch die Nase und atme durch den Mund wieder aus. Ich gebe einen Laut von mir, der ungefähr so klingt: »*Schlaaaa*«. Aus dem Laut wird ein Satz.

»Schlachtabfälle am besten zu Reiter«, sage ich mit meinem ersten Atemzug.

»Aaah!« Schreiend fährt Pia zurück. Die Kreissäge springt ihr aus der Hand, fällt zu Boden und fräst holpernd auf den Fliesen weiter.

Ich öffne die Augen. Pia ist mehrere Schritte zurückgewichen. Hinter ihr kommt Kalbeck aus Leylands Sessel hoch.

Ich sitze auf Leylands Tisch. Das Blut rinnt mir in die Augen, im Übrigen geht es mir gut. Wenn ich eine Sache bei der Taskforce gelernt habe, dann dass man den Überraschungsmoment nützen muss. Überraschter als Pia und Kalbeck könnte im Augenblick niemand sein – außer mir.

Ich bin überrascht, wie eigenartig das Leben nach dem Tod schmeckt. Es schmeckt frisch und todmüde zugleich. Es ist anstrengend, von den Toten aufzuerstehen.

Ich drehe mich zur Seite, lasse die Beine vom Tisch baumeln und springe zu Boden. Ich taumle. Das Blut wird noch nicht überall gleichmäßig hingepumpt, manche Körperteile erwachen später als andere. Ich tue ein paar wackelige Schritte und stütze mich an der Wand ab. Erst war das Bild vor meinen Augen unscharf, jetzt schärft es sich allmählich. Noch nie habe ich mich über den Ausgang aus Leylands Labor so sehr gefreut wie in diesem Augenblick. Ich stoße die Tür auf und bin draußen. Im Inneren des Labors gestehen zwei Leute sich ein, dass ihnen das Holix abermals entwischt ist.

30

Wenn ein Toter aufersteht, ist die Wirkung entweder tumultartig, oder es findet gar keine Wirkung statt. Meine Auferstehung bleibt weitgehend unbemerkt. Meinen Kopf habe ich notdürftig verbunden, die Blutung gestoppt. Über die äußere Burgbefestigung arbeite ich mich nach unten voran und erreiche das Fischerhaus. Ich tauche unter der Mauer hindurch und komme schwimmend ans Ufer. Ich lebe. Ich laufe, renne, ducke mich, hebe den Kopf, ziehe den Kopf ein. Ich lebe! Leyland sei Dank, dem Holix sei Dank. Mir wird eine zweite Chance gegeben. Ich bin bei der Taskforce, immer noch. Ich bin wieder Taskforce!

Wurst wird heutzutage aus Schlachtabfällen gewonnen. Man kann es sich nicht leisten, das Teure vom Fleisch zu verwursten. Alles wird irgendwie verwertet, Fleisch, Haut, sogar die Knochen. Was übrig bleibt, kommt in die Wurst. Ich bin unterwegs zu Reiter, der aus Schlachtabfällen Würste macht.

»Nicht nur«, sagt Reiter. »Ich bin ein zertifizierter Zuchtbetrieb.«

Wie sieht ein Metzger aus? Es gibt heute keine Metzger mehr, nur noch Fleischfabriken. Vorne gehen die Tiere hinein, hinten kommen die Schnitzel heraus. Reiter ist groß und muskulös. Er könnte einem Rind mit bloßen Händen das Genick brechen. Er trägt eine Gummischürze und Gummistiefel. Blonde Löckchen gucken uter seiner weißen Haube hervor. Er strahlt etwas Schicksalshaftes aus.

»Ich habe diesen Flyer von dir gefunden.« Ich zeige ihm das aufgedunsene Papier.

»Der ist uralt. Den gebe ich schon lange nicht mehr heraus. Was ist mit deinem Kopf passiert?«

»Ich bin von der Leiter gefallen. Noch mal wegen dieser Schlachtabfälle …«

»Ja?«

»Die Frage ist …«

»Ja?«

Darf ich ihn fragen, ob ihm in letzter Zeit jemand Material gebracht hat, das man schwerlich als Schlachtabfall bezeichnen kann? Fragen über menschliche Leichen zu stellen, ist schwierig. Dem großen, blonden Schlachter solche Fragen zu stellen, ist sogar gefährlich.

»Ich wollte fragen, ob ich dir mal solche Abfälle vorbeibringen kann.«

»Nein.«

»Aber dein Flyer sagt doch …«

»Der ist alt.«

»Ich kenne jemanden, der dir vor Kurzem seine Abfälle gebracht haben muss.«

»Wer soll das sein?«

»Ein Bekannter aus der Burg.«

Er macht einen Schritt auf mich zu. »Noch nie hat mir jemand aus der Burg etwas gebracht.«

»Noch nie?«

»Hörst du schlecht?« Er baut sich so dicht vor mir auf, dass ich den Kopf hebe und in die Sonne blinzeln muss. »Wer bist du? Was willst du von mir?«

»Ich komme aus der Burg.«

Sein Schatten nimmt mir die Sonne. »Wenn du aus der Burg kommst, wüsstest du, dass die Burg nicht mich beliefert, sondern ich beliefere die Burg.«

»Womit?«

Da lächelt der Schlachter. »Womit?« Er zeigt nicht auf die Halle mit den großen Fenstern und dem Glasdach, er zeigt auf die Anhöhe dahinter. In der Nachmittagssonne sehe ich dort Tiere grasen. Prächtige, gesunde Tiere auf einer satten Weide in tiefem Grün. Alles strahlt Frische und Urwüchsigkeit aus. Während Reiter die Weide betrachtet, wird sein Ausdruck ruhig und versonnen.

»Da siehst du meine Prachtstücke. Die haben ein gutes Leben. Die kennen mich. Willst du sie kennenlernen?« Ohne meine Antwort abzuwarten, geht er voraus.

Während ich tot war, muss es geregnet haben, der Weg ist schlammig, überall Pfützen.

»Schau nur, wie sie kommen«, ruft Reiter über die Schulter.

Und wirklich, sie kommen. Die mächtigen dunkelbraunen Kühe mit Hörnern, die einen das Fürchten lehren, traben friedlich auf den Zaun zu und geben markige Laute von sich. Reiter öffnet das Gatter.

»Jaaa, Beate, du bist meine Schönste, und du, Henrieke, bist du schon satt? Ilse, meine Zarte, komm, trau dich nur näher.«

»Ilse?« Ich erreiche das Gatter. »Wieso hast sie Ilse genannt?«

»Ist mir so eingefallen.«

»Die sind wirklich schön.« Ich streichle Beate, aus großen Augen sieht sie mich an. »Das Fleisch dieser Kühe lieferst du also in die Burg?«

»Nein.«

»Aber sagtest du nicht …«

»Goltz will das nicht.«

Meine Hand verharrt auf Beates Rücken. »Was hat Goltz damit zu tun?«

»Goltz bestimmt, was reinkommt und was draußen bleibt. Wenn du aus der Burg bist, müsstest du das wissen.«

»Aber wie belieferst du die Burg?«

»Meine Freundinnen und ich wandern rüber.«

»Du hast Kühe in die Burg gebracht? Wann war das?«

»Ist noch nicht lange her.«

»Und Goltz hat sie übernommen?«

»Er hat den Transport überwacht.«

»Den Transport ins Schlachthaus?«

Alles fällt mir wieder ein. Die weißen Kacheln, die Werkzeuge zum Zerteilen der Tiere, die Ketten. Ich selbst hänge an so einer Kette. Kalbeck foltert mich. Pia ist dabei. Aber weder Kalbeck noch Pia können etwas mit den Mädchen aus dem Dorf zu tun haben. Oder doch?

»Goltz hat dich die Tiere ins Schlachthaus bringen lassen?«

»Wohin sonst?« Reiter kann sich vor der Zärtlichkeit seiner Rinder kaum erwehren. Sie drängen dicht an ihn heran, schubsen ihn und geben friedliche Laute von sich.

»Und dann?«

»Dann mache ich meine Arbeit.« Er streichelt Ilses Kopf. »Sie spüren nichts. Sie sehen mich an, ich sehe sie an. Von hinten setze ich den Schlachtschussapparat. Im Bruchteil einer Sekunde ist es vorbei.«

»Und das Fleisch?«

»Kommt in die Kühlkammer. Meistens nicht für lange. Die schätzen mein Fleisch in der Burg. Ist rasch ausverkauft. Goltz hat schon zweimal nachbestellt.«

»Goltz«, wiederhole ich nachdenklich.

Umringt von seinen tierischen Kindern ist Reiter wie ausgewechselt. »Was willst du wirklich von mir, mein Freund? Du kommst nicht, um Abfälle zu bringen. Und erzähl mir nicht, du bist von der Leiter gefallen. So eine Verletzung kommt nicht von einem Unfall mit der Leiter.«

»Du hast recht.«

»Bist du operiert worden?«

»So ist es.«

»Die Wunde sieht frisch aus. Wieso hat man dich so rasch entlassen?«

Ich hebe den Blick zu dem blonden Mann. »Ich kann dir sagen: Ich war so gut wie tot.«

»Jetzt geht's dir aber sichtlich besser.«

»Ich fühle mich wie neugeboren.«

Reiter schließt das Gatter. »Wenn du in die Burg kommst, grüß Goltz von mir.«

»Mache ich.« Durch den Schlamm kehren wir zurück.

»Willst du eine Jause?«, fragt er. »Ich habe frischen Speck geräuchert. Und Brot gebacken.«

Jetzt erst merke ich, wie hungrig ich bin.

* * *

Ich bin satt, Himmel, bin ich satt. Wer einmal frisch geräucherten Speck gegessen hat, weiß, was ich meine. Beeindruckt von meinem Appetit tischt Reiter mehr und mehr davon auf. Das Brot kracht knusprig, der Speck zergeht auf der Zunge. Ich kann mich nicht erinnern, je so eine Köstlichkeit gegessen zu haben. Wir trinken ein Glas Wein miteinander. An den Abhängen des großen Wassers gedeiht guter Wein. Reiter ist ein Genießer. Trotz allem, was auf der Welt passiert, hat er sich das Wesentliche bewahrt, die Lust an den Dingen, den Farben, den Gerüchen, der Natur. Er ist verbunden mit diesem Land und seinen Kreaturen. Dieser Mann bringt keine Mädchen um. Jemand anderes tut es.

Als ich aufbreche, ist es dunkel. Eigentlich sollte ich um diese Zeit längst in der Nährlösung liegen und mich in Kraftstoff verwandeln. Ich finde es schöner, durch die sternenklare Nacht zu wandern. Langsam schlendere ich durch das Gras, als ob ich kein Ziel hätte, keine Aufgabe, als ob ich nicht Taskforce wäre. Ich bin so froh, so heiter, kann mich gar nicht erinnern, wann mir zuletzt so zumute war. Ein warmer Magen ist etwas Wunderbares, ein Toter weiß das besonders zu schätzen. Aber daran allein kann es nicht liegen. Waren es die freundlichen Kühe oder dieser in sich ruhende Mensch? Der Mann mit der Kraft eines Ochsen gefällt mir.

Ich erreiche das Wasser wie ein einsamer Wanderer. Als die Ebbe einsetzt, nehme ich den Tunnel und kehre an den Ort zurück, an dem ich hingerichtet wurde. Alles endet in der Burg. Es muss in der Burg enden, auf die eine oder andere Art.

Mit meiner seltsamen Frisur, dem Kopfverband und den Strangulationsmalen am Hals gebe ich keinen besonders hübschen Anblick ab. Obwohl ich annehme, dass die Burg der letzte Ort ist, wo sie mich suchen, drücke ich mich an den Hausmauern entlang. Kurzer Gedanke, in meine Wohnung zu gehen, aber da ist Felix, das Plappermaul. Die Neuigkeit, dass ich von den Toten auferstanden bin, könnte er unmöglich für sich behalten. Ich brauche Unterschlupf für eine Nacht. Wenn ich es in dieser Nacht nicht schaffe, schaffe ich es auch in hundert Nächten nicht.

Es gibt noch jemanden in der Burg, dem ich vertraue. Sie

wohnt an einem Ort, der wie geschaffen ist als Versteck für eine Nacht. Unbemerkt steige ich in die Unterstadt und erreiche Eddas Pforte. Drinnen brennt Licht, sie ist zu Hause. Ich husche durch den Garten. Edda kommt ans Fenster. Hat sie mich schon bemerkt? Sie sieht mich an, schaut mir direkt in die Augen und hebt die Hand zum Gruß. Ich will zurückwinken, da streicht sie ihr Haar aus der Stirn. Edda sieht ihre eigene Spiegelung im Glas. Vielleicht um Luft zu schnappen, öffnet sie das Fenster.

Edda reagiert wie jemand, der, was er sieht, nicht einordnen kann. »Saltzman«, sagt sie und nickt mir freundlich zu.

Jetzt erinnert sie sich, dass ich tot bin. Die Erkenntnis durchzuckt sie wie ein Zahnschmerz. Edda stößt einen gellenden Schrei aus. Sie springt zurück.

»Ist schon in Ordnung, Edda«, flüstere ich. »Ich bin in Ordnung.«

Weiter oben geht eine Balkontür auf, zwei Leute treten heraus. »Wer schreit da?«

Ich presse mich in die Türfüllung.

Edda kommt ins Freie. »Guten Abend«, ruft sie nach oben.

»Hast du geschrien?«, fragt der Mann auf dem Balkon.

»Mir ist etwas zerbrochen. Tut mir leid, wenn ich zu laut war.« Sie steht nur wenige Zentimeter von mir entfernt.

Die Balkonmenschen ziehen sich zurück. Behutsam, wie man ein Kind aus dem Regen holt, bringt Edda mich ins Haus.

»Saltzman, Saltzman«, murmelt sie. Um sicherzugehen, dass sie nicht träumt, fasst sie mich an. »Aber wie ist das möglich?«

»Das weiß ich selbst nicht so genau.«

»Warst du denn nicht … Hat das Gerät nicht funktioniert?«

»Doch. Es hat mich prima stranguliert.« Ich zeige meine Würgemale.

»Was ist mit deinem Kopf?«

»Die Obduktion war schon im Gang.«

»Pia?«

Ich nicke.

»Und dann?«

»Dann bin ich denen vom Seziertisch gesprungen. Ich möchte dich nicht in Gefahr bringen, Edda. Ich brauche nur eine Nacht und den morgigen Tag, damit ich die Sache aufklären kann.«

»Den Mord an Leyland?« Sie führt mich in die Küche. »Bist du hungrig?«

»Ich habe schon gegessen, danke. Aber wenn du was Alkoholisches hättest.«

»Bier?«

»Härter bitte. Das war ein harter Tag.«

Edda bringt Vogelbeerschnaps. »Dann weißt du also, wer Leyland getötet hat?«

»Leyland? Ich? Nein, keine Ahnung.«

»Aber wieso …?«

»Es geht nicht um Leyland.«

»Nicht?«

Hat man sich erst daran gewöhnt, dass ein Totgeglaubter nicht tot ist, kann man sich über seinen Besuch auch freuen. So kühl Edda mich im Gefängnis auch behandelt hat, jetzt scheint sie sich zu freuen, dass ich lebe. Wir sitzen beisammen, der Schnaps räumt den Magen auf, Edda gießt munter nach. Ich erzähle alles. Ich erzähle von den Mädchen, davon, dass jemand aus der Burg sich die Mädchen aus dem Dorf holt. Vielleicht hat Edda etwas gehört. Vielleicht gibt es Gerüchte, Fundstücke, irgendetwas, das mir weiterhilft. Ich erzähle auch von Goltz.

»Goltz hat den Schlächter in die Burg geholt«, berichte ich. »Samt seinen Kühen.«

»Natürlich.« Für Edda ist das keine Neuigkeit. »Wir kaufen niemals Fleisch, dessen Ursprung wir nicht kennen. Goltz überwacht das.« Edda genehmigt sich einen Doppelten. »Was hat das eine mit dem anderen zu tun? In der Burg wird Rindfleisch gegessen. Na und, wo siehst du den Zusammenhang zu den verschwundenen Mädchen?«

»Weil in eurem Schlachthaus …« Wäre mir im Moment nach Ironie zumute, würde ich das Schlachthaus als Mehrzweckhalle bezeichnen. Mir ist nicht nach Ironie. Darum zucke ich die Schultern. »Verstehst du nicht?«

An ihrem Blick erkenne ich, dass sie versteht.

31

»Hör zu, ich begreife selbst das meiste nicht«, sage ich. »Und die Dinge, die ich nicht begreife, sind himmelweit voneinander entfernt. Zugleich sind sie so nah, dass ich sie nur in die richtige Anordnung bringen müsste.«

»Welche Anordnung?«

Wir sitzen immer noch beisammen, Edda und ich. Inzwischen ist Edda so müde, dass sie kaum noch sprechen, denken oder zuhören kann. Mein Kopf dagegen ist hyperwach. Wie Lichtblitze schießen die Gedanken, Ideen, Visionen in alle Richtungen. Ich kann nicht aufhören zu reden, es spricht, es schreit aus mir. Ich springe auf, tigere durchs Zimmer, beuge mich über sie, lasse mich zu ihren Füßen auf den Boden knallen. *Durchgeknallt*, das ist in dieser Nacht mein zweiter Vorname.

»Kennst du Pangäa?« Da knallt es schon wieder.

»Wen?«

»Pangäa, Pangäa«, fahre ich sie ungeduldig an.

Edda überlegt. »Ich kenne die Freundin unseres Innendekorateurs, die heißt Pandora.«

»Nicht Pandora – Pangäa! Pangäa ist keine Person. So nannte man den ersten Superkontinent.« Ich reiße den Lampenschirm von Eddas Stehlampe und schaffe einen Lichtfleck an der Wand. Mit den Händen erschaffe ich die Form des prähistorischen Kontinents Pangäa im Schattenriss.

»Vor hundertfünfzig Millionen Jahren begann Pangäa zu zerfallen. Der Superkontinent spaltete sich auf in Laurasia und Gondwana. Von da an sind die Landmassen auf unserem Planeten endgültig auseinandergedriftet.«

Meine Finger formen neue Schattenbilder. »An den Kontinentalrändern erkennt man es heute noch. Wenn du Südamerika nach Osten schiebst, passt es perfekt an die Westküste Afrikas. Indien schwamm bis vor fünfzig Millionen Jahren im indischen Ozean herum, dann hat es sich an Asien drangekuschelt. Verstehst du?«

Edda hält die Hand schützend vor ihre Augen. Das Licht blendet sie. »Kein Wort.«

Ich lasse die Kontinente wieder zusammenwachsen. »Man muss Pangäa wiederherstellen, begreifst du nicht? Man muss Afrika und Amerika und Asien und die Antarktis an ihren alten Bruchstellen zusammenschieben. Erst dann sieht man das ganze Bild.«

Wer erzählt so etwas? Ich ahne nur zu gut, wer oder was gerade aus mir spricht. Ich habe von Pangäa so viel Ahnung wie von Glasbläserei. Die tektonische Plattenverschiebung geht mir am Arsch vorbei. Aber nicht mein Arsch spricht, sondern mein Herz. Das Holix in meinem Herzen gibt die Bilder vor, die Bilder formen sich in meinem Mund zu Worten und an der Wand zu Schattenrissen.

In meinem überwachen Zustand bin ich die Ungeduld in Person. Es macht mich wahnsinnig, dass Edda das alles nicht begreift. »Die Kontinente, verstehst du? Man muss den Kontinenten andere Namen geben. Afrika, das ist der luzide Sprung. Südamerika ist Leyland oder Jesus, das weiß ich noch nicht so genau. Die toten Mädchen, das Schlachthaus, der Rinderzüchter, auch diese Teile des Bildes gehören zu Pangäa. Daraus folgt: Leylands Ende war gar kein Mord. Es war die logische Konseqenz des Ganzen, der Kreuzweg, die Kreuzigung, die Auferstehung! Verstehst du? Wenn die Auferstehung, also der luzide Sprung vollbracht ist, wird Pangäa vollständig sein. Erst dann haben wir das gesamte Bild vor uns. Das Bild vom Anfang ist das Bild vom Ende. Vestehst du jetzt?«

»Mensch, Saltzman«, murmelt Edda mit tonloser Stimme. »Du bist ja wirklich völlig mit den Nerven runter.«

Was heißt das? Glaubt Edda etwa, ich habe den Verstand verloren? »Das ist kein psychotischer Schub!«, schleudere ich ihr entgegen. »Es ist ein reinigender Moment der Klarheit. Ich sehe die Bilder so deutlich vor mir, als ob ich mitten drin wäre.«

»Das ist reines Kopfkino, Saltzman. Weiter nichts.«

»Nein!«, rufe ich. »Es ist Herzkino! Herzkino nenne ich es.«

»Du brauchst ärztliche Hilfe, mein Lieber.«

Lachend springe ich auf. »Wieder falsch! Hätte ich mich der ärztlichen Behandlung von Doktor Spinnler unterzogen, wäre ich inzwischen ein Brei aus Biomasse. Nein, Edda, ich bin erfüllt von einem besonderen Geist. Das ist ganz und gar kein religiöses Gefühl. Es ist eine schockierende Eruption starker elektromagnetischer Energien. Ich fühle mich unendlich lebendig.«

»Da du gerade erst gestorben bist, überrascht mich das nicht.«

»Jetzt, nachdem ich den Tod hinter mir gelassen habe, fühle ich ein Aufleuchten in mir. Ich habe Zugang zu einem raum- und zeitlosen Feld, in dem ich Teil alles Lebendigen bin. Des Wassers, des Windes, der Blumen und der Vögel, aller Geschöpfe. Ich fühle mich auch als Teil von dir, Edda!«

»Von mir?« Sie hebt den Kopf.

»Ja, von dir.« Ich trete auf die Freundin meines Freundes Leyland zu, nehme sie in meine Arme und küsse sie.

»Ich sehe mich als Teil einer großen, unsichtbaren, lebendigen Macht«, sage ich zärtlich. »Was ich erlebe, ist keine Spätfolge meiner Hinrichtung oder von Kalbecks Folter. Ich habe mich in meinem Leben nie ausgeglichener gefühlt. Es ist ein erschütterndes Erlebnis. Es ist das unendliche Fließen des Raum-Zeit-Kontinuums, bloß dass es raumlos und ewig ist und von ungeheurer Schönheit. Ich fühle, ich bin im Besitz einer großen letzten Wahrheit.«

In Eddas Blick spiegeln sich mehrere Dinge. Peinliche Berührtheit, Irritiation und Angst. Warum kann sie mich denn nicht verstehen?

Ich stoße sie aus meinen Armen. »Eins sage ich dir gleich: Ich lasse mich nicht noch einmal aus dem Verkehr ziehen! Kalbeck, Pia, Goltz werden mir nichts mehr anhaben, weder jetzt noch zu sonst irgendeiner raumlosen Zeit!«

Ich spüre, die Notabschaltung rückt näher. Meine Maschine wird zu heiß. Mein Herz rast, mein Gehirn kocht, über meinen Körper kriechen Millionen von Insekten. Ich falle und stürze mit Wucht zu Boden. Dunkelheit.

Dunkelheit? Mein Zusammenbruch ist zwar körperlich, aber diesmal, scheint es mir, verliere ich nicht das Bewusstsein. Daran muss das Holix schuld sein. Das Holix leistet ganze Arbeit. Das Holix hat ausgespuckt, worum es in Wahrheit geht: Pangäa. Ich hätte es früher wissen müssen. Die Kontinente gehören zusammengeschoben, damit das vollständige Bild entsteht. Das ist kein Rückschritt in die Urgeschichte, es ist der Blick in die Zukunft.

Edda ist neben mir auf die Knie gesunken. »Ganz ruhig, Junge. Ist ja gut. Ist gut.« Sie nimmt meinen Kopf in beide

Hände und sieht mich sorgenvoll an. Nicht ängstlich oder nachdenklich, ob sie besser Dr. Spinnler verständigen sollte. Ihre Augen erzählen etwas von Freundlichkeit, von Zuwendung. Ich hebe den Kopf ein wenig, sie senkt ihren Kopf ein wenig. Sie zögert, schließlich küsst sie mich. Wir küssen uns. Was zieht Edda plötzlich zu mir hin? Ich sehe äußerlich ziemlich gewöhnungsbedürftig aus und habe mich in Eddas Augen wie ein Verrückter aufgeführt. Und trotzdem küsst sie mich!

»Wenn ihr wüsstet, wie gut mir das gefällt«, sagt Leyland. »Zwei hübsche Menschen, vollkommen erschöpft, am Ende ihrer Kräfte, aber am Anfang ihrer Erkenntnis. Sie tun das einzig Richtige. Sie küssen sich. Das ist das Wichtigste. Es ist das, was noch gefehlt hat.«

Edda scheint an einen Punkt gekommen zu sein, an dem sie nichts mehr überrascht. Gerade noch hat sie einen wahnsinnig gewordenen Taskforcemann von den Toten zurückkehren sehen. Sie hat ihn geküsst, aus Mitgefühl, aus Erbarmen, wer kann das sagen? Und jetzt steht ihr toter Liebster über uns. Ein wenig fahl sieht Leyland aus, ein wenig durchscheinend, aber er ist es ganz ohne Zweifel. Schon zu Lebzeiten war er ein außergewöhnlicher Mensch, der die Grenzen des Außergewöhnlichen sprengte, als er das Menschsein abstreifte. Leyland, dessen Kopf abgeschnitten, untersucht und bei zweihundertachtzig Grad in flüssigem Stickstoff eingefroren wurde. Leyland, dem der Lichtsprung gelungen ist, kann demzufolge nichts weiter als Licht sein. Als Lichtbringer steht Leyland über uns, als Hologramm, so täuschend echt, wie es nur das Holix hervorbringen kann. Leyland betrachtet uns, wie wir da auf dem Teppich liegen. Wir jungen Leute, die von Vater Leyland beim Fummeln erwischt worden sind. Wir schämen uns nicht. »*Was bist du?*«, wäre jetzt die einzig logische Frage. Aber Logik hat in diesem zeitlosen Moment nichts verloren.

»Was wurde aus den toten Mädchen?«, frage ich Leyland stattdessen.

»Sie wurden zu Burgerfleisch verarbeitet«, antwortet er.

»Von wem?«

»Das weiß ich nicht.«

»Du, der alles weiß, kannst mir nicht sagen, wer der Mörder ist?«

»Du bist Taskforce. Du wirst das schon rauskriegen.«

»Aber ich habe bisher alle wichtigen Hinweise von dir bekommen.«

»Falsch.« Leyland streicht sein weißes Haar nach hinten. »Du hast alles selbst herausgekriegt. Du warst in der Kneipe, du hast mit der Saaltochter gesprochen. Du hast von ihrer Schwester erfahren. Du bist in den Tunnel zurückgekehrt und hast Beweise gesammelt.«

»Weil du es mir befohlen hast.«

»Ich? Wieso ich? Es war der funktionierende Teil deines Gehirns.«

»Ja sicher, mein Gehirn, das durch das Holix die entscheidenden Impulse bekommt. Als du mein Herz operiert hast, musst du mir das Holix eingebaut haben, Leyland. War es so?«

»Darauf kommt es jetzt nicht mehr an. Entscheidend ist nur, dass du das alles ganz ohne meine Hilfe hingekriegt hast.«

»Ohne … deine Hilfe?«, wiederhole ich wie ein begriffstutziges Kind. »Und was ist mit der Zeit? Ich meine, mit dem Grundsatz, wonach nicht die Zeit vergeht, sondern wir vergehen? Was ist mit der Annahme, dass immer gleichzeitig Februar, März, April ist, dass jede Zeit parallel zu allen anderen Zeiten existiert?«

Leyland zuckt die Schultern. »Das ist alles auf deinem Mist gewachsen, mein Freund. Das hat der funktionierende Teil deines Gehirns ausgetüftelt.«

Ich bin verwirrt. »Ich dachte, durch die Stromstöße hätte Kalbeck das Holix überhaupt erst in mir aktiviert.«

Leyland lächelt. »Zugleich fragst du dich aber, wieso du gewisse Dinge schon *vor* Kalbecks Elektroschocktherapie gewusst hast. Dinge, die du eigentlich nicht wissen konntest.«

»Stimmt!« Ich setze mich auf. »Wie erklärst du dir das?«

»Mit dem luziden Sprung«, antwortet Leyland, als wäre es das Natürlichste von der Welt.

Jetzt muss ich aber lachen. »Ich bin bei der Taskforce, Leyland. Ich bin ein Drifter. Ich habe weder Bildung noch Benehmen. Ich habe keine Frau und keine Freundin. Man hat mich zum Tode verurteilt und hingerichtet. Und weil ich sogar meinen eigenen Tod versemmelt habe, sind jetzt alle hinter mir her. Es stimmt, ich habe jede Menge schräger Erfahrungen, aber ein luzider Sprung war bestimmt nicht darunter.«

Leyland hat mir ruhig zugehört. »Wenn es stimmt, dass du nur ein Drifter bist, ein unbedarfter Loser, wieso stehe ich dann hier, über dir?«

»Keine Ahnung. Du bist ein Genie. Du kannst so etwas.«

»Du machst es dir zu einfach, mein Freund. Wieso bin ich im Wohnzimmer von Edda?«

»Weil es ein Wunder ist?« Ich hebe die Schultern. »Ist es denn ein Wunder?«

»Natürlich ist es ein Wunder. Aber ich bin nicht der Erste, der dir das erzählt, habe ich recht?«

»Stimmt. Da war so ein verrückter Amateurschauspieler in einer Höhle, der hat etwas Ähnliches gesagt.«

»Und hat er damit nicht recht behalten?«, fragt Leyland verschmitzt. »Was wurde aus ihm?«

»Ich glaube … Ich weiß nicht … Ich … Ich –« In diesem Moment beginne ich zu weinen. Ich bin mit meinen Nerven am Ende. Das luzide System verbrennt Energie mit der Geschwindigkeit einer Wasserstoffbombe. Ich kann das Ding nicht mehr kontrollieren. »Was aus Jesus wurde?«, stammle ich unter Tränen. »Ich habe gesehen, wie er … aufgefahren ist in den Himmel.«

Leyland nickt versonnen. »Tja, so war es wohl. Wie hat Jesus das gemacht?«

»Er ist in einer Messerschmitt P.1101 über dem großen Wasser aufgestiegen.«

»Aufgefahren in den Himmel«, wiederholt Edda. »Das klingt schön.«

»Und wie man sieht, funktioniert es immer und immer wieder.«

Wir können Leyland noch hören, aber er ist nicht mehr da. Das Holix hat ihn geschluckt.

»Schön, dass Leyland zurück ist«, sage ich zu Edda.

»Er ist nie fort gewesen«, antwortete sie lächelnd.

32

Natürlich ist Kalbeck berühmt. Dass ich ihn nicht gekannt habe, bedeutet nichts. Ich bin ein Kunstmuffel. Kalbeck ist der Titan der deutschen Kulturszene. Ein zurückgezogener Titan, medienscheu, geheimnisumwittert und populär. Kalbeck schenkt den Deutschen ein Gefühl der Hoffnung. Weil er sie mit Musik von früher versorgt, glauben die Deutschen, dass ihr Leben nicht nur aus Schund und Verblödung besteht. Der Deutsche darf sich auch weiterhin als Kulturgesandter sehen, der es für seine Aufgabe hält, die Fackel der Kultur in dieses dunkelste Jahrhundert der Menschheitsgeschichte zu tragen.

Die Burgen und ihre Bildungsbürger reißen sich um Kalbeck. Sein derzeitiger Aufenthalt in der Wasserburg hat einen offiziellen Grund: Kalbeck gibt ein Konzert. Er war schon mehrmals hier zu Gast. Während eines solchen Konzertbesuchs muss er Leyland kennengelernt haben. Das Wissenschaftsgenie hat das musikalische Genie ins Vertrauen gezogen.

Kalbeck erkannte das Potenzial in Leylands Forschung und wollte es für seine Zwecke nützen. Kalbeck mag die großen Meister der Vergangenheit in unsere Gegenwart holen, aber er kann sich selbst nicht in die Zukunft projizieren. Sein Körper verfällt wie der eines jeden Menschen. Die Medizin hat uns näher an die Unsterblichkeit herangebracht, trotzdem ist jedermanns Dasein irgendwann vorbei. Kalbeck will das nicht akzeptieren, er will die Spanne seines Daseins bis zu einem Punkt dehnen, den noch niemand erreicht hat. Kalbeck hat Leyland ausgenutzt. Kurz vor seinem Ende hat Leyland das begriffen.

Kalbeck hält sein Konzert unter freiem Himmel ab. In der großen Arena. Die gesamte Burg wird dabei sein, auch derjenige, den ich suche. Kalbeck hat ein Device mitgebracht, das er bei solchen Veranstaltungen meistens benützt. Früher nannte man das Ding *Orchestrion*. Heute ist es ein schlichter Cube, der alle Instrumente spielt. Wenn die Musiker aus München nicht in die Burg kommen, bringt Kalbeck ihre Musik eben mit. Mit seiner Klaviatur zaubert er das große Orchester in die Burgarena. Er spielt allein, doch sie alle spielen mit. Er hat nicht nur Beethoven auf dem Programm, sondern auch etwas Modernes. Man ist gespannt, man fühlt sich erhoben, man ist Kulturmensch.

Der Februar ist dem März gewichen. In dieser lauen Märznacht trifft sich die Burg. Während die Damen ihre Abendkleider ausführen, den Schmuck und die Stola, falls es doch kälter wird, während sich die Herren wie Pfaue benehmen, füllt sich die Arena. Irgendwo unter diesen Menschen muss der Fahrer des weißen Wagens sein. Ich kenne fast jeden in der Burg. Trotzdem habe ich ihn neulich nicht erkannt. Pia hat ihn erkannt. Pia hielt mich am Arm fest. Auf Pia kommt es heute Abend an.

Ich bin das Phantom, das keiner sehen darf. In einer Burg gibt es eine Menge Möglichkeiten, sich zu verstecken. Edda bringt mich auf die Zinnen, die hoch über der Arena liegen. Sie geht voraus, stellt sicher, dass die Luft rein ist, und lässt mich allein.

Edda und ich, das ist seit letzter Nacht eine sonderbare

Sache. Scheinbar stolpere ich ständig in sonderbare Sachen hinein. Weil ich von der Liebe nichts verstehe. Weil ich wie ein Bekloppter durch den Liebesgarten trample und mich wundere, dass ich schon wieder ein Pflänzchen zertreten habe. Edda war die Frau an Leylands Seite. Edda hilft mir heute und ich bin ihr dankbar dafür. Trotzdem verstehe ich meine Gefühle für Edda nicht. Es ist eben keine gute Zeit für Gefühle. Es ist immer Zeit für Gefühle.

Ich verstecke mich dort, wo ich alles sehen kann. In ihrem mitternachtsblauen Kleid huscht Edda in die Arena und verschwindet im Meer der gut gekleideten Kulturbeflissenen. Das Orchestrion ist aufgebaut. Die Burgleute haben ihre Plätze eingenommen. Es ist so weit. Kalbeck erscheint im flotten Frühlingsanzug. Sie bejubeln ihn. Er nimmt ihre Begeisterung mit gespielter Demut entgegen. Sein Haar ist straff gekämmt, der Bart gestutzt. Er ist ein imposanter Mann. Wo ist Pia? Schwänzt sie das Konzert ihres Komplizen? Ohne Pia geht es nicht. Pia weiß als Einzige Bescheid. Ich warte.

Kalbeck wählt einen würdigen Einstieg. Pa papa paa. Ich kenne das. Jeder kennt das. Selbst im abgelegensten Dorf hat man »pa papa paa« schon mal gehört. Die Burgleute sind beseligt, gefangen in dem Gefühl, dem wahren Menschsein näher zu kommen, weil sie »pa papa paa« hören.

Kalbeck gibt alles. Er fordert die Streicher heraus, stachelt die Bläser an, er dirigiert und spielt zugleich. Er ist ein großer Jahrmarktskünstler. Früher sind solche Leute auf den Marktplätzen der Dörfer aufgetreten. Sie hatten eine Trommel auf dem Rücken, eine Tschinelle auf dem Kopf. Mit einer Hand bedienten sie den Leierkasten, mit der anderen das Becken und haben dazu gesungen. Kalbecks Equipment ist zeitgemäßer, er setzt Impulse in Klangkörper um. Heute ist er ein Gott in der Maschine. Er ist allmächtig.

Dort sitzt Lilly, meine penetrante Exfrau, in einem sonnengoldenen Kleid. Die Sonne ist ihr Wahrzeichen. Daneben der attraktive Lenny oder Lonny oder Larry, ich weiß immer noch nicht, wie er heißt. Weiter vorne Goltz. Er hat seine Security dabei. Die Jungs wirken angestrengt, sie fühlen sich fremd, weil sie statt ihrer Kampfmontur Anzüge tragen. Diese Musik ist ihnen fremd.

Während die Klänge durch die Nacht brausen, kommt mir der beängstigende Satz Leylands in den Sinn: »*Du hast das alles selbst geschafft, du und der funktionierende Teil deines Gehirns.*«

Fähigkeiten, deren Ursprung ich nicht kenne, die nicht mit Training und Übung zu erwerben sind, machen mir Angst. Wenn ein Mann, der durch Wände gehen kann, nicht weiß, wie das gemacht wird, wird er früher oder später in einer Wand stecken bleiben.

Ich war nie etwas Besonderes. Unauffällig sein, unter dem Radar bleiben, nicht mithalten müssen im Chor der Angeber und Ehrgeizlinge, das gefällt mir. Es gefiel mir auch, nicht hierher, in die Burg zu passen. Aber plötzlich passe ich angeblich nicht in die Burg, weil ich etwas Besonderes bin? Eine schreckliche Vorstellung!

Pia. Da ist sie. Nicht im Abendkleid. Sie kommt, wie sie immer kommt. Pia betritt die Tribüne von oben, streicht wie eine Katze an den Reihen entlang.

Kalbeck beendet das Pa papa paa, Beethoven hat sich in die Nacht verströmt. Mit schweißnasser Stirn und geschlossenen Augen hebt er die Finger von der Steuerung. Die Burgleute springen auf, die Arena jubelt. Sie klatschen sich die Hände wund, weil sie Kalbeck zeigen wollen, dass sie Beethoven verstehen. In Kalbecks Verbeugung liegt eine Haltung, als würde er sie segnen. Er erteilt ihnen Absolution dafür, dass sie reiche, privilegierte, unbegabte Menschen sind.

Während des Jubels schmiegt sich Pia zwischen den Leuten hindurch und läuft zu Goltz. Warum soll sie nicht mit dem Kopf der Security reden? Das ist nicht weiter auffällig. Andererseits war es Goltz, der die Vorgänge im Schlachthaus organisiert hat. Als Chef der Sicherheit verlässt er die Burg manchmal in einem weißen Wagen. Er ließ den Viehzüchter Reiter mit seinen Rindern in die Burg kommen. Er hat die Tiere überprüft und die Zerlegung des Fleisches überwacht. Privat lebt Goltz zurückgezogen. Von Beziehungen weiß man nichts. Goltz gäbe einen exzellenter Verdächtigen ab, wäre da nicht seine Stimme. Hätte ich die Stimme von Goltz neulich am Wasser nicht sofort erkennen müssen?

Goltz hat Pia interessiert zugehört. Er winkt Marek zu sich. Marek bekommt einen Auftrag. Marek verständigt die Kollegen. Die Security schwärmt aus. Einer der Männer zieht die Dienstwaffe. Was wollen sie? Was hat Pia zu Goltz gesagt?

Pia dreht sich um und hebt die Hand. Ihr Zeigefinger schwenkt über die obere Burgbekränzung, sie zeigt auf die Zinnen, auf jene Zinne, hinter der ich mich verstecke. Ich mache mich klein. Marek tritt an den Scheinwerfer, der auf Kalbeck gerichtet ist. Der Lichtkegel huscht nach oben. Der Lichtkegel erfasst mich. Langsam richte ich mich auf, stehe im grellen Licht. In der Arena verebbt der Applaus. Kalbeck hebt den Kopf. Alle heben den Kopf. Beethoven ist vergessen. Auf der Zinne steht ein Toter.

Wie war das mit der Immer-Zeit, der Februar-März-April-Zeit? Ich merke nichts davon. Es ist die Sekunde nach dem Konzert. Es ist nichts weiter als die Sekunde nach dem Konzert, ich bin unfähig, die Immer-Zeit zu aktivieren. Ich bin der Mann, der in der Wand stecken bleibt.

Ich renne um mein Leben. Läufst du auf der Mauerbekrönung lang, kommst du an zwei Wachtürmen vorbei. Du kannst den Türmen ausweichen, wenn du den Außensteg benützt. Ein Metallsteg, der nachträglich angebracht wurde, damit die Haustechniker leichter an die Wartungsschächte rankommen. Auf dem Metallsteg bemerkt dich normalerweise niemand, außer alle bemerken dich. Außer sie haben Licht gemacht, in der ganzen Burg Licht gemacht, Flutlicht, Halogen, und wo das nicht reicht, Taschenlampen. Sie schreien. Wieso schreien sie so? Sie brüllen sich zu, wo sie mich gesehen haben.

»Dort!«

»Wo?«

»Linke Bekränzung?«

»Welcher Sektor?«

»Rechts! Das andere Rechts!«

Manche im Schwarm wissen nicht, warum sie rennen und weshalb sie schreien. Die ganze Burg ist auf den Beinen. Saltzman, dem Verurteilten, soll ein Ende gemacht werden. Dass sie mir schon mal ein Ende gemacht haben, scheinen sie vergessen zu haben.

Das Geschrei vervielfältigt sich innerhalb der jahrtausendealten Burg. Die Lichter zucken über die jahrtausendealten Mauern. Der Mob ist los! Der Mob will seine Beute. Wer oder was die Beute darstellt, ist nicht so wichtig. Sie hetzen mich im Frankenstein-Stil. Jetzt wäre es großartig, im Besitz von besonderen Kräften zu sein, wie Leyland mir das prophezeit hat. »Haltet ein!«, würde ich sagen, falls ich irgendwelche Kräfte hätte. Aber ich habe keine Kräfte. So funktioniert es nicht. Das Wunder lässt auf sich warten. Ich renne ganz normal um mein Leben.

Ich haste die Rampe hinunter, wo flackernde Lichter mich

erwarten. Ich schlage einen Haken zu dem Durchgang, der in die Unterstadt führt. Feindliche Frauen mit Fackeln kommen mir entgegen. Was soll das Spektakel? Sind ihnen die Taschenlampen ausgegangen? Die Frauentruppe als Lynchjustiz. Auch der nächste Haken nützt mir nichts, denn von dort drängt die Security heran. Sie kommen von drei Seiten. Mir bleibt nur die vierte. Und die führt ins Verlies. Der älteste Teil der Burg liegt an der Rückseite des Parlaments. Dort hat man schon vor tausend Jahren Gefangene schmachten lassen. Dorthin treiben sie mich. Ich stürme die Stufen hinunter, bis ich wieder im Kerker bin. Hier lag ich während meiner Gefangenschaft, dort lag auch die Mädchenhand. Von dort schaute ich zum Vielpassbogen hoch, der das Gewölbe trägt. An diesem Ort wurden meine Fähigkeiten wach.

Wer den Tunneleingang einmal gefunden hat, findet ihn wieder. Ganz ohne Holix. Ich finde den Tunneleingang. Wie beim ersten und beim zweiten Mal folge ich dem Wasser. Meine Verfolger schüttle ich trotzdem nicht ab.

»Dort! Eine Öffnung!«, schreit eine Männerstimme.

Das ist sonderbar. Jahrhundertelang blieb diese Öffnung unentdeckt, aber plötzlich weiß einer hinter mir, dass da eine Öffnung ist. Eine Männerstimme. Wessen Stimme? Die Schritte kommen näher. Es trappelt und trampelt, während ich dem Wasser folge.

»Wir passen hier nicht alle rein!«, schreit eine andere Stimme. Das war Goltz. »Lasst die Zugbrücke runter, damit wir ihm den Weg abschneiden!«

Den Weg abschneiden? Das wollen wir doch mal sehen. Es ist feucht, es ist dunkel, ich stoße mir den Kopf. Ich stolpere über Stolpersteine. Warum hilft mir das Holix nicht? Wo ist die Immer-Zeit geblieben, als ich noch alles konnte, alles, selbst im Dunkeln?

33

Die Landstraße ist nachts genauso grau wie bei Tag. Sie haben es mir schwer gemacht, die Landstraße zu erreichen, aber ich habe es geschafft. Sie kamen durch den Tunnel, sie kamen über die Brücke. Ich bin ihnen entwischt und sie haben die weißen Autos geholt und sind damit losgerast. Als die Autos kamen, habe ich mich ins Gebüsch geworfen. Sie sind an mir vorbeigefahren. Bald werden sie merken, dass sie mich verpasst haben, und umdrehen.

Im Schilf, das die Burg vom Dorf trennt, bin ich schwer aufzuspüren. Ich sollte im Schilf bleiben. Aber es sind so viele und sie haben Lampen. Wenn sie das Dickicht mit ihren Lampen durchstreifen, finden sie mich. Ich sollte besser auf der Landstraße bleiben und mich so weit wie möglich von der Burg entfernen.

Ich tue nichts von beidem. Ich bin so fertig! Keinen Schritt gehe ich weiter. Schluss mit dem Gerenne und Sich-Umsehen wie ein gehetztes Tier. Schluss damit! Ich bleibe im Gebüsch, atme hastig. Schwindlig ist mir, schlecht ist mir. Ihr könnt mich alle mal am Arsch lecken, denke ich, ich mache das nicht länger mit. Ich lege mich zurück und fahre blitzartig wieder hoch. Das ist kein weiches Farnkraut, ich habe mich in einen stacheligen Busch gesetzt.

Ich kann das nicht allein! Ich will das auch nicht länger allein, ohne Hilfe, ohne Immer-Zeit. Ich brauche Leyland.

Ich rufe Leyland. Keine Glanzidee, sich bemerkbar zu machen, wenn man auf der Flucht ist. Die Taschenlampen geistern irgendwo dort drüben umher, die weißen Autos sind hinter der Kuppe verschwunden.

»Leyland, warum hast du mich verlassen?«, flüstere ich. Ich rede mit jemandem, der genauso tot ist wie ich sein sollte.

Da! Ein tiefes brummendes Geräusch. Kommen die Autos zurück? Aber die Autos kommen von der falschen Seite. Das sind gar nicht die Autos. Dieses Geräusch kommt von oben. Von oben können keine Autos kommen. Das ist der Moment, an dem man sagen möchte: *Dann bin ich aufgewacht und es war alles nur ein Traum.* Hier gibt es kein Erwachen. Hier kommt etwas von oben. Sie suchen mich aus der Luft. Sie jagen mich aus der Luft. Tiefer kann ich in den Busch nicht hineinkriechen. Etwas fliegt tiefer. Etwas kommt. Kein Zweifel, es kommt auf der Landstraße herunter, es landet. Es rast an mir vorbei und streift dabei den Stachelbusch. Es hätte mich um ein Haar enthauptet! Ich werfe mich auf den Bauch. Die Dornen stechen mich in die Stirn. Lange, ekelhafte Dornen. Während ich die Stacheln aus der Kopfhaut ziehe, kommt das Geräusch zurück. Ein Höllenlärm. Nichts auf der Welt, wie wir sie kennen, macht noch so einen Lärm. Außer – ich möchte den Blick heben, aber das Blut läuft mir in die Augen – außer einer Messerschmitt P.1101.

Ich wische mir das Blut ab. »Jesus«, stammle ich. »Jesus?«, rufe ich.

»Nicht so laut! Die hören dich sonst.« Jesus in der Kanzel. Jesus im Cockpit.

»Wer ist hier laut?«, brülle ich.

Der Propeller dreht sich. Der Stachelbusch, alle Büsche im Umkreis werden vom Rotorsturm zerzaust.

»Steig ein. Sie werden gleich hier sein. Nun steig schon ein!«

Ein Blick zurück, die Taschenlampen geistern näher. Ein Blick nach vorn, hinter der Kuppe tauchen die Scheinwerfer der weißen Autos auf.

»Da drin ist aber nur ein Sitz«, gebe ich zu bedenken. »Soll ich mich wieder auf die Tragfläche …?«

»Deine Sorgen möchte ich mal haben.« Jesus zeigt auf das Gewimmel der Taschenlampen. »Mach schon. Klettere hinter mich und halte dich fest.«

Ich rapple mich auf. Ein Stachel steckt in meinem Daumen. Das tut höllisch weh. Ich stecke den Daumen in den Mund und klettere über die Tragfläche zu Jesus.

»Was ist mit deinem Daumen?«

»Eine Dorne.« Ich zeige ihm die Verletzung.

Er verdreht die Augen und gibt Gas.

Durch den Schwung fegt es mich fast aus der Maschine. Dorne hin oder her, ich halte mich an Jesus fest. Die P.1101 kommt in Fahrt. Hinter uns die Autos, neben uns die Taschenlampen. Auf der holperigen Landstraße rast die Messerschmitt Richtung Burg. Ich vertraue Jesus. Er hat das Ding schon einmal in die Luft gekriegt. Er scheint geübt zu haben. Geschmeidig führt er die Maschine in die nächste Kurve. Doch statt die Böschung runterzurasen, zieht er den Steuerknüppel hoch. Wir heben ab und sind frei. Frei von den Leuten dort unten, frei von der ganzen Frankenstein-Versammlung. Ich war das Monster, aber jetzt bin ich ein Vogel. Aus der Höhe betrachtet sehen sie lächerlich aus mit ihren winzig kleinen Lampen und ihren immer kleiner werdenden Autos. Recht geschieht es ihnen! Ich habe Jesus auf meiner Seite. Wer kann das schon von sich behaupten?

»Wo kommst du her?«, schreie ich gegen den Fahrtwind. »Und wieso kommst du ausgerechnet jetzt?«

»Es gibt kein Jetzt«, antwortet Jesus unangestrengt. Er braucht nicht zu schreien.

»Ja, klar, und in Afrika feiern sie Muttertag«, gebe ich genervt zurück.

Jesus wendet den Kopf. »Kennst du den Ausdruck *Deus ex machina*?«

»Der Gott aus der Maschine? Hab ich schon mal gehört.«

»Das bin ich. Ich bin der Gott in der Maschine.« Lächelnd streichelt Jesus seine Messerschmitt.

Wir steigen hoch über der Burg empor. Ich werfe einen langen Blick zurück, auf den Schauplatz meiner Niederlage. Jesus steuert über das große Wasser hinaus.

* * *

Das muss die Schweiz sein. Das kann eigentlich nur die Schweiz sein. Österreich kann es nicht sein, bleibt also nur die Schweiz.

»Wo sind wir?«, frage ich zitternd. In der Höhe war es kalt.

»In Österreich«, antwortet Jesus.

»Ach, das ist Österreich?«

Wir sitzen am Feuer. Jesus ist so einer, der gleich Feuer macht, wenn er irgendwo ankommt. Eine Lichtung, trockenes Holz, Feuer. Eine Lichtung in Österreich.

»Danke, dass du mich rausgeholt hast. Ich war echt am Ende.«

»Du bist nicht am Ende.«

»Wie man's nimmt. Jedenfalls gehe ich niemals wieder dorthin zurück.«

»Du bist nicht am Ende und du gehst dorthin zurück.«

»Was?« Ich starre in sein kluges, verwittertes Gesicht. Die Flammen zaubern Magie auf seine Züge.

»Du gehst zurück und löst den Fall.«

»Es gibt für mich keinen Fall mehr. Ich habe die Schnauze voll von diesem Fall!«

»Du bist bei der Taskforce. Du hast den Fall übernommen. Also löse ihn.« Jesus wärmt etwas über dem Feuer auf. Der Geruch ist nicht besonders vertrauenerweckend.

»Wenn ich bei der Taskforce bin, wieso jage dann nicht ich sie, wieso jagen sie mich?«

»Haarspalterei.« Jesus rührt das Essen um.

»Ich bin tot, aber sie jagen mich, als wäre ich quietschlebendig.«

Jesus rührt.

»Hast du nichts dazu zu sagen?«

»Doch.« Jesus rührt. »Die Burg ist in der Hand von jemandem, der die Regeln macht.«

»Wer macht die Regeln – Goltz?«

»Goltz exekutiert die Regeln. Er ist nicht wichtig, dieser Goltz.«

»Kalbeck?«

»Kalbeck wäre gerne wichtig. Er ist ein brillanter Musiker, aber nur ein eitler Gockel, der ein Gastspiel gibt.«

»Bleibt nur noch Pia.«

Jesus rührt langsamer. »Treffer. Ja, Pia hat so ziemlich alles in der Hand.«

»Pia ist es? Ausgerechnet Pia? Der kleine Mönch?« Ich beuge mich vor, um Jesus' Gesicht besser zu erkennen. »Pia kann es nicht sein. Verstehst du nicht? Pia bringt die Mädchen nicht um. Sie war bei mir, als das Mädchen mit dem Armschmuck entführt wurde.«

»Pia hat denjenigen in der Hand, der die Mädchen umbringt.« Jesus füllt eine Schale mit Essen.

Ich schnüffle, stochere misstrauisch herum, aber dann esse ich, als wäre es das erste Mal in meinem Leben. Ich bin am Verhungern. Ständig mache ich Sachen wie heute Nacht, ohne vorher etwas zu essen. Was immer da drin ist, nichts könnte im Moment köstlicher schmecken.

»Woher weißt du das alles?«, frage ich Jesus mit vollem Mund.

»Du und Pia, ihr wart eine Weile bei mir in der Höhle, weißt du nicht mehr?«

»In Oberammergau? Sicher, ja, aber wie hast du Pia dazu gekriegt …? Hat sie es dir erzählt? Hat sie gestanden?«

»Pia hat geträumt.«

»Du kannst Träume lesen?«

»Ich bin weder Zauberer noch Psychoklempner«, antwortet Jesus. »Pia spricht im Schlaf.«

»Du hast Pia im Schlaf belauscht? Wieso konntest du sie im Schlaf sprechen hören, ich aber nicht?«

»Weil du schnarchst.«

»Das stimmt nicht!«, entgegne ich im Brustton der Überzeugung.

»Du sägst wie ein ganzer Forstbetrieb.«

Das muss ich erst mal einen Augenblick verdauen. »Was hat Pia denn im Schlaf gesagt?«

»Es ging um Architektur.«

»Um … Architektur?« Mit dem vollen Löffel zeige ich auf Jesus. »Jezt verarschst du mich.«

Er seufzt. »Du musst zurück in die Burg, Saltzman. Du musst deinen Job endlich zu Ende bringen.«

Seine Ruhe regt mich auf. An einem Lagerfeuer in Österreich schreie ich Jesus an. »Weshalb hast du mich dann überhaupt gerettet?! Kannst du mir das sagen?«

»Ich habe dich nicht gerettet.«

Ich verschlucke mich, huste ausgiebig. Tränen schießen mir in die Augen. »Ach nein? Willst du sagen, das war alles nur ein Traum und jetzt werde ich gleich aufwachen?«

»Natürlich.« Auf meinen verblüfften Blick legt Jesus väterlich den Kopf schief. »Mach dich nicht lächerlich, Saltzman. Das kannst du nicht wirklich geglaubt haben: Eine Hetzjagd durch die Burg? Mit Fackeln? Mit kreischenden Frauen, schreienden Männern? Ein Tunnel, ein Dschungel, ein Flugzeug kommt aus dem Nichts und landet genau neben dir auf einer Landstraße? Und keiner versucht, dich aufzuhalten? Kein einziger Schuss fällt? Wir beide starten auf einer Straße, die zu eng ist, als dass zwei Autos aneinander vorbeikommen würden? Wir fliegen übers Wasser, nach Österreich, ausgerechnet nach Österreich! Am Lagerfeuer verrate ich dir die Lösung des Falles und schicke dich dann wieder in die Burg zurück? Das kannst du doch hoffentlich nicht geglaubt haben.«

Benommen sitze ich da, wie ein Vogel, der gegen eine Glasscheibe geflogen ist. »Schwer zu glauben, stimmt. Aber wieso bist du dann da?«

»Weil die meisten Leute Gott anrufen, wenn es ihnen dreckig geht. So macht man das seit Ewigkeiten. Heute tut zwar jeder so, als ob er nicht an Gott glaubt. Aber insgeheim wollen sie alle an ihn glauben.« Er kippt Wasser auf das Feuer. »Du gehst jetzt zurück und machst deinen Job.«

Ich gebe ihm die Schale. »Danke. Das hat sehr gut geschmeckt.« Ich wische mir über die Augen …

* * *

Ich wische mir über die Augen. Ich setze mich auf. Ich erinnere mich, dass meine Maschine zu heiß wurde. Mein Herz hat gerast, mein Gehirn gekocht, über meinen Körper krochen Millionen von Insekten. Ich bin hingefallen. Mit voller Wucht bin ich zu Boden gestürzt. In die Dunkelheit.

Die Dunkelheit ist verschwunden. Jetzt ist es rund um mich hell. Wie spät ist es? Habe ich geschlafen? Wie lange? Ich sehe mich um. Neben mir liegt Edda. Vorsichtig berühre ich Eddas Schulter. »Hi«, sage ich.

»Na, du?«, brummt sie.

»Wie hast du geschlafen?«

»So wie du dich gestern ausgetobt hast, habe ich glänzend geschlafen«, knurrt sie schlaftrunken.

»Ich habe mich *ausgetobt*?«

»Sag bloß, du weißt es nicht mehr.«

»Was habe ich denn gemacht?«

»Du hast ziemlich wirres Zeug gelabert, dann hat es irgendwie klick gemacht und du bist auf meinem Teppich zusammengebrochen. Du hast mich geküsst. Das war ziemlich frech von dir. Aber auch süß.«

»Und du, was hast du gemacht?«

»Ich habe dich zurückgeküsst.«

»Warum?«

»Weil du so vollkommen, so gigantisch, so unfassbar in der Scheiße sitzt, Saltzman, und keiner hilft dir und keiner mag dich und alle wollen deinen Kopf aufschneiden.«

»Deshalb hast du mich geküsst? Aus Mitleid?«

»Nein. Du gefällst mir.«

Ich zeige auf meinen Kopf. »Mit der Frisur?«

Sie zuckt die Schultern.

»Und dann?«

Eddas Blick ist zärtlich und verschlafen. Sie schmiegt sich in meinen Arm. »Dann sind wir zusammen ins Bett gegangen.«

Ich höre ihr Herz schlagen. Ich rieche ihr Haar. Es ist keine Zeit für Gefühle. Es ist immer Zeit für Gefühle.

Nach einer Weile frage ich: »Und Leyland?«

»Was soll mit Leyland sein?«

»Er ist gestern doch hier gewesen. Bei dir im Zimmer.«

Sie strubbelt meinen Kopf. »Was du immer redest. Wie sollte Leyland denn hier gewesen sein? Leyland ist tot. Wenn er allerdings wirklich hier gewesen wäre, hätte das einen flotten Dreier gegeben.« Sie küsst mich. »Du schläfst übrigens in seiner Bettwäsche.«

Ich hebe das Laken an. »Wirklich?«

»Er hat sie mir geschenkt. Fühlt sich herrlich an, nicht?«

Ich ziehe sie an mich. »*Du* fühlst dich herrlich an.«

»Willst du Frühstück?«

»Ja, gerne. Ich sollte mehr essen. Aber ich kann mir mein Frühstück auch selbst machen.«

»Wieso soll ich dir kein Frühstück machen?« Sie plinkert sexy mit den Lidern. »Nach so einer Nacht hast du dir das verdient.« Grinsend steht sie auf und geht in die Küche.

Ich verstehe nichts. Sollte ich es verstehen? Ich strecke mich. Kalbecks Konzert in der Burg, die Musik, die Jagd, die Flucht, Jesus in der Messerschmitt, Lagerfeuer in Österreich – sollte ich die Immer-Zeit doch aktiviert haben? Welcher Tag ist heute? Ich wälze mich herum. Wenn ich die ganze Nacht mit Edda im Bett war, wieso bin ich dann so hundemüde?

»Sag mal, schnarche ich?«, rufe ich.

»Ein bisschen. Nicht schlimm. Wie ein kleiner Hund.« Sie nimmt Eier aus dem Kühlschrank.

Jesus hatte also recht, ich schnarche. Ob Pia tatsächlich im Schlaf spricht? »Was ist heute für ein Tag?«, frage ich.

»Heute ist das Kalbeck-Konzert«, lautet die Antwort.

»Heute? … Schon wieder?«

»Ja, Beethoven. Das wird sicher schön. Und vorher gibt es ein Fest.«

»Klar, Beethoven, klar. – Es gibt ein Fest? Was für ein Fest?«

Ich schlinge mir das Laken, das Leyland Edda geschenkt hat, um die Hüften und stehe auf.

34

Alles ist heute anders. Heute oder immer? Wieso ist alles anders? Kein Kulturevent, keine Musik, die vor Jahrhunderten komponiert wurde. Die Burg feiert ein Fest. Sie feiern ausgelassen. Alle sind gekommen, alle machen mit. Sie haben die Arena zum Festplatz umgestaltet. Statt klassischer Klänge schallt flottes Gedudel durch das Halbrund. Lilly, meine Ex, bedient den Cube. Flottes Gedudel ist Lillys Ding. Lilly bedudelt die Burg, und alle sind happy.

Es gibt Nudelsalat und Hirsebällchen und Hummussalat und Krebssalat mit Krebsen, die im großen Wasser gefangen wurden. Beethoven gibt es erst, wenn es dunkel wird. Die Damen bringen süße Kuchen und Torten. Herbert aus dem Gardinen-Store bringt Plunderteilchen. Es gibt auch Warmes. Gulaschsuppe und Gegrilltes. Lillys Mann hantiert am Grill. Das Kurzarmhemd bringt seine Bizepse prächtig zur Geltung. Er wendet die Steaks, die Burger, die Fleischspieße. Der Apotheker geht ihm zur Hand. Die Apothekersgattin drapiert das fertige Fleisch auf Platten. Die Goldschmiedin süffelt sich mit ihrer Lebensgefährtin einen an. Die Staatsanwältin hat zwei Verehrer im Schlepptau. Einer davon ist Felix. Edda unterhält sich harmlos, zwanglos mit Goltz. Ich habe Edda nicht eingeweiht. Wozu soll ich sie da mit hineinziehen? Ich muss das selbst erledigen. Dazu brauche ich Pia. Ich bin bei der Taskforce. Ich habe gut geschlafen, ausgiebig gegessen, ich hatte Sex. Ich bin in Höchstform. Der Tod ist vergessen. Nur meine absonderliche Frisur erinnert noch an meinen Tod. Die Würgemale könnte ich mir auch beim Sex geholt haben.

Pia erscheint an Kalbecks Seite. Wie erwartet drängt sich alles um ihn und wie erwartet genießt er es. Abends wird er sein Konzert geben, tagsüber nimmt er das Bad in der Menge. Ein Getränk wird ihm aufgedrängt, ein Teller mit frisch Gebrutzeltem. Die Apothekersgattin bringt auch Pia einen Teller, einen knusprigen saftigen Burger. Er ist knusprig und saftig, trotzdem verzieht Pia das Gesicht. Keiner sieht es, aber ich sehe es. Sie will den Burger nicht, sie mag den Teller nicht mal anfassen. Sie bedankt sich mit einer Ausrede bei der Apothekersgattin und lehnt ab.

Diesmal sitze ich nicht hinter der Zinne. Man lernt aus seinen Fehlern. Ich sitze dort, wo abends die Scheinwerfer bedient werden. Noch ist es hell, keiner hat hier etwas zu tun. Man kann sich da gut verstecken, man sieht vorzüglich.

Es gäbe unterschiedliche Erklärungen dafür, warum Pia keinen Burger isst: Erstens, sie ist Vegetarierin. Das stimmt nicht, in Jesus' Höhle hat sie alles gegessen. Zweitens: Ihr Magen ist nicht in Ordnung. Das stimmt auch nicht, gerade langt sie bei der Kuchentheke zu. Die richtige Antwort lautet: Pia weiß, welche Art Fleisch den Leuten vorgesetzt wird. Sie weiß, was da auf dem Grill brutzelt. Die Burgmenschen schlingen, kauen, lecken sich die Lippen. Wen essen sie gerade? Das Mädchen mit dem Armschmuck? Wurde das Mädchen mit dem Armschmuck extra für dieses Fest geschlachtet? Oder gibt es schon ein neues Opfer? Wie fröhlich sie alle sind, wie ausgelassen sie sich betrinken, während sie das Mädchen mit dem Armschmuck essen. Ein grauenhafter Anblick.

Ich muss allein mit Pia reden. Ich beobachte, wie sie, den Kuchenteller in der Hand, zurück zu Kalbeck will. Zu dicht gedrängt stehen die Verehrerinnen um den Meister. Pia überlässt den Hahn im Korb den Damen, schlendert zu den hinteren Reihen, wo die Arena ansteigt, und setzt sich auf die Stufen. Sie sitzt da, isst Kuchen und hat dabei wieder etwas von dem kleinen Mönch, den ich einmal so mochte, schmal und zerbrechlich. Keiner weiß, dass in dem Mönch der Teufel wohnt.

Ich muss verrückt sein, die Stufen zu Pia hinunterzuhuschen. Wenn sie schreit, bin ich verloren. Wenn sie wieder mit dem Finger auf mich zeigt, habe ich alle gegen mich. Diesmal werden sie mich nicht hetzen wie Frankensteins Monster, sie werden Goltz und seinen Jungs die Arbeit überlassen. Die Security lümmelt am Rand der Arena, auch sie gönnen sich ein Steak oder einen Burger. Die Stimmung könnte nicht entspannter sein.

»Darf ich dich was fragen?« Ich ducke mich hinter Pia.

Für einen Moment zuckt sie zusammen, aber Pia ist nicht schreckhaft. »Dachte mir schon, dass du nicht lockerlässt.«

»Verpfeifst du mich?«

»Das kommt drauf an.«

»Du weißt, warum ich hier bin.«

»Aus dem einen Grund, weshalb du von Anfang an hier warst.« Pia schüttelt den Kopf. »Du bist mir schon einer, Saltzman.«

»Was soll das heißen?«

»Du warst draußen, Mann, du hattest es geschafft. Du könntest längst über alle Berge sein.«

»Tja, aber ich bin bei der Taskforce.«

Pia lächelt. »Du bekommst einen Orden von mir verliehen, für vorbildliche Pflichterfüllung.« Wenn Pia lächelt, glaubt man, sie wäre der netteste Mensch. »Respekt, du kommst und gehst, wie es dir gefällt. Ich sollte Goltz mal darauf hinweisen, dass sein Sicherheitssystem Lücken hat.«

»Kennst du den Tunnel?« Ich lasse sie erst gar nicht antworten. »Natürlich kennst du den Tunnel. Durch den Tunnel werden die Mädchen in die Burg geschafft.«

Pias Blick wird hart. Sie stellt den Kuchenteller beiseite. »Das hast du also auch schon rausgekriegt?«

»Wir haben es zusammen rausgekriegt, Pia, weißt du nicht mehr? Im Schilf, am Wasser, der Fahrer des weißen Wagens. Wer ist das?«

»Woher soll ich das wissen?«

»Ach, Pia.« Ich berühre ihren Arm. »Sind wir über diesen Punkt nicht längst hinaus? Du hast Leyland umgebracht, um an das Holix zu kommen. Als das Holix nicht in seinem Kopf war, hast du mich Kalbeck in die Hände gespielt. Ich habe in Anwesenheit von Kalbeck den Bramble geöffnet. Ich habe mit Leyland gesprochen. Das Ergebnis war für euch beide unbefriedigend. Darauf hast du eine regelrechte Odyssee durch Süddeutschland auf dich genommen, nur um rauszukriegen, was ich über das Holix weiß. Ich weiß nichts über das Holix. Weil du mir das nicht geglaubt hast, wurde ich gefoltert. Kalbeck hat es Spaß gemacht, mich zu foltern, das Ergebnis blieb trotzdem zero. Ihr habt mich weggesperrt. Als ich aus eurem Verlies mühelos entkommen konnte, hattest du den richtigen Gedanken: Durch Kalbecks Elektrobehandlung müssen mir Fähigkeiten zugewachsen sein, die ich davor nicht hatte. Oder hatte ich sie vorher schon? Woher wusste ich von Oberammergau, von der Alpenfestung? Du kamst ins Grübeln. Du hast nachgedacht und messerscharf geschlossen, dass Leyland das Holix an dem einzigen Ort versteckt haben muss, wo ihr noch nicht gesucht habt. In mir drin, in Saltzman, Leylands altem Freund, seinem Patienten. Folgerichtig habt ihr mich zum Tod verurteilt und das Urteil vollstreckt. Alles lief nach Wunsch, bis der Amtsarzt mich in die Saftpresse stecken wollte. Du hast das verhindert. Du hast mich glücklich auf Leylands Seziertisch verfrachtet. Du warst so knapp davor, Pia!« Ich zeige auf den Verband, der sich um meinen Kopf windet. »Ich weiß nicht, was dann passiert ist, falls du mich das fragen möchtest. Es hat klick gemacht und ich habe gelebt. Nur klick. Es muss die Maschine in meinem Herzen sein. Sie sorgt dafür, dass mein Herz schlägt. Sie hat dafür gesorgt, dass es weiterschlug. Mehr weiß ich nicht. Jetzt bist du dran.«

Pia wirft einen Blick nach unten, wo jederzeit irgendjemand hochgucken und uns entdecken könnte. »Wo versteckst du dich, Saltzman?«

»Das geht dich nichts an.«

»Ich meine, wo versteckst du dich im Augenblick?«

»Unter dem Lichtpult.«

Sie nimmt den Kuchenteller. »Komm.« Sie läuft die Stufen hoch.

Pia tut nichts, was nicht ihren Interessen dient. Was verspricht sie sich davon, mit mir unters Lichtpult zu kriechen? Sie ist neugierig, sie glaubt, dass es ihren Interessen dient, sich mit mir zu verbünden.

Sie bietet mir von der Torte an. »Auch ein Stück Kardinalsschnitte?«

»Ich kann mich beherrschen.«

Wir sitzen beisammen wie früher, als wir noch Partner waren, in einer Zeit, die Jahrhunderte zurückzuliegen scheint. Die Zeit liegt niemals Jahrhunderte zurück. Inzwischen weiß ich das.

Pia kaut. »Du glaubst, ich habe Leyland umgebracht? Könnte es nicht auch Kalbeck getan haben?«

»Kalbeck war zu dem Zeitpunkt in München.«

»Oder Goltz?«

»Goltz hat nicht das Kaliber dafür.«

»Demnach muss ich es gewesen sein, nicht wahr?«

Ich suche in Pias Gesicht. Ich mochte dieses Gesicht immer, diese kleine, verschreckte Gesicht. »Du kannst es ruhig zugeben. Wie sollte ich es dir denn wohl beweisen?«

»Ich habe ihn nicht umgebracht, Saltzman.« Sie kaut. »Hast du schon mal überlegt, dass Leyland möglicherweise sterben *wollte*?«

»Selbstmord? Unmöglich.«

»Wieso?«

»Weil er verliebt war. Weil er seine Liebe zu Edda genossen hat. Wer liebt, stirbt nicht.«

»Sprichst du aus eigener Erfahrung?« Wie frech sie grinst. »Edda ist eine aufregende Frau, nicht wahr?«

»Das geht dich nichts an.«

Mit der Kuchengabel macht Pia eine wegwerfende Geste. »Es gibt größere Dinge als die Liebe.«

»Sprichst du jetzt aus eigener Erfahrung?«, gebe ich kontra.

»Leyland hatte den luziden Sprung vollzogen. Sein materielles Dasein war bedeutungslos für ihn. Er hatte nichts dagegen, seine körperliche Hülle abzustreifen.«

»Aber nicht mit zerquetschtem Kopf.«

»Ich fand es schrecklich, ihn so zu sehen.«

Lügt sie? Ist das ihre aktuelle Maske, die trauernde Assistentin? »Bist du deshalb weggerannt, an dem Tag, als ich in die Burg kam?«

Wir plaudern wie zwei alte Freunde, versunken in Erinnerungen. Aber ich bin nicht hier, um Erinnerungen auszutauschen.

»Warum beschützt du denjenigen, der die Mädchen tötet?«

»Das tue ich nicht.«

»Dann sag mir: Wer tötet die Mädchen aus dem Dorf?«

»Wenn ich es dir verrate …« Pia sieht mich prüfend an. Im Geist geht sie ihre Optionen durch. Das Spiel zwischen uns steht unentschieden. Pia überlegt, einen weiteren Spielstein einzusetzen, um die Partie für sich zu entscheiden. »Wenn ich es dir sage, lässt du mich dann das Holix aus dir rausholen?«

»Und wenn es gar nicht drin ist?«

»Es muss drin sein.«

»Warum?«

»Weil du ein Loser bist, Saltzman, oder sagen wir besser: Du bist nichts Besonderes. Ohne Holix kannst du nichts und bist du nichts. Das soll keine Beleidigung sein.«

»Gott bewahre. Du denkst, ich habe meine *Superpower* durch das Holix bekommen?«

»Was sonst?«

Da sitzen wir, ich mit Irokesenfrisur, Pia mit Sahneklecks im Mundwinkel, und reden über etwas, das vielleicht gar nicht existiert.

»Einverstanden«, sage ich leichthin.

»Dass ich deinen Schädel öffne?«

»Bitte bedien dich.«

»Und wenn ich dich hinterher nicht mehr richtig zusammenbaue?«

»Das Risiko geh ich ein. Wer bringt die Mädchen um? Und warum?«

»Hallo.«

Lillys Ehemann, der Architekt mit den beeindruckenden Muskeln, steht hinter uns. Wir haben ihn nicht kommen hören.

»Was macht ihr denn hier so heimlich miteinander?« Er hat eine befleckte Schürze um. Fett und Bratensaft und ein bisschen Blut.

»Hallo, Lenny«, sagt Pia. »Wir machen hier gar nichts Besonderes.«

Der Mann heißt *Lenny,* endlich weiß ich es. Nicht *Larry* oder *Lonny,* Lillys Mann heißt Lenny. Wieso konnte ich mir das nicht merken?

»Na, Saltzman, wie fühlst du dich?«, fragt Lenny freundlich.

»Im Großen und Ganzen gut.«

»Das ist erstaunlich, wenn man bedenkt, was du durchgemacht hast.«

Lenny hat die Schiebekelle in der Hand, mit der er die Burger wendet. Und was hat er in der anderen Hand?

»Es war von Anfang an ein Fehler, dich in die Burg zu lassen«, sagt Lenny. »Das dachte ich gleich zu Beginn.«

»Aha? Warum?«

»Weil du ein Troublemaker bist. Das hat Lilly mir gesagt. Lilly passt in die Burg. Sie versteht das Konzept der Burg. Du wirst die Burg nie kapieren.«

Der Architekt hat sich so vor uns aufgebaut, dass man nicht an ihm vorbeikommt. Gleichzeitig hat er seine Burger im Blick. Dieser Mann lässt seine Burger bestimmt nicht anbrennen. Lenny ist stark. Er hält ein kleines Messer hinter seinem Rücken.

»Weißt du, was mich interessiert?« Ich lehne mich auf die Ellbogen, so eine Art Unterwerfungshaltung. Er soll nicht glauben, dass ich Ärger mache. Soll nicht vermuten, dass ich ihm gleich mit Solfeggietto komme. Bei einem Muskelprotz wie ihm wäre Solfeggietto wirkungslos.

»Nein. Was interessiert dich?«

»Wie hast du das mit den Schreien hingekriegt, Lenny?«

Ein Zucken seiner Augen, eine winzige Drehung zur Party, sonst verrät Lenny nichts von seiner Überraschung.

»Welche Schreie?«

»Die der Tiere.«

»Was ist mit den Tieren?«

»Neulich habe ich diesen Rinderzüchter besucht, Reiter heißt er. Du kennst ihn, nicht wahr?«

»Ja, ich kenne Reiter. Goltz hat ihn mir vorgestellt.«

»Reiter und ich haben ein bisschen geplaudert. Er hat erzählt, dass er seine Tiere in die Burg gebracht hat. Er hat sie erst hier geschlachtet.«

»So lautet die Hygienevorschrift. In diesen Dingen ist Goltz pingelig.«

»Klar, wir kennen Goltz.« Ich lache. »Aber wenn hier Schweine und Rinder geschlachtet werden, frage ich mich, wieso man kein Geschrei gehört hat.«

»Isolation«, antwortet Lenny. »Zu Beginn haben sich die Nachbarn beschwert. Da habe ich alles isolieren lassen.«

»Geht das so einfach?«

»Ich verwende das gleiche Material, das auch in Tonstudios benützt wird.«

»Brillant.« Ich sehe Lenny offen in die Augen. »Und wie war das mit den schreienden Mädchen?«

Er lässt die Schiebekelle sinken.

»Zum Beispiel mit dem Mädchen, das diesen Armschmuck trug? Oder das Mädchen mit der Krücke? Hieß sie nicht Pluplu?«

Lenny ist zu uns hochgekommen, weil er misstrauisch

war. Er wollte wissen, was wir hier zu tuscheln haben, er wollte Klarheit. Jetzt hat er Klarheit.

Lenny wendet sich zu Pia. »Du hast es ihm gesagt?«

»Nein, Lenny, kein Wort habe ich gesagt.« Pia wirkt so panisch, wie ich sie noch nie gesehen habe. »Glaub mir.«

»Du hast es ihm gesagt.« Lenny klingt plötzlich traurig. Pia hat ihn enttäuscht. »Das war falsch, Pia.«

»Bitte, Lenny! Kein Wort habe ich …!«

Lenny macht einen Schritt nach vorn, zieht Pia an den Haaren hoch und schneidet ihr die Kehle durch. Es sieht ganz einfach aus, er muss es oft geübt haben. Ein rascher Schnitt, fachmännisch ausgeführt, und Pias Stimmbänder sind durchtrennt. Sie kann nicht mehr schreien. Sie fasst sich an den Hals und versucht, das Blut zurückzuhalten, das überall aus ihr hervorquillt. Pia hat mir übel mitgespielt, aber so ein Ende habe ich ihr nicht gewünscht. Das wünsche ich keinem.

Ich weiß, ich muss den Augenblick nutzen. Ich komme von den Ellbogen hoch. Aber Lenny ist kein Idiot. Blitzschnell stellt er seinen Fuß auf meine Brust. Sein Fuß steckt in einem Stiefel und presst mich zu Boden. Er bückt sich und setzt das kleine Messer an. Lenny ist ein Meister seines Fachs. Wird er schneiden oder stechen? Was soll es sein, Herz oder Niere?

»Oh Gott, die Burger!« Ich zeige zum Festplatz hinunter. »Die Burger brennen an!«

Lenny ist auch jetzt kein Idiot. Aber für eine Zehntelsekunde zögert er. Die Vorstellung, dass seine Burger verkohlen könnten, lässt ihn innehalten. »Netter Versuch.« Er grinst und beugt sich wieder über mich. Das ist dann wohl das Ende.

»Lenny!«

Diesmal kommt es von unten. Das war Lillys Stimme. Selten habe ich mich über Lillys wohlklingende Stimme so gefreut.

»Komme gleich, Schatz«, ruft er zurück.

»Lenny, die Burger!« Mehrere Leute rufen jetzt. Die auf dem Festplatz sind hilflos, weil Lenny die Schiebekelle mitgenommen hat und sie das Fleisch nicht wenden können. Er richtet sich auf. Wirft einen Blick auf seine Burger.

»Lenny, die Burger.« Ich schlage ihm das Messer aus der Hand und stoße den Stiefel auf meiner Brust beiseite. Es folgt ein Solfeggietto. Lenny wehrt sich und setzt die Bizepse ein. Er hat eine Schiebekelle und zwei Bizepse. Ich habe meinen Reinhardt. Ich habe Glück. Lenny rutscht in Pias Blut aus. Sofort setze ich einen Reinhardt ein. Gegen Reinhardt nützt dir der stärkste Bizeps nichts. Reinhardt schlägt alles. Immer. Lenny fällt in Pias Blut.

35

»Bitte zurücktreten. Das ist Sache der Security.«

Was soll Goltz auch anderes sagen? So hat er es gelernt. Er legt dem Architekten Handschellen an. Wieso legt er mir keine Handschellen an? Könnte ich Pia nicht genauso die Kehle durchgeschnitten haben? Weshalb zieht Goltz diese Schlussfolgerung nicht?

Weil Goltz, man muss es leider sagen, im Grunde ein guter Polizist ist. Er handelt im Interesse der Burg. Er exekutiert schon mal die Hinrichtung eines Unschuldigen, sofern es den Interessen der Burg dient – einmal, aber nicht zweimal. Beim ersten Mal ist er den Schlussfolgerungen Pias gefolgt. Jetzt folgt er dem gesunden Menschenverstand. Pia liegt mit durchschnittener Kehle in ihrem Blut. Lenny hält ein bluttriefendes Messer in der Hand. Jeder kennt Lennys Messer. Goltz hat Augen im Kopf, er sieht, was geschehen ist. Goltz hat seine Augen schon zu häufig zudrücken müssen. Er hat gesehen, weggeschaut und geschwiegen. Er hat zum Beispiel gesehen, dass die Abfälle im Schlachthaus nicht nur tierische Produkte enthalten. Goltz hat auch von den verschwundenen Mädchen aus dem Dorf gehört. Goltz zögert nicht, dem Architekten Handschellen anzulegen. Mich nimmt er ohne Handschellen mit ins Parlament.

Im Parlament werden Prozesse abgehalten, Schuldige überführt, Verbrechen aufgeklärt. Meistens sind es Bagatelldelikte: grober Unfug, Ruhestörung, Sachbeschädigung. Heute ist es anders. Die Party ist zu Ende. Kalbecks Konzert wird abgesagt Goltz ordnet an, dass Kalbeck die Burg verlässt. So lautet das Gesetz: Gäste müssen die Burg im Krisenfall verlassen. Zum ersten Mal habe ich den Eindruck, dass Goltz das Richtige tut.

Ich bin bei der Taskforce. Zugleich bin ich ein Hingerichteter. Eine sensible Situation. Meine Aufgabe beschränkt sich auf die Ermittlungen im Mordfall Leyland. Für den Fall der toten Mädchen habe ich kein Mandat. Doch zu meiner Überraschung überlässt Goltz mir die Verhöre mit Lenny. Ich kann Goltz verstehen: Er muss weiterleben in der Burg, an diesem Ort, wo keiner glauben will, dass der sympathische, gut aussehende Architekt die kleine Pia umgebracht hat. Die Leute haben noch die Speisreste von der Grillparty zwischen den Zähnen und keine Ahnung, was sie in Wirklichkeit verspeist haben. Wäre es nicht so gruselig, es wäre zum Lachen.

Lilly darf Lenny nicht besuchen. Der Mädchenschlächter soll keinen Damenbesuch kriegen. Natürlich glaubt Lilly, was hier vorgeht, wäre bloß meine Rache an ihr. Soll sie glauben, was sie will.

Drei Tage lang redet Lenny um den heißen Brei herum. Er glaubt, sein Pokerface beeindruckt mich. Er glaubt, sein Schweigen beeindruckt mich. Nach drei Tagen ununterbrochener Befragung knickt Lenny ein. Nicht aus Reue, nicht aus Einsicht oder weil noch ein Funken Menschenwürde in ihm ist. Lenny knickt aus Wut ein, aus Hass.

»Warum hast du deinen Freunden, deiner Gemeinde, deiner eigenen Frau Menschenfleisch vorgesetzt?«

»Weil Normalität der Tod ist.«

Durchtrainiert, gebräunt, perfekt frisiert sieht man Lenny

den Stress nicht an, unter dem er steht. »Normalität ist das Grauen. Jeden Tag geht die Sonne auf. Jeden Tag das gleiche sonnige, wunderbare, milde Wetter. Immer. Immer wieder. Nichts ändert sich. Anfangs lebst du deine Ehe. Anfangs fickst du dauernd. Irgendwann hast du keinen Bock mehr, nett zu sein und hilfsbereit und *Liebling hier* und *Liebling da*. Du hast keinen Bock mehr, jede Nacht zu ficken, und Lilly hat auch keinen Bock mehr darauf. Dann kommt die Langeweile. Quälende Langeweile. Genau betrachtet ist Lilly nämlich so sterbenslangweilig, dass man laut schreien möchte. Man möchte Lilly umbringen. Aber man kann Lilly nicht umbringen, weil das auffallen würde, wenn Lilly plötzlich nicht mehr da wäre. Alle lieben Lilly, sie passt so gut in die Burg. Alle finden Lilly attraktiv und geschmackvoll, sie bringt sich wunderbar in die Burggemeinschaft ein. Ich habe Goltz beobachtet, wenn Lilly im Raum ist. Ihm hängt die Zunge bis zu den Schnürsenkeln.«

Ich werfe einen Blick zu Goltz. Er quittiert die Schmähung mit keinem Wort.

»Lilly zu töten, war unmöglich. Es musste ein anderes Mittel geben, um gegen die grauenhafte Langeweile anzukämpfen. Zuerst habe ich es mit meinem Job versucht. Formen, Farben, Konzepte, Bauvorhaben, alles für die Burg.«

Lenny trinkt Wasser.

»Ich habe Leylands Labor entworfen. Die Stunden mit ihm waren die besten. Wir haben diskutiert, über Philosophie und Wissenschaft und was die beiden verbindet. Das große Ganze eben. Doch auf Dauer ist auch das große Ganze langweilig. Nichts als Hirnwichse. Wir werden geboren, wir scheißen in die Windeln, lernen eine Menge unnötiges Zeug, schuften für die Karriere, ficken, kriegen Kinder und scheißen schließlich wieder in die Windeln. Wozu sich also große Gedanken machen, wenn man an dieser Abfolge nicht das Geringste ändern kann?«

Lenny steht auf. Läuft auf und ab. Lenny benimmt sich, als ob er allein im Raum wäre. Allein mit sich, seinem Hass und seiner Langeweile.

»Es kam der Punkt, da war ich von allem so abgeturnt, dass ich mich am liebsten von der Burgmauer gestürzt hätte. Mehrmals stand ich oben und sagte mir: Mach schon, spring, dann hast du's hinter dir! Aber jedes Mal tauchte die Frage auf: Wieso ich? Ich sehe gut aus, habe noch viele Jahre vor mir, jeder respektiert mich, warum soll ausgerechnet ich da runterspringen? Viel lieber würde ich Lilly von der Burgmauer stoßen, aber das geht nicht. Eines Tages dachte ich: Da draußen laufen so viele Leute rum, die keiner braucht, die niemand respektiert, die geboren werden, aufwachsen, für kurze Zeit hübsch sind und rasch verwelken. Für wen existieren die eigentlich? Für die Bimbos aus dem Dorf, diese Vollidioten, die vor lauter Saufen nicht mehr geradeaus denken. Diese impotenten Arschlöcher sollen an den wilden Röschen da draußen schnuppern dürfen?«

Lenny hebt die Hände in den Handschellen. »Der Gedanke war geboren. Der Rest war so einfach, dass es mich fast wieder gelangweilt hat. Der Tod der Mädchen genügte mir bald nicht mehr. Nachdem ich meinen Spaß mit ihnen gehabt hatte, wurden sie draußen im Wasser entsorgt. Das war todsicher. Das war zu simpel. Erst als Goltz vorschlug, den Viehzüchter mit seinen Tieren in die Burg zu holen, hatte ich die zündende Idee. Von da an gab es viel für mich zu tun. Es erfordert Kreativität, Frauen essbar zu machen. Das Zerteilen einer Frau ist eine Kunst, auch ihre Zubereitung. Aber ich wollte den Genuss nicht für mich allein. Die ganze Burg sollte daran teilhaben. Noch nie habe ich so viele Komplimente für meine Kochkünste bekommen. Die Leute leckten sich die Lippen. Sie konnten gar nicht genug von Elisabeth und Pluplu und den anderen kriegen. Endlich hatte ich meine Bestimmung gefunden. Ich bin der geborene Koch, ich bin ein wahrer Chef. Und wie jeder gute Chef fahre ich von Zeit zu Zeit hinaus, um mir frische Zutaten zu holen. Da draußen ist ein Schlaraffenland, jedes Mal werde ich fündig.«

Lenny kehrt an den Tisch zurück.

»Aber kein Glück ist vollkommen, wie man weiß. Ein Burgbewohner hat durchschaut, was ich nächtelang im Schlachthaus gemacht habe.«

»Wer?«, fragt Goltz. »War es Pia?«

»Pia? Nein.« Lenny hebt den Blick. »Es war natürlich Leyland.«

»Leyland hat davon gewusst?«, ruft Goltz ungläubig.

»Leyland wusste immer mehr als alle anderen. Und ich wusste, mit Leyland kann man nicht verhandeln. Man kann ihn weder mit Geld noch schönen Worten zum Schweigen bringen. Aber zum Schweigen musste er gebracht werden. Daran bestand kein Zweifel.«

»Und da hast du … du hast ihn …?«, fragt Goltz, wie ein Kind, das das Ende vom Märchen nicht verpassen möchte.

Wieso entäuscht mich diese Antwort so sehr? Weil sie so gewöhnlich ist. Die ganze Zeit über ging es gar nicht um das Holix. Nicht das kleinste Wunder war im Spiel. Auch die Immer-Zeit erweist sich in dem Fall als nutzlos. Leyland wurde umgebracht, weil er zu viel wusste und Lenny ihn zum Schweigen bringen musste. Akte zu, Fall gelöst.

»Es ging bei Leylands Tod nicht um das Holix?«, hake ich trotzdem nach.

»Das Holix? Drauf geschissen«, gibt Lenny zurück. »Leyland stand kurz davor, Goltz von der Schlachthaussache zu informieren. Was sollte ich denn machen?«

»Aber warum hast du seine Hirnschale zerquetscht? Warum ausgerechnet dieser grausame Tod?«

Lächelnd sieht mich Lenny an. »Na, was glaubst du?«

»Sag du es mir.«

»Weil ich das Geräusch so gerne mag. Es ist etwas Herrliches, wenn der Schädel die Spannung nicht mehr aushält und bricht. Ich mag dieses Geräusch ganz besonders.«

Ich würde Lenny gerne hassen. Nie habe ich einen Mörder erlebt, dem die Tragweite seiner Tat so vollkommen egal war. Aber ich kann ihn nicht hassen. Denn sein eigener Menschenhass erfüllt den ganzen Raum.

»Und Pia? Wieso wusste Pia Bescheid?«

»Ach, Pia, ja. Sie war dabei, als ich Leyland umgebracht habe. Pia war ein kleines böses Mädchen. Sie hat Leyland bewundert, vielleicht hat sie ihn geliebt. Aber ihre Liebe wurde nicht erwidert.« Lenny kichert böse. »*Was ist die Hölle gegen ein rachsüchtiges Weib?*«, zitiert er. »Pia war so ein rachsüchtiges Weib. Sie hat Leyland sein Glück mit Edda nicht gegönnt. Und sie musste noch eine weitere Kränkung einstecken. Pia wurde ausgeschlossen, als Leyland sich das Holix implantiert hat. Durch mich konnte Pia hoffen, zwei Fliegen mit einer Klappe zu schlagen. Sie wollte Leyland die Demütigungen heimzahlen, und da ich ihn geknackt habe wie eine Eierschale, wollte sie gleich das Holix aus seinem Schädel holen.« Lenny seufzt. »Leider hat Leyland geahnt, dass ihm etwas passieren wird. Deshalb hat er den Bramble programmiert und Edda gegeben. Er hat dich in die Burg geholt,

Saltzman. Damit hat Pia nicht gerechnet. Damit konnte auch ich nicht rechnen. Du bist ein Troublemaker, Saltzman. Ich habe es von Anfang an gesagt.«

* * *

Es gibt ein Gesetz in der Burg, es heißt *ius carnifex scriptor, das Recht des Henkers*. Dieses Gesetz kam bereits zu König Heinrichs Zeiten vor tausend Jahren zur Anwendung. Während der Zeit der Aufklärung, in der Blütezeit der Menschheit, ist es in Vergessenheit geraten. Aber die Zeiten haben sich geändert. Die Globalisierung hat versagt, jeder Staat, jedes Land und jeder Mensch denkt nur noch an sich selbst. Der Mensch musste vor sich selbst geschützt werden. Also hat man das ius carnifex scriptor wieder hervorgeholt. In einer Burg, darf es keine Gewalt geben. Das Recht des Stärkeren darf nicht herrschen. Die Strafen bei Übertretung der Gesetze müssen drakonisch sein. Sie dienen der Abschreckung. Diese Abschreckung liegt nun in meiner Hand.

»In meiner Hand?«

»Wir werden hier das ius carnifex scriptor anwenden«, sagt Goltz.

»Ich bin kein Henker«, widerspreche ich. »Ich bin bei der Taskforce.«

»Du bist Taskforce und damit in diesem Fall der *advocatus arcis* dieser Burg. Laut Gesetz obliegt dir das Amt des carnifex scriptor.«

Wieso wirft mir Goltz plötzlich sein Latein an den Kopf? »Von wegen Gesetze«, knurre ich. »Habt ihr euch etwa an das Gesetz gehalten, als ihr mich entgegen allen Indizien hingerichtet habt? Du drehst und wendest das Gesetz, wie es dir passt, Goltz.«

Statt einer Antwort legt er mir den Gesetzestext vor. Da steht schwarz auf Weiß, was es mit dem Recht des Henkers auf sich hat. Der Henker darf die Todesart des Delinquenten selbst bestimmen.

»Ich werde es mir überlegen«, lautet meine Antwort.

»Bis wann?«

Goltz ist viel daran gelegen, die Sache zum Abschluss zu bringen. Die Burg muss endlich wieder zur Ruhe kommen.

Ich bin bei der Taskforce. Mein neuer Job gefällt mir nicht.
»Du kriegst Bescheid.«

36

Sie haben es getan. Sie haben es tatsächlich getan. Ich hätte es ihnen nicht zugetraut. Auf dieser Wiese haben sie es getan. Dort lag Lillys Mann, der tote Lenny, der kranke Lenny, der Mörder Leylands, der Mörder der Mädchen. Auf dieser Wiese habe ich das *ius carnifex scriptor* angewandt. Ich hatte ein gutes Gefühl dabei. Vielleicht sogar ein alttestamentarisches Gefühl. Inzwischen haben sie Lennys Leiche fortgebracht, er endet in der Saftpresse. Lenny hat seinen letzten Burger zubereitet.

Edda und ich gehen über die Wiese zum Haus. Reiters Haus. Nicht das Haus, wo Reiter wohnt, aber es gehört ihm. Das Haus steht am Westrand der Weide. Es hat die schönste Abendsonne. Die Strahlen der Aprilsonne wärmen uns, Edda und mich.

»Schau, sie kommen«, sagt Edda.

»Natürlich kommen sie. Sie kennen uns ja schon.«

Wir bleiben am Gatter stehen, bis sie herangekommen sind, die dunkelbraunen Rinder, deren Hörner einen das Fürchten lehren könnten, wüssten wir nicht, wie friedfertig diese Tiere sind. Gemütlich traben sie auf den Zaun zu. Ich öffne das Gatter.

»Jaaa, Beate, ich hab dich schon gesehen«, begrüße ich die mit den langen Beinen und dem weißen Schecken auf der Stirn. »Du bist meine Schönste, das weißt du ja.« Ich kraule

Beate, während Edda Löwenzahn für Senta rupft. Mit ihrer langen rauen Zunge grabscht Senta nach der Leckerei.

Ich bin bei der Taskforce. Die Taskforce ist eine mobile Einsatztruppe. Sie wird gerufen, sie greift ein, löst den Fall und bestraft den Täter. Danach zieht die Taskforce weiter. Jeder geht davon aus, dass die Taskforce hinterher wieder abzieht. Auch ich bin davon ausgegangen. Ich habe nie daran gedacht, in der Burg zu bleiben. Bei diesen Leuten? Nicht in hundert Jahren. Es war Zeit, Abschied zu nehmen.

»Du gehst wirklich?«, fragte Edda ein paar Tage zuvor, als ich kam, um meine Sachen zu packen.

»Der Job ist erledigt.« Ich habe nichts zu packen, will mich nur von Edda verabschieden. Ich ziehe nicht mal meine Jacke aus.

»Natürlich, der Job ist erledigt.« Sie hat eine Kleinigkeit zu essen vorbereitet. »Soll ich es dir lieber einpacken?«

»Nein.« Ich schüttle den Kopf. Mir ist schwer ums Herz. »So viel Zeit habe ich schon, wir können noch zusammen essen.«

Wir setzen uns an Eddas Tisch. Wir haben beide keinen Appetit. Es ist dunkel. In Eddas Gartenapartment ist es praktisch immer dunkel.

»Kriegst du eigentlich irgendwann tagsüber ein bisschen Sonne?«, frage ich, da alle anderen Fragen gestellt, da alle Fragen beantwortet sind.

»Nicht um diese Jahreszeit.« Sie stochert auf ihrem Teller. »Erst im Mai steigt die Sonne hoch genug, um zu mir runter zu scheinen. Von Mai bis September. Dann verschwindet sie wieder.«

»Das ist aber doch …« Ich lege den Zahnstocher an den Tellerrand, auf den das Gürkchen aufgespießt war. »Das ist ziemlich lebensfremd.«

Lebensfremd? Ein Wort, das ich nie benütze. Aber es beschreibt, was ich fühle. Lebensfremd.

»Du hast recht.« Sie legt die Gabel auf den Teller. »Aber was Besseres konnte ich mir in der Burg nicht leisten.«

»In der Burg, natürlich.« Ich nicke. »Und wie sieht es außerhalb der Burg aus?«

»Es gibt kein Außerhalb der Burg, Saltzman, wenn man kein Drifter ist wie du.«

»Das habe ich früher auch geglaubt. Aber vielleicht stimmt es nicht.« Ich lege mein Besteck zusammen. »Kennst du Reiter?«

»Den Viehzüchter?«

»Neulich war ich bei ihm. Er hat mir sein Land gezeigt, seine Tiere.«

»Ja, und?«

»Nichts weiter. Er hat mir nur sein Land und seine Tiere gezeigt.« Ich sehe auf Eddas Wanduhr. »Ich muss los.«

»Stimmt, du musst wirklich los.«

Ich betrachte die dumme Uhr mit ihrem sinnlos tickenden Zeiger. Die Zeit vergeht nicht. Die Zeit vergeht. »Ich will aber gar nicht los«, sage ich, dem Zeiger zum Trotz.

»Ich will auch nicht, dass du losfährst«, sagt Edda.

•••

So hat es begonnen. Das ist noch nicht lange her. Jetzt kommt es uns schon ganz natürlich vor. Ich schließe das Gatter. Wir gehen zum Haus. Früher haben Reiters Eltern in dem Haus gewohnt. Es ist noch ganz gut in Schuss. Nicht die Annehmlichkeiten wie in der Burg natürlich, weder Fußbodenheizung noch fließend Wasser noch Mikrowelle. Dafür hat es Sonne. Eine Menge Sonne sogar. Vom ersten

Stock aus sieht man das große Wasser. Ein Wasser sehen, einen Baum sehen, das erkläre ich zum neuen Luxus. Wir wissen beide nicht, wie lange es uns gegönnt ist. Wir wissen beide nicht, wie wir zueinander stehen. Wir mochten Leyland beide. Wir haben Leyland geliebt. Das ist immerhin ein Anfang.

»Und das Holix?«

Nicht Edda fragt das, auch ich habe mir diese Frage nicht gestellt, Goltz war es. Der angestrengte, ordentliche Goltz, der so froh ist, dass in seine Burg wieder der Alltag zurückkehrt. »Du bist der Einzige, der das Holix haben kann, Saltzman«, sagt er. »Wir haben es nirgends gefunden.«

»Vielleicht hat Leyland das Holix mit ins Grab genommen.«

»Erzähl mir nichts.« Goltz wählt den Ton des guten Freundes. Er macht sein Mir-kannst-du-es-doch-erzählen-Gesicht. »Keiner überlebt die Lederschlinge, Saltzman. Du warst tot. Mausetot. Doktor Spinnler hat den Totenschein ausgestellt. Ich war dabei. Jetzt bist du nicht mehr tot. Also erzähl mir nicht, das hätte nichts mit dem Holix zu tun. Nur das Holix hat dich gerettet.«

»Vielleicht. Vielleicht auch nicht.«

Goltz hat meine Antwort nicht befriedigt. Befriedigt sie mich selbst? Das Holix, der luzide Sprung, die Immer-Zeit, das alles passt nicht in das Haus am Rand der Weide. Hier leben Menschen im Hier und Jetzt, heutige Menschen. Leylands auserwählte Menschen wohnen hier nicht. Hier muss man das Wasser von draußen holen. Auch für sein Geschäft muss man in das Häuschen hinter der Haselnusshecke gehen. Alles ganz normal –*stinknormal* in diesem Fall. Ich bin erleichtert, von der Immer-Zeit befreit zu sein. Das ewige Leben, das Kalbeck sich erträumt, macht nicht zum Übermenschen, sondern zum halben Menschen. Keiner sollte weiterleben, während die anderen vergehen. Denn Glück, Vertrauen und Liebe schenkt der Sterbliche nur dem Sterblichen.

»So ist es, mein Freund.« Leyland steht über mir.

Ich habe schon länger nicht mehr an ihn gedacht, auch an das Holix nicht. In diesem Augenblick steht Leyland als täuschend echtes Hologramm über mir, wie es nur das Holix hervorbringen kann.

Ich liege unter dem Apfelbaum. Nach der Arbeit habe ich Most getrunken und döse vor mich hin. Wir haben uns in dem Haus gemütlich eingerichtet, Edda und ich. Es ist April, die Hitze wird langsam unangenehm. Frühmorgens, wenn der Tag beginnt, nützen Reiter und ich die kühlen Stunden für die schwere Arbeit. Wenn es zu heiß wird, trinke ich Most. Reiter hat mir gezeigt, wie man aus Äpfeln Most macht. Erdbeeren im Februar, Äpfel im April. Der Planet verändert sich, der Mensch ächzt.

»Hallo, Leyland«, murmle ich. »Du hast mich ein bisschen erschreckt.« Ich fahre mir über die Augen. Der Most macht benommen.

»Du musst fort von hier, Saltzman.« Er streicht sein langes Haar aus der Stirn.

»Ich bin gerade erst angekommen.«

»Du kannst nirgends ankommen, mein Freund. Das ist nicht dein Auftrag.«

»Ich habe einen *Auftrag?* Seit wann?«

»Seit ich dir die kleine Maschine eingepflanzt habe.«

Ich fasse mir ans Herz, lächerlich, aber naheliegend. »Das Holix?«

»Du musst fort, Saltzman. Du kannst hier nicht den munteren Landmann spielen. Es gibt Aufgaben für dich.«

»Und Edda?« Ich staune, dass ich diese Frage als erste stelle.

»Siehst du, deshalb habe ich dich ausgesucht, mein Freund.« Leyland lächelt. »Weil du diese Frage als erste stellst. Weil du liebst.«

»Ich liebe? Wirklich? Ich dachte, ich kann meine Gefühle nicht so richtig zeigen.«

»Du bist ein Liebender, verlass dich auf mich.« In Leylands Blick erwacht eine große Zärtlichkeit. »Ich habe Edda geliebt, mehr als alles auf der Welt. Aber ich habe Edda verlassen müssen. Das musst du auch.«

»Edda verlassen? Wie lange?« Unter dem Apfelbaum setze ich mich auf. »Für wie lange?«

Seine Augen sind so sanft, so gut.

»Für immer?« Ich schüttle mich. »Für immer, Leyland?«

»Hast du es denn noch nicht begriffen?« Er beugt sich zu mir. »Es ist immer *immer,* Saltzman. Es ist niemals *nie.*«

»Immer immer.« Es klingt wie ein Kinderreim.

»Genau. Du kannst zu Edda kommen, so oft du willst. Und Edda kommt zu dir. Du kannst alles tun, solange es in Bewegung ist, mein Freund. Nur eines kannst du nicht – *bleiben.* Bleiben kannst du niemals mehr.«

Ich lehne mich an den Stamm des Baumes. »Du hast von einem Auftrag gesprochen. Was ist das für ein Auftrag?«

»Weißt du noch, was du als *carnifex scriptor* getan hast?«

»Als Henker?« Ich erschrecke. »Ich bin kein Henker. Ich will kein Henker sein.«

»Die Strafe, die du für den Architekten gefunden hast, war eine gute Strafe. Fast möchte ich sagen: eine märchenhafte Strafe.«

»Märchenhaft?« Ich sehe mich um. Wo bleibt Edda? Wieso hilft sie mir nicht?

»Du kennst das Märchen, in dem die Hexe gefragt wird, was man mit einer machen soll, die dies und das verbrochen hat. Man schildert der Hexe ihre eigenen Vergehen. Die Hexe sagt, man soll die Missetäterin nackt in ein Fass stecken, das innen mit Nägeln ausgeschlagen ist, und das Fass den Berg hinunterrollen. Genau so hast du es gemacht. Du hast den Architekten jenen Kräften ausgesetzt, die er selbst beschmutzt und geschändet hat. Den Tieren. Tiere, die für uns sterben, um zu unserer Nahrung zu werden. Du hast …«

»Ich weiß, was ich getan habe«, unterbreche ich ihn. »Ich habe Lenny von Reiters Kühen tottrampeln lassen. Eine verrückte Idee, das brauchst du mir nicht zu sagen. Es war nicht einfach, die friedlichen Tiere so in Panik zu versetzen, dass sie als tödliche Phalanx losgestürmt sind. Ein bisschen Feuer unterm Arsch brachte die gewünschte Wirkung. Verrückt, ziemlich verrückt sogar.«

»Verrückt ist gut«, sagt Leyland. »Verrückt bedeutet, einen Schritt weiter als die anderen zu sein.«

Ich zucke zusammen. »Ich will aber nicht weiter sein. Ich will keinen einzigen Schritt weiter sein, Leyland!«, rufe ich verzweifelt.

»Du hast recht, es ist gar kein Schritt«, lenkt er ein und sieht so verdammt spitzbübisch dabei aus. »Es ist ein Sprung. Du hast ihn vollzogen, mein Freund, den Lichtsprung. Du. Nicht ich.«

»Ich will aber nicht. Ich will das nicht!«

»Was willst du nicht?«, fragt Edda. Sie kommt zu uns unter den Apfelbaum. »Hallo, Leyland.«

»Hallo, meine Liebe. Hübsch siehst du aus. Neues Kleid?«

»Der alte Fetzen?« Sie dreht sich kokett im Kreis. Sie sieht mich an. »Was willst du denn nicht, Saltzman?«

»Ich will nicht besonders sein.«

»Tja, wenn man sich das aussuchen könnte.«

Darüber lachen Leyland und Edda herzlich.

»Du bist aber nun mal besonders.« Sie küsst mich, hebt ein paar Äpfel auf und schickt sich an, ins Haus zu gehen. »Heute kochst du«, ruft sie über die Schulter. »Was gibt es denn?«

»Pastinaken, und rote Beete«, antworte ich. »Reiter hat sie vorhin gebracht.«

»Mmmhhh«, macht Edda und verschwindet im Haus.

»Wie lautet mein Auftrag?«, frage ich und hebe meinen Blick in den makellos blauen Himmel. In den Himmel, wo einmal ein Flugzeug aufstieg und über das große Wasser flog. Fliegen, das würde mir gefallen.

»Fliegen wird dir gefallen«, sagt Leyland.

»Wohin?«

»In den Himmel, mein Freund, in den blauen Himmel, wohin denn sonst?«

LESEPROBE

Leo Hart
Die Burg – Band 2

2

Auf dem Tisch liegt der Brief, den der Postbote gebracht hat. Das Schreiben ist auf Dänisch abgefasst. Woher weiß der Absender, dass ich Dänisch verstehe? Ich verstehe kein Dänisch. Das Holix, das ich in mir trage, versteht die Sprache mit ihren sonderbar klingenden Umlauten.

Ich lese Edda die Übersetzung vor: »Guten Tag, Herr Saltzman. Mein Name ist Ágota, ich wohne in Tasiilaq, einer Siedlung im Osten Grönlands. Ich schreibe Ihnen, weil es um Ihre Schwester Gerti geht. Ich habe Ihre Schwester kennengelernt. Sie ist ein besonderer Mensch. Leider muss ich Ihnen mitteilen, dass Gerti verschwunden ist.«

Ich blicke auf. Edda nimmt das Kuvert zur Hand. »Deine Schwester Gerti?«

»Habe ich dir nie von ihr erzählt?«

»Würde ich sonst fragen?«, entgegnet Edda mit der ihr eigenen Logik, die meiner schwachbrüstigen Logik stets voraus ist.

»Gerti und ich, das ist eine dunkle Geschichte.«

»Und du bist einer, der dunkle Geschichten lieber unter den Teppich kehrt. Also heraus damit.«

Ich rücke nicht damit heraus. Was mich daran hindert, ist etwas Unvorhersehbares.

»Das Kuvert!«, schreie ich.

Das Briefkuvert zischt und qualmt. Ein beißender Rauch steigt auf. Ich presse Edda meine Hand vor den Mund und zerre sie zur Tür. Ich torkle mit ihr über die Schwelle. Binnen wenigen Sekunden verfärbt sich Eddas Haut, schwarz treten ihre Adern hervor, die Augen sind blutunterlaufen. Sie keucht, sie streckt die Zunge vor, auch die ist schwarz. Edda erbricht die Pastinaken, die wir zum Abendbrot hatten. Ein Krampf schüttelt sie. In meinen Armen sinkt sie zu Boden.

»Ich verbrenne «, keucht Edda.

Ich schleppe sie zu der verrosteten Badewanne, in der wir das Regenwasser auffangen. So wie sie ist, lege ich Edda hinein. Sie schreit, aber das Wasser scheint ihr Linderung zu verschaffen.

»Du musst zum Arzt.«

»Es gibt keinen Arzt.« Ihr Atem ist nur noch ein Hecheln.

»In der Burg gibt es einen.«

»Ich will nicht in die Burg.«

»Wir haben keine Wahl. Du wurdest vergiftet.« Ich ziehe ihre Hand aus dem Wasser, die Fingerspitzen sind schwarz. Hinter uns beginnt das Haus zu brennen.

»Scheiße.«

»Was?«, flüstert sie.

»Der Brief hat unser Haus …« Ich stelle mich so vor Edda, dass sie unser brennendes Haus nicht sehen kann.

Neben mir hält ein Pferdewagen. Reiter, der Besitzer des Hauses. »Was habt ihr gemacht? Warum habt ihr mein Haus abgefackelt?«

»Das waren nicht wir, sondern …« Wozu die Zeit mit Erklärungen verschwenden?

»Wir brauchen Ihren Wagen. Edda muss sofort in die Burg«, sage ich.

Eddas verdreht ihre Augen nach oben. »Ich will nicht in die Burg.«

»Ich kann euch den Wagen nicht geben«, kontert Reiter. »Ich brauche ihn zum Löschen.«

»Zu Fuß schaffe ich es unmöglich, sie bis in die Burg zu bringen.«

»Tut mir leid.« Er springt vom Wagen.

Ich packe den Bauern bei den Schultern. »Ich helfe beim Feuerlöschen. Aber vorher muss Edda zum Arzt!«

Reiter ist groß und muskulös.Mit einer einzigen Bewegung schüttelt er mich ab. Ich stürze neben der Wanne zu Boden. Einen Moment betrachtet uns der Bauer, wie wir hilflos vor ihm liegen. »Also schön, du kannst das Maultier nehmen«, knurrt er.

Mit beiden Armen fasse ich in die Wanne und hebe Edda hoch. »Danke.«

»Nicht in die Burg«, flüstert sie.

»Dr. Spinnler wird dir helfen.« Ich renne los.

• • •

»Ich muss ihr Blut austauschen«, sagt Dr. Spinnler. Er ist der Amtsarzt in der Burg, ein akribischer Mann mit Schilddrüsenüberfunktion. Er wird von Jahr zu Jahr dünner.

Ich war alles andere als sicher, ob man mich überhaupt in die Burg reinlassen würden. Vor der Zugbrücke habe ich Erich angebunden, Edda auf meine Arme gehoben und bin vor den Scanner getreten. Das System erkannte Edda und mich.

Diese Burg wurde im Jahr 1080 auf Befehl von König Heinrich III. erbaut. Das ist über tausend Jahre her. König Heinrich hat das Gemäuer als Artillerie-Fort anlegen lassen. Der befestigte Turm blickt weit übers Wasser. Während der Jahrhunderte hat die Burg immer ihren Zweck erfüllt, mal gegen die Habsburger, mal gegen die anrückenden Prinzen von Savoyen.

Träge senkte sich die Zugbrücke. Kein Kettenklirren wie zu Zeiten Kaiser Heinrichs, der Mechanismus schnurrte elektronisch, bis schließlich Metall auf Metall schlug.

»Du bist nicht angemeldet«, rief einer von der Security.

»Hier ist Edda! Ihr kennt sie«, rief ich zurück. »Edda muss zum Arzt.«

»Bist du bewaffnet?«

»Edda braucht Hilfe.« Ich setzte meinen Fuß auf die Brücke.

»Immer langsam, Saltzman. Wir müssen erst sehen, ob du bewaffnet bist.«

»Ich bin unbewaffnet. Lasst mich rüber!«

Die Scanner glitten über unsere Körper. Edda wurde schwer, ich konnte sie nicht mehr lange halten. »War's das?«, rief ich.

»Du kennst das Procedere. Wir machen jetzt den Virus-Check.«

Schließlich bekamen wir Zutritt. Sie taten es nicht meinetwegen, sondern für Edda. Edda war in der Burg früher sehr beliebt.

»Einverstanden, tauschen Sie Eddas Blut aus«, stimme ich Dr. Spinnler zu.

»Ich habe kein Blut hier«, entgegnet er.

»Wie wollen Sie dann … Wie machen Sie das sonst?«

»Wenn Blut gebraucht wird, spenden die Bewohner der

Burg Blut. Die Leute hier leben gesund. Sie werden so gut wie nie krank. Wir brauchen nur selten Spenderblut.«

»Dann brauchen wir jetzt eben einen Blutspender.«

Der Doktor betrachtet die bewusstlose Edda. Sie hat den Transport überlebt, aber ihr Gesamtzustand ist kritisch.

»Tut mir leid, Saltzman. Blut wird grundsätzlich nur für Habitats gesammelt.«

»*Habitats?*«

»Unsere Bewohner.«

»Aber Edda wohnte jahrelang in der Burg. Daran müssen Sie sich doch erinnern. Sie müssen ihr helfen, Doktor.«

»Das kann ich nicht entscheiden.« Spinnler tritt vom Untersuchungstisch zurück.

»Sie sind der Amtsarzt! Wer soll es sonst entscheiden?«

»Goltz«, antwortet Spinnler nüchtern. »Das ist Goltz' Aufgabe.«

»Nicht Goltz«, murmle ich. »Bitte nicht ausgerechnet Goltz.«

»Er ist unser Sicherheitschef.«

Goltz und ich sind nie miteinander klargekommen. Er mag die Taskforce nicht. Goltz mag niemanden, der ihm in seiner Burg dreinredet. Wenn Goltz die Sache zu entscheiden hat, ist Edda so gut wie tot.

»Was haben Sie eigentlich für eine Blutgruppe, Dr. Spinnler?«, frage ich scheinbar harmlos. »Edda hat B positiv. Und Sie?«

Ich selbst bin A negativ. Ich falle als Spender aus.

»Null negativ«, antwortete er mit einem Stirnrunzeln.

Ich trete an das Waschbecken im Untersuchungszimmer. »Gruppe Null gilt als Universalspender, habe ich recht?« Ich ziehe eine Flasche mit Desinfektionsmittel heran. »Sie könnten Edda also Blut spenden?«

»Nicht in ausreichendem Maß. Sie braucht einen kompletten Austausch.«

»Wir wollen nicht zu gierig sein.« Ich greife zu einer von Spinnlers Spritzen. »Spenden Sie Edda die größtmögliche Menge Blut, die Sie erübrigen können.«

»Ich sagte schon, das muss Goltz entscheiden.«

»Wie lange überlebt Edda in diesem Zustand noch?«

»Höchstens ein paar Minuten.«

»Bis wir den Papierkram durchgearbeitet hätten, den Goltz uns vorlegen würde, wäre sie tot.« Ich steche die Nadel in die Plastikflasche und ziehe das Desinfektionsmittel in die Phiole. Ich packe Dr. Spinnler am linken Ohr und jage ihm die Nadel in den Hals. »Deshalb werden Sie für Edda jetzt die Transfusion machen, Doktor, sonst pumpe ich Sie mit dem Zeug hier voll. Und dann nützt Ihr Blut keinem mehr was.«

»Machen Sie sich nicht unglücklich, Saltzman«, keucht Spinnler unter Schmerzen.

»Worauf warten Sie noch?«

Aus ängstlichen Augen mustert mich der Arzt. Er begreift, dass ich nicht scherze. »Goltz wird Sie dafür zur Verantwortung ziehen.«

»Goltz kann mich mal.« Ich stehe dicht neben Spinnler. »Sie kennen Edda. Jeder hier kennt Edda. Ich lasse sie nicht sterben. Verstanden?«

Spinnler nickt kaum merklich.

* * *

Eine halbe Stunde später liegen Edda und Dr. Spinnler nebeneinander. Er ist geschwächt vom Blutverlust. Edda sieht ein bisschen besser aus. Spinnler hat ihr mehrere Medikamente gegeben und den Magen ausgepumpt. Edda ist immer noch bewusstlos.

»Das wird nicht reichen«, flüstert Spinnler. »Wir brauchen jemanden mit Gruppe B positiv.«

»Saltzman?«, höre ich hinter mir. Goltz steht in der Tür.

»Hallo, Goltz. Ich habe mich schon gewundert, dass du jetzt erst auftauchst.« Schützend stelle ich mich vor Edda.

Goltz zeigt auf die Kamera in der Zimmerecke. »Ich habe dir die ganze Zeit zugesehen, Saltzman, seit du vor der Zugbrücke aufgetaucht bist.«

Ich fand Goltzs Uniform immer schon affig. Als ich in der Burg zu tun hatte, war sie schwarz, mit einem Leopardenkragen. Inzwischen ist Goltz auf Hellblau mit roten Achselklappen umgestiegen.

»Wieso hast du mich reingelassen?«

»Du hast in der Burg nichts mehr verloren.« Goltz kommt auf mich zu. »Aber deshalb konnte ich doch Edda nicht sterben lassen.«

»Du mochtest Edda immer.« Ich lächle.

»Jeder mag Edda. Absolut unverständlich, warum sie mit dir gegangen ist. Sie hatte es gut bei uns.«

»Bei mir hat sie es auch gut.«

Er zeigt auf die Bewusstlose. »Für mich sieht das gerade nicht so aus.«

Ich will mich nicht mit Goltz anlegen. »Danke, dass du nicht eingegriffen hast.«

Dr. Spinnler richtet sich auf. »Ich bin empört, dass Sie nicht eingegriffen haben.«

Goltz macht eine beruhigende Geste. »Keiner ist zu Schaden gekommen. Und Edda geht es besser. Das ist das Wichtigste.«

»Ich werde einen Bericht schreiben, Goltz.«

»Schreiben Sie, Doktor. Und dann reichen Sie den Bericht bei mir ein. Ich werde ihn *objektiv* bearbeiten.«

Darüber muss sogar ich lachen.

»Du solltest besser nicht grinsen, Saltzman. Du verschwindest nämlich sofort wieder.«

Er rechnet mit Widerspruch, aber ich nicke. »Ja, das muss ich sogar.«

»Du *musst?*«

»Edda wurde vergiftet, aber der Anschlag galt mir. Eine Frau namens Ágota hat mir geschrieben. Sie steckt dahinter. Ich muss zu ihr.«

»Wo ist diese Ágota?«

»In Grönland.«

»In … Grönland?!«, rufen Goltz und Spinnler wie aus einem Mund.

»Du hast nicht die geringste Chance, bis nach Grönland zu kommen, Saltzman!«

»Normalerweise. Ich weiß. Aber ich werde ds schaffen. Ich muss es schaffen.«

Ich sehe Goltz an. »Könnt ihr euch so lange um Edda kümmern, bis ich zurück bin?«

»Und wenn du nicht wiederkommst? Du kommst bestimmt nicht wieder.«

»Passt du solange auf Edda auf, Goltz?«

Er gibt mir die Hand. Niemand gibt noch irgendwem die Hand, aber Goltz tut es. »Abgemacht.«

Ich zögere, das zu sagen, aber dann sage ich es doch. »Finger weg von Edda, Goltz.«

»Du bist ein Idiot, Saltzman.« Zu meiner Überraschung krempelt Goltz den Ärmel hoch. »Helfen Sie mir, Doktor.«

Dr. Spinnler senkt die Beine vorsichtig von der Ruheliege. »Wobei?«

»Ich habe B positiv. Ich will Blut spenden.«

Das finde ich sehr anständig von Goltz. »Danke.« Ich beuge mich über Edda. »Es war gut, dass ich dich in die Burg gebracht habe«, sage ich zu der Bewusstlosen. »Goltz wird sich deiner annehmen.« Ich küsse sie und gehe zur Tür.

»Willst du nicht warten, bis sie aufwacht?« Goltz setzt sich.

»Besser nicht.«

Als ich mich der Zugbrücke nähere, wird sie bereits heruntergelassen.

Erscheint im Herbst 2022